Rupert Thomson

Im weißen Zimmer

PIPER ORIGINAL

Rupert Thomson
Im weißen Zimmer

Roman

Aus dem Englischen
von Karen Lauer

Piper München Zürich

Von Rupert Thomson liegen im Piper Verlag
außerdem vor:
Kwench! (Serie Piper 3057)
Im Spiegel der Nacht (Piper Original 7016)

Deutsche Erstausgabe
Februar 2002

Titel der englischen Originalausgabe:
»The Book of Revelation«, Bloomsbury Publishing,
London 1999

Satz: Satz für Satz. Barbara Reischmann, Leutkirch
Druck und Bindung: Clausen & Bosse, Leck
Printed in Germany ISBN 3-492-27029-8

Wird es für uns jemals noch etwas anderes geben als das Äußere und die Spekulation? Die Haut, die Oberfläche – sie ist das unergründlichste Geheimnis des Menschen.

Stefan Hertmans

I

Ich sehe alles noch ganz genau vor mir, noch heute. Die Kantine des Studios war leer, und ich saß in der Ecke, am Fenster. Die Sonne schien schräg auf den Tisch und teilte die glatte, helle Holzfläche in zwei gleiche Hälften, eine helle und eine dunkle. Ich weiß noch, daß ich dachte, es sehe heraldisch aus, wie ein Wappenschild. Vor mir stand ein Aschenbecher, und die Sonnenstrahlen zersplitterten an dem klobigem Glas. Daneben stand irgend jemandes Kaffeetasse, noch halb voll, doch der Inhalt war längst kalt geworden. Ein ganz normaler Augenblick an einem ganz normalen Tag – eine Pause zwischen den Proben ...

Ich hatte gerade mein Notizbuch aufgeschlagen und setzte zum Schreiben an, als ich rechts von mir Schritte hörte, die Schritte einer Tänzerin: leichtfüßig und doch bestimmt. Ich blickte auf und sah meine Freundin Brigitte in ihrem dunkelgrünen Trikot und der zerschlissenen Strumpfhose auf mich zukommen, das Haar mit einem malvenfarbenen Stück Samt zurückgebunden. Sie runzelte die Stirn. Sie sagte, sie habe keine Zigaretten mehr und der Automat sei leer. Könnte ich ihr nicht welche holen gehen?

Ich starrte sie an. »Ich habe dir doch erst gestern eine Schachtel mitgebracht.«

»Die ist leer«, sagte sie.

»Du hast seit gestern zwanzig Zigaretten geraucht?«

Brigitte sah mich nur an.

»Du bekommst bestimmt Krebs«, erklärte ich ihr.

»Das ist mir egal«, sagte sie.

Diese Diskussion führten wir natürlich nicht zum erstenmal, und ich ließ mich ziemlich schnell erweichen. Letztlich war ich froh, etwas für sie tun zu können. Das ist ein Zug, den ich jetzt im Rückblick häufig an mir bemerke, dieses Bedürfnis, es den anderen recht zu machen. Ich hatte sie vom ersten Augenblick an glücklich machen wollen. Ich würde nie vergessen, wie sie eines Morgens ins Studio kam, frisch vom Jeune Ballet de France, wie sie neben dem Klavier stand und sich die krausen, kastanienbraunen Haare hochsteckte, und ich würde nie vergessen, wie wir uns ein paar Tage darauf liebten – der Gesichtsausdruck, mit dem sie über mir kniete, diese seltsame Mischung aus Ekstase und Arroganz, und ihre Augen, die so dunkel gewesen waren, daß die Pupillen und die Iris für mich völlig gleich aussahen ...

Brigitte war ans Fenster getreten. Sie stand da und starrte hinaus, einen Arm in die Hüfte gestemmt. Lächelnd griff ich nach meinem Pullover und zog ihn über das zerrissene alte Hemd, das ich beim Training immer trug.

»Bin gleich zurück«, sagte ich.

Draußen war herrliches Wetter. Obwohl es erst Mitte April war, wärmte mir die Sonne den Rücken, als ich die Straße entlangging. Ich sah, wie ein Mann auf einem Fahrrad über eine Brücke fuhr und dabei laut vor sich hinsang, wie es die Leute in Amsterdam häufig tun, während die Schöße seines hellen Leinenjacketts im Fahrtwind flatterten. In seinem Gesicht spiegelte sich eine Art Vorfreude – Vorfreude auf den Sommer und die Hitze ...

Ich lebte damals seit sieben Jahren mit Brigitte zusammen. Wir hatten die zwei obersten Stockwerke eines Hauses an der Egelantiersgracht gemietet, einem der hübscheren, weniger bekannten Kanäle. Wir hatten Dachfenster, exotische Pflanzen, ein Aquarium, eine Südterrasse, wo wir im Sommer frühstückten. Da wir beide bei derselben

Truppe waren, sahen wir uns vierundzwanzig Stunden am Tag, ja, ich glaube, in der ganzen Zeit unseres Zusammenlebens haben wir nicht mehr als drei oder vier Nächte getrennt verbracht. Als Tänzer waren wir ziemlich erfolgreich. Wir hatten an allen möglichen Orten der Welt getanzt – in Osaka, in São Paulo, in Tel Aviv. Das Publikum liebte uns. Und die Kritiker liebten uns auch. Allmählich fanden auch meine Choreographien Anerkennung (ich hatte drei kurze Stücke für die Truppe choreographiert und mit dem letzten einen internationalen Preis gewonnen). Mit meinen neunundzwanzig Jahren hatte ich allen Grund, mich vom Glück verwöhnt zu fühlen. Ich hätte nichts an meinem Leben ändern wollen, selbst wenn man mir unvorstellbare Reichtümer angeboten hätte – obwohl ich mich erinnere, daß ich an jenem Nachmittag auf dem Weg zu dem Laden wünschte, Brigitte würde aufhören zu rauchen ...

Ich nahm den üblichen Weg. Nachdem ich die Brücke überquert hatte, bog ich nach links in die Straße, die am Kanal entlanglief. Nach einer Weile bog ich rechts ab, in das dämmrige Licht einer schmalen Gasse. Dort roch es nach feuchtem Putz und stehendem Wasser, und die Backsteinmauern der Häuser waren mit uraltem, limonengrünem Moos verfugt. Ich ging am Uhrmacherladen vorbei, in dessen Fenster eine schlafende Katze lag, die genüßlich mit den Vorderpfoten zuckte und deren Fell so grau war wie Rauch oder Blei. Ich ging an einem Geschäft vorbei, in dem orientalische Vasen und Lampen mit Schirmen aus farbigem Glas verkauft wurden und Bronzestatuen halbnackter Frauen. Genau wie dem Mann auf dem Fahrrad klang mir Musik im Ohr: Es war ein Stück von Juan Martin, das ich für meine nächste Choreographie verwenden wollte ...

An einem bestimmten Punkt, dort, wo die Gasse einen leichten Bogen nach links machte, blieb ich stehen und sah nach oben. An dieser Stelle waren die Häuser fünf Stockwerke hoch und schienen sich einander zuzuneigen, so daß sie fast kein Licht mehr durchließen.

Der Himmel war nur noch ein dünnes blaues Band.

Als ich den Blick wieder senkte, sah ich sie, drei Gestalten in weiten Mänteln mit Kapuzen über dem Gesicht, wie ein Bruchstück eines Traums, das sich losgelöst hatte und in den Tag hinaustrieb. Ihr Anblick überraschte mich keineswegs. Vielleicht habe ich sogar gelacht. Ich dachte wohl, sie wären auf dem Weg zu einem Kostümfest – oder sie gehörten zu einer Straßentheatergruppe …

Jedenfalls wirkten sie dort nicht sonderlich fehl am Platz. Nein, was mich erstaunte, war höchstens, daß sie mich kannten. Sie wußten, wie ich hieß. Sie sagten, sie hätten mich tanzen gesehen. Mehrmals sogar. Ich sei großartig, sagten sie. Eine von ihnen klatschte vor Freude über diesen Zufall in die Hände. Eine andere faßte mich in ihrer Begeisterung am Arm.

Während sie mich umringten und mir Fragen stellten, verspürte ich auf einmal einen stechenden Schmerz am rechten Handrücken. Als ich hinunterblickte, sah ich gerade noch, wie eine Nadel aus einer meinen Venen glitt, eine Nadel vor der Schwärze eines Mantels. Ich hörte mich fragen, was sie da machten – *Was macht ihr da?* –, doch dann verlor ich auch schon das Bewußtsein, kippte nach hinten weg, während die schwarzen Spitztürme ihrer Kapuzen oben blieben, ebenso wie meine Worte, die am Himmel, an diesem schmalen blauen Streifen, standen wie ein von einem Flugzeug gezogenes Spruchband …

Vom Studio zu dem Zeitungs- und Zigarettenladen sind es nur fünf Minuten. Ich hätte in einer Viertelstunde wieder zurück sein sollen. Doch eine halbe Stunde verging, eine Dreiviertelstunde, und ich war immer noch nicht wieder aufgetaucht.

Als ich Brigitte zum letztenmal gesehen hatte, stand sie, einen Arm in die Hüfte gestemmt, in der Kantine am Fenster. Wie lange hat sie wohl so dort gestanden? Und was ging ihr durch den Kopf, während sie auf die Straße hinabsah? Dachte sie, ich sei böse wegen unseres kleinen Wortwechsels? Dachte sie, ich wolle sie bestrafen?

Wahrscheinlich hat sie sich irgendwann abgewandt und mit beiden Händen hochgegriffen, um den Samtrest, der ihr Haar zurückhielt, neu zu binden. Wahrscheinlich hat sie irgend etwas auf französisch vor sich hin gemurmelt. *Fait chier. Merde.* Natürlich sehnte sie sich immer noch nach einer Zigarette. Ihre Nerven waren zum Zerreißen gespannt.

Vielleicht hat sie sich schließlich bei Fernanda eine Marlboro Light geschnorrt und sie neben dem Münztelefon auf dem Gang vor dem Trainingsraum geraucht.

Ich glaube kaum, daß sie an jenem Nachmittag besonders gut getanzt hat.

Als ich in jener Nacht nicht nach Hause kam, rief Brigitte mehrere von meinen Freunden an. Sie versuchte es auch bei meinen Eltern in England. Keiner wußte etwas. Keiner konnte ihr helfen. Zwei Tage darauf erschien in einer der führenden holländischen Zeitungen ein Artikel mit einer kurzen Darstellung meiner Karriere und einem kleinen Foto von mir. Doch auf die Titelseite kam ich nicht. Es war ja eigentlich auch noch keine richtige Geschichte. Ich war ein Tänzer und Choreograph, und ich war verschwunden. Das war alles. Verschiedene Mitglieder der Truppe stellten verschiedene Theorien auf – eine Art Nervenzusammenbruch, private Probleme –, aber niemand dachte an ein Verbrechen. Meine Eltern setzten eine Belohnung aus für jeden Hinweis, der irgend etwas über meinen Aufenthaltsort aussagen könnte. Niemand meldete sich.

All das fand ich später heraus.

An einem bestimmten Punkt begann Brigitte, mich dafür zu hassen, daß ich sie in eine so schwierige Situation brachte. Sie fand es demütigend, nicht zu wissen, wo ich war; ich machte sie lächerlich. Erst da ist ihr wohl der Gedanke gekommen, ich könnte sie verlassen haben – wahrscheinlich wegen einer anderen Frau. Wie feige von mir, daß ich nichts gesagt hatte. Wie feige, einfach so zu verschwinden. Brigitte war zu einer Hälfte Französin und zur anderen Portugiesin, und ihr Stolz hatte immer Ähnlichkeit mit einer Art Zorn gehabt. Er hatte nichts Beständiges oder Konstantes, er flammte auf wie ein angerissenes Streichholz. Als die Polizei sie befragte, erzählte sie ihnen, ich hätte sie verlassen und betrogen. Sie hatte keinerlei Beweise für ihre Theorie und konnte auch auf keinen vergleichbaren Fall in der Vergangenheit verweisen (ich war ihr in all den Jahren niemals untreu geworden), doch die Polizei nahm sie durchaus ernst. Es war eben weibliche Intuition. Und schließlich hatte sie mit mir zusammengelebt. Sie mußte mich besser kennen als irgend jemand anderes. Wenn sie sich das so erklärte ... Die Polizei schickte keine Suchkommandos nach mir aus. Sie durchkämmten nicht mit Spürhunden die Landschaft und ließen keine Schleppnetze durch die Kanäle ziehen. Ja, sie hängten nicht einmal Plakate auf. Warum sollten sie auch? Schließlich war ich nur ein Mann, der fremdging.

Auch das fand ich später heraus.

Und noch etwas: Der letzte Mensch, der mich vor meinem Verschwinden sah, war nicht Brigitte, sondern Stefan Elmers. Stefan war der Fotograf, der freiberuflich für die Truppe arbeitete. Er nahm uns beim Tanzen auf, Schwarzweißbilder, die in den Programmen und zu Werbezwekken verwendet wurden. Sowohl Brigitte als auch ich zählten Stefan zu unseren Freunden.

Als ich an jenem Nachmittag an dem Kanal entlangging – wohl nur wenige Augenblicke, bevor ich in die Gasse einbog –, fuhr Stefan zufällig mit dem Auto an mir vorbei. Normalerweise hätte er angehalten und mit mir geredet, oder er hätte etwas aus dem Fenster gerufen – so wie ich ihn kenne –, irgendeine Unverschämtheit, aber hinter ihm war ein anderer Wagen, unmittelbar hinter ihm, so daß er einfach weiterfuhr.

Offenbar sah ich glücklich aus.

In den nächsten achtzehn Tagen hatte niemand die geringste Ahnung, wo ich war.

II

Als er wieder zu sich kam, hatte er einen süßlichen Geschmack im Mund, eine Art Rückstand, der künstlich schmeckte, wie Sacharin. Irgend etwas stimmte nicht mit seinen Augen. Alles drehte sich, kippte weg, verschwamm.

Er lag reglos da, mit dem Kopf auf der Seite.

Bodendielen. Eine weiße Wand.

Irgendwo hörte er Geigen. Oder vielleicht waren es auch Cellos. Er lauschte angespannt der Musik, als könnte sie ihm erklären, was passiert war. Doch sie plätscherte bloß vor sich hin, unbestimmt, ohne sich zu verändern. Sie schien sich aus sich selbst zu speisen, ohne sich dabei jemals aufzuzehren.

Einige Zeit verging.

Die Musik war immer noch da, doch er wußte nicht genau, woher sie kam – oder ob sie überhaupt wirklich war.

Schließlich hatte er das Gefühl, den Kopf heben zu können. Er lag auf dem Rücken, und seine Hand- und Fußgelenke steckten in Ringen aus Edelstahl. Jeder Ring war mit einem zweiten, kleineren Ring an eine eigene Schiene gekettet, und die Schienen waren am Boden festgeschraubt. Die vier kleineren Ringe waren an den Schienen arretiert, mit aufschließbaren Metallösen, die an bestimmten strategischen Punkten im Boden verankert waren. Er staunte über diese Konstruktion. Sie war so raffiniert, so durchdacht. Aber warum, wozu?

Sein Geist arbeitete langsam, wie benebelt. Ihm fiel keine Antwort ein.

Er sah sich um. Er befand sich in einem großen Raum mit rechteckigem Grundriß. Am anderen Ende, knapp über der Spitze seines rechten Schuhs, ragte eine Tür auf.

An der Decke hingen drei Lampen mit großen, metallenen Lampenschirmen; das Licht, das sie abgaben, würde hart und schonungslos sein, wie das Licht in einem Schlachthof, dachte er, oder in einem Labor. Alles war weiß gestrichen, auch die Rohre, die zu seiner Rechten vom Boden zur Decke verliefen, auch die nackte Ziegelwand zu seiner Linken. Der Raum hatte keine Fenster, nur ein kleines Oberlicht, das aussah, als ließe es sich nicht öffnen. Auf allen Seiten strebten Bodendielen von ihm weg – blanke, unlackierte, leicht verstaubte Dielen.

Er legte den Kopf wieder hin, spürte die schwarze Gummimatte unter sich. Sie erinnerte ihn an Sporthallen. Es war derselbe Geruch. Wärmflaschen. Schweiß. Er starrte hinauf zu dem Oberlicht. Ein weißer Fensterrahmen, ein schlichtes blaues Viereck. Es schien nur entfernt mit dem schmalen Streifen Himmel zu tun zu haben, den er in der Gasse gesehen hatte.

Die Zigaretten, dachte er. *Ich habe gar keine Zigaretten gekauft.*

Er sah die Frauen, wie sie ihm in der Gasse begegnet waren, mit den spitzen Kapuzen über dem Gesicht und den weiten, schwarzen Mänteln, die um sie herumwirbelten. Der Stoff flatterte und wellte sich – es erinnerte ihn an Sonnenstrahlen, die sich über den Meeresboden bewegen –, und er hörte, wie sich ihre Stimmen überschnitten – *Wir haben dich letzte Woche tanzen gesehen, wir saßen in der zweiten Reihe, es war großartig* –, so sehr, daß schwer zu sagen war, welche von ihnen was sagte. Er war es natürlich gewohnt, den Beifall fremder Leute entgegenzunehmen. Er hatte gelernt, geduldig zu sein, wohlwollend ... Doch ihm war, als hätte eine von ihnen nichts gesagt. Sie hatte lediglich den Kopf geneigt, als höre sie aufmerksam zu. Oder war sie womöglich zu schüchtern? Schon damals hatte irgend etwas an dieser Begegnung ihn befremdet – doch es war nicht ihre Begeisterung gewesen; ihre Begeisterung hatte aufrichtig und echt gewirkt. Er hatte sich gerade entschuldigen und weitergehen wollen, als er in der rechten Hand jenen stechenden, kalten Schmerz spürte. Ein Schauer überlief ihn, als er daran dachte, wie die Nadel aus der Vene herausgeglitten war, wie geschmeidig und verstohlen sie sich zurückzog, wie eine Schlange, die soeben ihr Gift verspritzt hat …

Er erinnerte sich, wie die Sonne ein steiles Dach am anderen Ende der Gasse beschien, so daß die Dachziegel glänzten wie mit Blattgold überzogen, doch danach erinnerte er sich an nichts mehr – bis zu diesem fensterlosen weißen Raum, diesem Eingesperrtsein …

Erneut hob er den Kopf, um sich umzusehen. Diesmal fiel ihm auf, daß die Wände mit ungewöhnlichen Vorrichtungen versehen waren – allen möglichen Arten von Haken, Halterungen und Stiften; das alles wirkte nicht gerade beruhigend, denn ihm fiel keine unschuldige Erklärung dafür ein. Auf der rechten Seite, schräg hinter ihm, war eine kleine Nische mit einer Waschmaschine und einem Trockner – beides deutsche Marken. Selbst der Anblick dieser alltäglichen, vertrauten Haushaltsgeräte wirkte eher beunruhigend, denn in Verbindung mit der Gummimatte und den Edelstahlringen, in Verbindung mit all den Vorrichtungen an der Wand bekamen sie etwas Bedrohliches, wurden zu Komplizen.

Angst trat aus seinen Poren wie ein stechender, scharfer Geruch.

Er hatte auf einmal das Bedürfnis zu urinieren.

Er erinnerte sich nicht, gehört zu haben, wie die Tür aufging, doch sie mußte sich wohl geöffnet haben, denn er sah die drei Frauen in den schwarzen Mänteln auf sich zukommen, deren Säume an den Splittern in den Bodendielen hängenblieben. Sie umringten ihn und blickten auf ihn herab, als befände er sich sehr weit unter ihnen, als läge er auf dem Grund eines Brunnen.

»Du gehörst jetzt uns.«

Er wußte nicht, wer von ihnen das gesagt hatte. Sein Blick wanderte an ihnen vorbei zum Oberlicht. Dieses leere, gleichgültige blaue Viereck.

Dieselbe Frau erhob erneut die Stimme. Es war die größte von den dreien. Sie hatte einen leichten Akzent, als habe sie in Amerika Englisch gelernt.

»Du gehörst jetzt uns«, sagte sie. »Du bist unser Eigentum.«

Sein erster Impuls war zu fragen, wie sie das meine, doch er unterdrückte ihn. Er wollte ihr nicht die Genugtuung geben, seine Stimme zu hören. Jedenfalls nicht so bald. Er wollte ihr etwas verweigern. Vielleicht war dies das einzige, was er ihr vorenthalten konnte.

Doch es schien ihr durchaus zu reichen, ihn einfach anzustarren: Ihr Blick wanderte langsam über seinen Körper, von oben nach unten und wieder zurück ...

Über ihrer Schulter tauchte ein Flugzeug auf, ein einzelner silberner Fleck in dem Blau. Es war eine merkwürdige Vorstellung, daß all die Leute dort oben saßen und Zeitschriften lasen, Musik hörten und etwas tranken. Es war seltsam, daß sie nicht wußten, daß er unter ihnen, an den Boden gekettet, in einem Zimmer lag ... Er sah zu, wie das Flugzeug durch die rechte obere Ecke des Fensters flog, gerade, stetig, unbeirrbar –

Dann war es fort.

Die Frauen redeten jetzt miteinander, leise, vertraulich, mit von den Kapuzen verfremdeten Stimmen. Er konnte weder ihre Stimmen unterscheiden noch ein Wort verstehen, obwohl sie immer noch über ihm standen.

Schließlich zogen sie sich ohne jede Vorwarnung zurück. Er lag reglos da. Die Luft hatte etwas Gedämpftes, Totes. Er fragte sich, ob der Raum wohl schalldicht war. Es schien ihm wahrscheinlich. Wenn ja, dann mußte die Musik, die er gehört hatte, als er wieder zu sich kam, in seinem Kopf gewesen sein, mußte das Blut, das durch seine Adern floß, wohl einen einzigen dünnen Ton erzeugt haben, einen Ton, wie wenn fünfzig Streicher die Bögen ganz langsam über die Saiten ziehen ...

Und jetzt hingen die Worte der Frau auf ähnliche Weise über seinem Kopf, hartnäckig und anhaltend, während sich ihre Bedeutung knapp seinem Zugriff entzog: *Du gehörst jetzt uns. Du bist unser Eigentum.*

Er konnte schwer feststellen, wieviel Zeit genau vergangen war. Das Blau im Oberlicht war dunkler geworden, doch es war noch nicht Nacht. Er verspürte gerade die ersten Anzeichen von Hunger, als die Tür aufging und eine Frau mit einem Tablett hereinkam. Sie kam vorsichtig zu ihm, bemüht, nichts zu verschütten, und stellte das Tablett auf die Matte. Es waren kaltes Fleisch, Salat und Käse darauf, frisches Obst und eine Flasche Wasser. In dem nackten, farblosen Raum wirkten die Speisen exotisch, ja fast absurd.

Die Frau kniete sich neben ihn und griff nach der Wasserflasche. Eine Weile mühte sie sich mit dem Plastikverschluß. Entweder, dachte er, hatte sie keine Kraft in den Händen, oder sie war nervös. Als die Versiegelung dann endlich aufging und der Verschluß sich löste, stieß sie geräuschvoll die Luft aus. Sie füllte ein Glas mit Wasser und hielt es ihm an den Mund. Er trank in gierigen Schlukken. Sie mußte alles für ihn tun, mußte ihm das Kinn abtupfen, wenn er zu schnell trank und fast erstickte.

Inzwischen war sein Kopf wieder klar. Er sollte anfangen, sich alles genauer anzusehen, dachte er, Informationen zu sammeln. Er sah zu, wie die Frau einen Apfel schälte, wie die grüne Schale sich in Kringeln von dem feuchten, weißen Fleisch löste und unter ihrem Daumen herabbaumelte. Sie hatte rauhe Hände, bemerkte er, die Knöchel waren rot und geschwollen und die Fingernägel abgekaut. Sie hielt den Kopf gesenkt, so daß er kaum etwas von ihren Augen sah, doch manchmal konnte er sie kurz erspähen, sah sie aufblitzen, wenn sie ihm ein Stück Fleisch oder ein Salatblatt hinhielt. Einmal stieg ihm dabei vom Ärmel ihres Mantels der Geruch von Mottenkugeln in die Nase, woraus er schloß, daß er wohl erst kürzlich aus dem Schrank genommen worden war. Woher hatten sie diese Mäntel? Ob es ihre eigenen waren?

War es das erstemal, daß sie so etwas versuchten?

Auf einmal sah er das für die Abendvorstellung erleuchtete Theater vor sich, sah, wie sich die Leute ins Foyer drängten, während draußen Taxis vorfuhren –

»Wie spät ist es?« fragte er.

Die Frau schüttelte den Kopf, was wohl heißen sollte, daß er schweigen solle. Doch er wollte reden, mußte.

»Hör mal«, sagte er, »ich hab heute abend eine Vorstellung.«

Nichts wies darauf hin, daß sie ihn gehört hatte.

»Ich muß um halb acht auf der Bühne stehen.« Und obwohl er sich albern vorkam, setzte er hinzu: »Ich bin *Tänzer.*«

Sie hätte ebensogut taub sein können.

»Ich kann dich also gar nichts fragen?« sagte er.

Als die Frau sah, daß er genug gegessen und getrunken hatte, stand sie auf, nahm das Tablett und ging zur Tür. Er sah ihr nach, wobei er den Kopf so weit von der Gummimatte hob, wie seine Nackenmuskeln es erlaubten. Ihm fiel auf, daß sie die ganze Zeit nichts gesagt hatte. Nicht ein Wort.

Während er sich zurücksinken ließ, fragte er sich, ob es ihnen wohl um Geld ging. Bei der Vorstellung, wie sein Vater einen Erpresserbrief erhielt – sein Vater, der jeden Pfennig dreimal umdrehte! –, hätte er beinah laut aufgelacht.

Später, als es dunkel war und die Lampen an der Decke brannten, kehrten die drei Frauen zurück. Diesmal blieben sie an der Tür am anderen Ende des Raumes stehen. Sie schienen sich zu beraten.

Schließlich wandten sie sich um und kamen auf ihn zu. Sie stellten sich wie zuvor um ihn herum. Von ihren Schritten aufgewirbelt, wehten ganze Galaxien von Staub von ihm weg über den Boden ...

Er hatte beschlossen, seine Gefühle zu verbergen, so wie die Frauen ihre Identität. Er würde so wenig wie möglich von sich preisgeben. Und zugleich mußte er bestimmte Dinge herausbekommen. Er mußte versuchen, herauszufinden, wer diese Frauen waren, wohin sie ihn gebracht hatten und welche Absicht sie verfolgten.

»Was wollt ihr?« fragte er.

Die Frauen blickten einander an.

»Wollt ihr Geld? Ist es das?«

»Geld?« sagte eine von ihnen. »Nein, wir wollen kein Geld.«

Es war nicht die, die zuvor zu ihm gesprochen hatte. Die Stimme dieser Frau war tiefer, heiserer, als ob sie Raucherin sei. Sie hatte fast keinen Akzent.

»Was wollt ihr dann?« fragte er.

Die Frau hob die Hand, um die Kapuze von ihrem Hals wegzuschieben. Obwohl der Stoff nicht besonders rauh aussah, kratzte er sie offenbar. Sie muß sehr empfindliche Haut haben, dachte er. Sie hatte weiße Hände mit kurzen, spitzen Fingern, und der Nagellack, den sie trug, war pur-

purn, fast schwarz, wie getrocknetes Blut oder billiger Wein. Er hatte auf einmal ein Auge für Hände – etwas anderes bekam er ja auch nicht zu sehen.

»Wir haben schon, was wir wollen«, sagte die Frau. Und an ihre Komplizinnen gewandt: »Meint ihr nicht auch?«

Sie nickten.

Ja, das war eine andere. Sie schien über mehr Autorität zu verfügen. Vielleicht war sie sogar die Anführerin. In einer Gruppe von drei Leuten muß es immer einen Anführer geben.

»Es gibt ein paar Regeln ...«

Die Frau wandte sich ab und ging zu der Nische mit der Waschmaschine und dem Trockner. Sie bewegte sich langsam, mit einer gewissen Feierlichkeit, als sei sie sich ihrer Bedeutung bewußt, wie eine Richterin. Sie erklärte ihm, er solle auf keinen Fall versuchen zu fliehen. Das sei völlig zwecklos. Sie hätten alle nötigen Sicherheitsvorkehrungen getroffen. Sie hätten an alles gedacht. Außerdem warne sie ihn vor jedem Versuch der Gewaltanwendung. Doch das sei wohl auch nicht seine Art. Wenn er sich gut benehme, sagte sie, würde er auch gut behandelt werden. Sie hielt inne, als warte sie auf eine Antwort, doch als er es vorzog zu schweigen, fuhr sie fort. Rechts neben ihm befinde sich ein kleiner Schalter. Wenn er Hunger habe oder Durst oder wenn er zur Toilette müsse, brauche er nur auf den Knopf zu drücken –

»Eigentlich«, sagte er, »müßte ich jetzt.«

»Zur Toilette?«

Er nickte.

Ohne sich von der Stelle zu rühren, machte die Frau ihren Komplizinnen ein Zeichen – ein einfaches Senken des Kopfes, mit dem sie die Erlaubnis gab. Die beiden drehten sich um und gingen hinaus. Während sie fort waren, untersuchte er den »Schalter«. Neben der Matte war eine quadratische Metallplatte – aus Aluminium anscheinend – am Boden festgeschraubt. In der Mitte der Platte befand sich ein runder, weißer Knopf. Es sah aus wie ein Lichtschalter oder eine Türklingel. Er drückte einmal darauf, doch es war nichts zu hören.

»Nur, wenn du etwas brauchst«, warnte ihn die Frau.

Ihre Komplizinnen kehrten mit Hand- und Beinschellen zurück. Die eine kauerte sich vor seine Füße, die andere neben seinen Kopf. Erst jetzt fiel ihm auf, daß jede der Schienen an einem Ende in einem Haken auslief, ähnlich wie der Griff eines Stockschirms. Als er die beiden Schienen für die Ringe an seinen Füßen betrachtete, merkte er, daß sie zusammen ein unterbrochenes S ergaben:

Die Frau, die vor seinen Füßen hockte, löste die zwei kleineren Stahlringe, so daß sie frei an den Schienen entlangglitten, schob seine Fußgelenke zusammen und legt ihm die Beinschellen an. Erst dann schloß sie die größeren Stahlringe auf. Sobald seine Beine gefesselt waren, vollführte die zweite Frau ein ähnliches Manöver an seinen Händen, die sie ihm mit den Handschellen auf den Rücken kettete. Die beiden Frauen arbeiteten perfekt zusammen, ohne ein Wort zu sagen. Zu keinem Zeitpunkt war sein Körper frei. Das Ganze ging so reibungslos vonstatten, als hätten sie es sich vorher genau überlegt.

Behutsam halfen sie ihm auf. Obwohl er erst ein paar Stunden dagelegen hatte, spürte er bereits eine Art Ungeduld in seinen Muskeln, eine gewisse Unruhe. Sein Körper war um sein nachmittägliches Training gebracht worden. Er stand zwischen den beiden Frauen und bewegte Arme und Beine, ließ den Kopf auf dem Hals kreisen, als würde er nun doch noch auftreten ...

Die Ketten, mit denen er gefesselt war, klirrten und rasselten.

Die beiden Frauen nahmen ihn jede an einem Arm und gingen mit ihm zur Tür. Mit den eng aneinandergeketteten Händen auf dem Rücken und den Beinschellen an den Knöcheln konnte er sich nur schlurfend fortbewegen.

Er war neugierig gewesen, was sich außerhalb des Raumes befand, doch es war ziemlich enttäuschend. Alles, was er sah, war ein Gang mit weiß gestrichenen Wänden, weißer Decke und einem strapazierfähigen Teppich in Industriegrau. Er sah zwei weiße Türen, eine zu seiner Linken und eine am anderen Ende des Gangs. Der Gang hatte keine Fenster. Das einzige Geräusch, das er vernahm, war das gleichmäßige, einschläfernde Summen der Neonröhren über ihm. Das Haus machte den Eindruck, als sei es kürzlich renoviert worden, doch er konnte sich nicht vorstellen, wie es von außen aussah, geschweige denn, in welchem Teil von Amsterdam es stand – falls sie überhaupt in Amsterdam waren.

Die Toilettentür war die auf der linken Seite. Eine der beiden Frauen blieb wie ein Wachposten davor stehen, während die andere mit ihm hineinging. Der Raum war höchstens zweieinhalb Meter lang und anderthalb Meter breit. Vor ihm befand sich eine Toilette mit schwarzem Sitz und weißem Spülkasten. An der rechten Wand war ein kleines Handwaschbecken. Sowohl in dieses als auch in die Toilette war das Wort SPHINX eingebrannt – eine der gängigsten holländischen Marken. Der Name entlockte ihm ein finsteres Lächeln. »Wie passend«, sagte er, doch die Frau hinter ihm reagierte nicht. Auch dieser Raum war fensterlos. Es gab auch keinen Spiegel.

Ohne jede Scheu und ohne das geringste Zögern zog ihm

die Frau die Trainingshose herunter und nahm seinen Penis aus dem Jockstrap, den er darunter trug. Er setzte sich zum Urinieren hin, was er noch nie getan hatte. Er dachte, das wäre vielleicht einfacher, auch wenn er dadurch der Frau, die ihn begleitet hatte, das Gesicht zuwenden mußte. So mit ihm eingeschlossen in diesem engen Raum, machte sie einen noch bizarreren Eindruck ... In der Stille, bevor sein Urin kam, hörte er sie atmen. Es mußte ziemlich warm sein, dachte er, unter der Kapuze und dem Mantel – und fast augenblicklich meinte er, ihren Schweiß zu riechen, einen Geruch, der so bitter war wie der Saft von Frühlingsblumen. Er wußte, welche der Frauen es war. Die rauhen Knöchel, die abgekauten Nägel ... Sie hatte ihm seine erste Mahlzeit serviert. Und sie war die einzige, deren Stimme er noch nicht gehört hatte. Auf einmal durchzuckte ihn ein Gefühl von Macht. Es war so fehl am Platz, so völlig ungerechtfertigt, daß es ihm fast den Atem verschlug. Doch es hielt nicht lange an. Kaum hatte es sich bemerkbar gemacht, da war es auch schon wieder verschwunden, und es blieb nicht ein Funken davon zurück.

Als er fertig war, zog die Frau ihm den Jockstrap und die Trainingshose hoch, dann griff sie hinter ihn und spülte. Auch jetzt erledigte sie die Dinge ohne das geringste Zeichen von Verlegenheit oder Begehren, lediglich mit einer Art methodischer Effizienz. Etwas mußte getan werden, und sie tat es. Dennoch fühlte es sich seltsam an, so behandelt zu werden. Es erinnerte ihn an einen Lebensabschnitt, den er glaubte für immer vergessen zu haben. Mit ein paar simplen Handgriffen hatte sie eine Kluft von dreißig Jahren überbrückt und ihn in seine erste Zeit auf dieser Welt zurückversetzt.

Die beiden Frauen, die mit ihm zur Toilette gegangen waren, ketteten ihn unverzüglich wieder am Boden fest, dann hängten sie die Hand- und die Beinschellen an offenbar dafür bestimmte Haken hinter ihm an der Wand und zogen sich auf die linke Seite des Raumes zurück.

Die Frau mit den weißen Händen und den dunkel lackierten Nägeln trat vor. Sie kam so dicht heran, daß er in ihrem Mantel ungefähr auf Hüfthöhe einen kleinen rechtwinkligen Riß entdeckte – als wäre sie an einem Nagel hängengeblieben –, und der Saum war voller Flecken, die aussahen wie getrocknete Schlammspritzer.

»Besser?«

Er nickte.

Sie stand über ihm und blickte auf ihn herab. Ihre Schuhe sahen unter dem Mantel hervor. Sie waren schwarz und hatten Gummisohlen. »Ist dir kalt?«

Er schüttelte den Kopf.

»Nein«, sagte sie, »es ist ziemlich warm hier drin.«

Sie kniete neben ihm nieder und sah ihm direkt ins Gesicht. Ihre Augen schienen auf fast unnatürliche Weise zu funkeln, vielleicht, weil sie vom Stoff der Kapuze umrahmt waren.

»Wir wollen nämlich nicht, daß du leidest«, sagte sie. »Im Gegenteil ...«

Wie auf ein Zeichen hin traten die anderen beiden heran und knieten sich hin. Die eine setzte sich vor seine Füße, während die andere nach seinem Pullover griff und ihn behutsam über seinen Kopf zog. Darunter trug er nur sein zerrissenes altes Hemd. Am Kragen beginnend, knöpfte die Frau es langsam auf. Sie hatte feine, aber kräftige Finger. Dieses Entkleiden hatte einen ganz anderen Charakter als das auf der Toilette, und das nicht nur, weil eine andere Frau es übernahm. Es lag etwas Verstohlenes darin. Eine Art Vorfreude.

Er wollte es ihr nicht so leicht machen und versuchte, sich ihr zu entziehen, doch mit den Stahlringen an seinen

Hand- und Fußgelenken konnte er sich kaum bewegen. Letztlich konnte er nur zusehen, wie die fast durchsichtigen, perlmuttfarbenen Knöpfe einer nach dem anderen aufsprangen.

»Ah, ja«, hauchte eine der Frauen. Die Atmosphäre war jetzt mit ihrer Erregung aufgeladen. Man konnte sie spüren wie eine Schwingung oder einen Druck.

Er schloß die Augen – Dunkelheit als eine Form von Verweigerung, Dunkelheit als Möglichkeit zu entfliehen –, mußte jedoch feststellen, daß er die Hände der Frauen dann nur um so deutlicher vor sich sah, ihre Hände und das, was sie taten. Ihre Finger an der Kordel seiner Trainingshose, wie sie langsam den Knoten aufzupften, langsam den Hosenbund lösten ...

»Du bist sehr schön«, hörte er eine von ihnen sagen.

»So eine glatte Haut«, sagte eine andere.

Auch die dritte sagte etwas, murmelte zustimmend.

Er spürte, wie sie anfingen, ihn zu berühren. Manchmal waren ihre Hände zärtlich, manchmal waren sie bloß neugierig, doch es gab keine Stelle seines Körpers, keine Rundung und keine Vertiefung, die sie nicht schließlich erkundeten.

Er hätte nicht sagen können, wie lange diese taktile Bewunderung seines Körpers dauerte.

Irgendwann veränderte sich die Farbe hinter seinen Lidern, und er öffnete die Augen und sah, daß eine der Frauen die Lampen ausgeschaltet hatte und eine andere mit langen Kerzen hereinkam. Dadurch entstand eine intimere, aber zugleich auch seltsam mittelalterliche Atmosphäre. Das flackernde, unstete Licht und seine Kleider, die zurückgestreift und umgestülpt waren wie die Haut eines Tieres, das ausgestopft werden soll. Seine Nacktheit – drei Gestalten mit Kapuzen, die sich darüberbeugten ...

Er schloß wieder die Augen.

Und irgendwann spürte er, wie er eine Erektion bekam, diese zunehmende Spannung am Penisansatz, dieses langsame, fast genüßliche Hineinströmen des Blutes. Es war, als würde sein Körper zur Gegenseite überlaufen. Als würde er ihn verraten. Während er die Augen weiterhin geschlossen hielt, hörte er die Frauen sagen: »Seht mal, da.«

»Er ist soweit.«

»Wer will zuerst?«

Die Zimmerdecke war verschwunden, die Wände glitten zur Seite, und endlich konnte er etwas sehen, weite, offene Räume, den blauen Dom des Himmels über ihm, das dunkle Halbrund der Erde. Und die Landschaft vor seinen Augen veränderte sich. Er sah glitzernde Salzseen, die sich über Kilometer erstreckten, und Wiesen mit hohem Gras, das unter dicken, dunkelgrauen Wolken hin und her schwankte. Er sah eine gelbe Steppe, die von einer Bergkette begrenzt wurde. Die Berge lagen im Schatten – schräge schwarze und tiefblaue Felsplatten. Ein frischer Wind streifte sein Gesicht, fuhr ihm durchs Haar. Es regnete zwar nicht, doch die Luft roch nach Feuchtigkeit. Vielleicht hatte es gerade geregnet, oder es war kurz davor.

Die Luft roch nach Ferne.

Überall um ihn herum war Land, weite, dramatische Landschaft, eine Landschaft, wie er sie selten in seinem Leben gesehen hatte, und er war ganz allein darin. Allein, aber nicht einsam. Er hatte das Gefühl, sich genau im Zentrum zu befinden, von elementarer Bedeutung zu sein, die Nabe eines Rades, das das gesamte Universum umfaßt, in all seinen Aspekten und Dimensionen. Er kannte dieses Gefühl, doch er hatte es seit Jahren nicht mehr gehabt. Vielleicht fühlte man sich so, wenn man jung war.

Manchmal blieb er stehen, manchmal rannte er, doch er

war immer allein, sorglos und seltsam gebannt – wie in einer Art Ekstase ...

Aber irgend etwas in ihm wußte, es konnte jederzeit eine Tür aufspringen, es konnte das Licht angehen, strahlend und erbarmungslos, und dann konnte etwas geschehen, das ihn dort festnageln würde, wo er war, in dem weißen Raum, angekettet an Armen und Beinen.

Selbst in seinen Träumen gab es etwas in ihm, das nicht vergaß.

Er erwachte im Dunkeln, wußte nicht, wo er war. Dann bemerkte er einen schwachen Lichtschein, der von dem Fenster hoch oben hereinfiel und sich weich wie Schnee auf seinen Körper senkte.

Es war jetzt Nacht.

Er lag reglos da und lauschte. Kein Laut drang von draußen herein. Keine Polizeisirene in der Ferne, kein singender Betrunkener – nichts.

Zunächst wußte er überhaupt nichts, dann fiel es ihm wieder ein. Der Geruch von Gummi. Dünn. Fast beruhigend. Die kalte Härte des Stahls. Das feine, metallische Klirren der Kettenglieder, als er sich umdrehte ...

Als die Frauen von ihm abließen, als sie mit ihm fertig waren, lösten sie die Ringe an den Schienen, so daß sie frei daran entlangliefen und er mehr Bewegungsfreiheit hatte. Er konnte dadurch in verschiedenen Positionen schlafen. Wenn er wollte, konnte er auf dem Bauch liegen oder auf der Seite. Er konnte die Hände nah ans Gesicht bringen oder die Knie anziehen. Er hatte zwar mehr Freiheit, aber er war nicht frei.

Was hatte die Frau gesagt?

Du gehörst jetzt uns. Du bist unser Eigentum.

Er empfand nur Beschämung und Erniedrigung. Oder halt, nicht ganz. Da war noch etwas anderes gewesen, ein

Gefühl, das sich hinter den anderen verbarg, schattenhaft und verstohlen – heimtückisch: ein Gefühl der Erregung …

Als er schließlich eine Erektion bekommen hatte, hatte es auch nicht mehr lange gedauert, bis er gekommen war – das Sperma war gleichsam aus ihm herausgeplatzt, quer über seinen Bauch geschossen. Einmal hatte er etwas sagen wollen, doch eine der Frauen legte ihm eine Hand auf den Mund, eine Hand, die schwach nach ihm selber roch.

»Nein, sag nichts. Du würdest alles kaputtmachen.«

Danach mußte er zur Toilette. Doch diesmal führten sie ihn nicht hinaus. Vielleicht fürchteten sie, das würde den Zauber zerstören. Statt dessen ließen sie ihn eine metallene Bettpfanne benutzen, die sie mitgebracht hatten, als sie gekommen waren.

Später zogen sie ihn vollständig aus und wuschen ihn, ohne einen Körperteil auszulassen. Er kam sich vor wie auf einem Gemälde: die Dunkelheit um ihn herum, die Blechschüssel, die randvoll mit Wasser war, sein nackter Körper und das Ganze von Kerzen erhellt. Schatten drängten sich an der Wand, wie Leute, die von dem Schauspiel angezogen worden waren. Wie eine Menge Schaulustiger.

Als die Frauen ihn abgetrocknet hatten, zogen sie ihm frische Kleider an, dann schoben sie ihm ein Kissen unter den Kopf. Sie gingen schweigend zur Tür und bliesen im Hinausgehen die Kerzen aus.

»Schlaf jetzt«, hörte er eine von ihnen sagen.

Als es dämmerte, erwachte er erneut. Er lag auf der Seite, eine Hand unter der Wange. Nicht weit weg von ihm waren ein paar Wachstropfen auf die Dielen gefallen; es hätten auch alte Münzen sein können, Münzen, die so lange von Hand zu Hand gegangen waren, daß sie jetzt völlig glatt waren. Er sah an seinem Körper hinab. Er trug ein weißes T-Shirt und weiße Unterhosen. Es waren nicht seine Kleider. Ihm fiel ein, was gestern Abend passiert war, und auf einmal hatte er ein hohles Gefühl in der Magengegend. Er hatte die Frauen machen lassen, was sie wollten, hatte sich widerspruchslos, kampflos gefügt. Was ist das für ein Mann, fragte er sich, der sich einfach fügt?

Er drehte sich auf den Rücken und sah zu, wie eine Wolke quer durch das Oberlicht zog. Und die Sache hatte noch eine andere Seite, eine, die er sich noch weniger eingestehen mochte: Das Ganze hatte ihn gegen seinen Willen erregt. Hatten die Frauen bei ihm irgendein Bedürfnis wahrgenommen? Hatte er sie stillschweigend ermuntert? War er in irgendeiner Weise für das alles hier verantwortlich?

Er erkannte sich selbst nicht wieder.

Doch vielleicht hatte er auch einfach nur den Weg des geringsten Widerstands gewählt.

Er war immer noch zu keinem Schluß gekommen, als die Tür aufging und eine Frau erschien. Sie hielt die Schüssel in der Hand, die sie am Abend zuvor benutzt hatten, um ihn zu waschen, und nach ihrer Kopfhaltung und der Art zu urteilen, wie sie sich bewegte, war die Schüssel auch jetzt voll Wasser. Sie stellte sie auf der Gummimatte ab, nur ein paar Handbreit von ihm entfernt, dann ging sie wieder hinaus und kam gleich darauf mit einem Handtuch, einem Waschlappen und einem Kulturbeutel wieder. Sie setzte sich neben ihn, zog den Reißverschluß des Kulturbeutels auf und nahm einen Einmal-Rasierer und eine Dose mit unparfümiertem Rasierschaum heraus. Sie schüttelte die Dose, sprühte sich etwas Schaum auf die Hand und verteilte ihn dann mit der anderen auf seinem Gesicht und seinem Hals. Ihre Nägel waren so weit abgekaut, daß sie fast rund waren, was ihre Finger plump aussehen ließ, wie Wurzeln.

Sie rasierte ihn völlig anders, als er selbst es sonst tat. Sie begann in der Vertiefung zwischen Oberlippe und Nase, mit kleinen, senkrechten Bewegungen der Klinge, dann arbeitete sie sich an der rechten Seite der Oberlippe entlang und mit denselben kleinen Bewegungen quer über die Wange bis zum Ohr. Als sie mit der rechten Seite fertig war, fing sie wieder bei der Oberlippe an und wiederholte das Manöver – spiegelverkehrt – auf der linken Seite, bevor sie zum Kinn kam und schließlich zum Hals. Ihm fiel auf, daß sie jedesmal, wenn sie die Klinge ansetzte, die Luft anhielt und, wenn sie sich zurücklehnte und den Rasierer in der Schüssel ausspülte, den Atem geräuschvoll wieder ausströmen ließ, und er mußte an Kinder denken, die das Gleiche tun, wenn sie malen. Er wußte nicht mehr genau, ob er schon einmal von jemand anderem rasiert worden war. Er glaubte, nicht. Sie machte es erstaunlich gut. Er hatte keinen Moment das Gefühl, daß sie ihn schneiden könnte.

Kurz bevor sie fertig war, verspürte er einen stechenden Schmerz im Unterleib, knapp über der Leistengegend. Er sagte, er müsse zur Toilette. Sie ging sofort hinaus und kehrte gleich darauf mit einer ihrer zwei Komplizinnen zurück. Er sah den beiden Frauen bei dem komplizierten Schließritual zu und war erneut erstaunt, wie reibungslos das Ganze funktionierte – als hätten sie es oft geübt. Wie zuvor wartete die Größere von ihnen vor der Toilettentür, während die andere, die mit den abgekauten Nägeln, ihn hineinbegleitete. Sie ging nicht hinaus, obwohl er diesmal nicht nur urinierte. Doch sein Stuhlgang war wie Wasser und hatte den stechenden, fast fauligen Geruch von Wild. Die Kapuze der Frau wirkte ausnahmsweise angebracht – wie ein Zeichen ihres Feingefühls, als würde sie sich taktvoll abwenden.

Als er fertig war, wischte sie ihn ab, zog ihm die Unterhose hoch und spülte. Sie benahm sich wie am Abend zuvor: Sie erledigte die Dinge methodisch und effizient – ohne irgendwelche Emotionen. Anschließend trat sie ans Handwaschbecken. Neben dem Warmwasserhahn war ein Fleck auf dem weißen Porzellan. Er sah, wie sie ihn mit dem Finger berührte. Sie schien es für etwas zu halten, das sich wegwischen ließ – ein Haar vielleicht. Als es sich jedoch nicht rührte, als sie merkte, daß es nur ein Sprung war, murmelte sie etwas in sich hinein, als hätte sie das Gefühl, man habe ihr einen Streich gespielt.

Während die Frau die Hände unter das heiße Wasser hielt – wie merkwürdig, dachte er, wenn jemand anderes sich für einen die Hände wäscht –, trat er zurück und sah sich um, in der Hoffnung, mehr über den Raum herauszubekommen. An der Decke hing eine nackte Glühbirne. Philips. Sechzig Watt. Der Boden war aus Linoleum – weiße Sprenkel auf dunkelgrauem Grund, eine Art Tüpfeleffekt, wie ein Fernsehschirm nach Sendeschluß. Links von der Toilette waren zwei größere weiße Flecken, die nicht zu dem Muster zu gehören schienen. Als er genauer hinsah, erkannte er, daß es Farbe war. Sie mußte beim Streichen heruntergetropft sein. Er nickte kurz in sich hinein. Die Nachlässigkeit anderer Leute war etwas, woran er oft nicht dachte. Er vergaß leicht, daß die Menschen nicht perfekt waren. Daß sie Fehler machten.

Als er wieder in dem weißen Zimmer lag, wartete er, bis die Frauen gegangen waren, dann drehte er sich auf die Seite, das Gesicht zur Wand. Es roch immer noch nach Kerzenrauch, ein Geruch, der ihn merkwürdigerweise an Brigitte erinnerte. Sooft Brigitte irgendwo in einer Kirche war, zündete sie für ihre Familie Kerzen an, für die Toten und auch für die Lebenden, sogar für ihre Cousine Esperanza, die sie gar nicht kannte, eine Kerze nach der anderen, und ihr Gesicht nahm dabei einen so mystischen, feierlichen Ausdruck an, als wäre sie ein dreijähriges Kind. *Was täten die Kerzenmacher ohne dich?* hatte er einmal zu ihr gesagt, vor der Basilika von Assisi, ein Kommentar, für den er einen verständnislosen Blick erntete und dann ein Lächeln und eine Bemerkung über den englischen Humor, den sie nie verstehen würde, und wenn sie hundert Jahre alt würde.

Ob sie jetzt, wo er fort war, auch eine Kerze für ihn anzündete?

Er sah sie vor sich, wie er sie zuletzt gesehen hatte, vor höchstens achtzehn Stunden ... Sie stand am Fenster der Kantine und starrte hinaus auf die Straße, den einen Arm in die Hüfte gestemmt. Er erinnerte sich, wie sie auf ihn zugekommen war, mit leicht gerunzelter Stirn, als würde sie etwas betrüben. Sie hatte ihn gefragt, ob er ihr Zigaretten holen würde. Er hatte gesagt, sie würde noch Krebs bekommen. Sie hatte die Achseln gezuckt und gemeint, das sei ihr egal. Es war ein alberner Wortwechsel gewesen. Völlig überflüssig. Kleinlich. Er spielte die Szene innerlich noch einmal durch, sah sie, wie sie hätte ablaufen sollen. Diesmal brauchte Brigitte ihn, als sie auf ihn zukam, nicht zu bitten, denn ihre Zigaretten lagen auf dem Tisch, wo sie sie zuvor hatte liegenlassen, und bildeten zusammen mit dem Aschenbecher und der Kaffeetasse ein kleines Stilleben. Sie griff nach der Schachtel, nahm sich eine Zigarette und zündete sie an, dann stellte sie sich so dicht neben ihn, daß ihre linke Hüfte fast seine rechte Schulter berührte. Er sah sie vor sich, wie sie den rechten Ellbogen mit der linken Hand stützte und die Zigarette in Mundnähe hielt, auch wenn sie nicht daran zog, sah, wie der graue Rauch allmählich blau wurde, während er sich in einem Sonnenstrahl nach oben hin auflöste ... Als sie die Zigarette zu Ende geraucht und sie im Aschenbecher ausgedrückt hatte, gingen sie wieder in den Trainingsraum, um das Stück zu proben, das sie in zwei Wochen aufführen würden. Um sieben war die Probe zu Ende, und sie duschten und zogen sich um. Dann fuhren sie nach Hause, wie jeden Tag.

Eine andere Version vom Ablauf der Ereignisse.

Eine Wunschvorstellung …

Er fragte sich, was Brigitte jetzt wohl gerade tat. Ob sie nach ihm suchte? Wie sucht man nach jemandem, wenn er spurlos und ohne jede Vorwarnung verschwunden ist?

Ihm fiel ein, wie er einmal mit ihr auf Kreta gewesen war. Sie hatten in einem Dorf an der Südküste gewohnt, am Fuß der Berge. Jeden Tag stiegen sie auf ihre geliehene Vespa und fuhren zu einer einsamen Bucht, die ein paar Kilometer entfernt lag.

Eines Vormittags ging Brigitte schwimmen, während er selbst sich auf einen flachen Felsen legte, um ein Buch zu lesen. Als er aufblickte, sah er Brigitte in der Ferne am Strand. Sie wusch sich in einer Süßwasserquelle, die sie am Tag zuvor entdeckt hatten. Sie war nackt. Ihre olivbraune Haut war von der Sonne noch dunkler geworden, und ihr Bikini lag als ein kleiner scharlachroter Fleck neben ihr auf den Felsen. Lächelnd widmete er sich wieder seinem Buch.

Als er das nächstemal aufsah, war der Strand leer.

Anfangs blieb er ganz ruhig, dachte, sie müsse wohl wieder schwimmen gegangen sein. Er tastete die Bucht mit den Augen ab. Das Licht war jetzt so grell, daß es ihm in den Augen weh tat. Das Wasser war ein Ballen aus zerrissener Silberfolie. Brigitte war nirgends zu sehen. Seine Gelassenheit begann sich aufzulösen. Er merkte, wie Panik an ihre Stelle trat.

Auf seinem Felsen sitzend, suchte er minutenlang den Strand ab, doch Brigitte tauchte nicht wieder auf. Sie war einfach verschwunden.

Er erhob sich und zog seine Badehose an. Er hatte das Gefühl, sich viel zu langsam zu bewegen, aber andererseits sah er auch keinen Sinn darin, sich zu beeilen. Er kam sich albern vor. Vielleicht sollte er sich einfach wieder hinsetzen und weiterlesen.

Er ging den Strand entlang.

Als ihm auffiel, wie lang er gebraucht hatte, um auf die Idee zu kommen, daß ihr etwas passiert sein könnte, verfiel er in Laufschritt. Er hatte schon so viel Zeit verschwendet. Plötzlich zählte jede Sekunde.

Er erreichte die Stelle, wo er sie zuletzt gesehen zu haben glaubte. Ja, da war ein Fußabdruck von ihr im feuchten Sand. Er spürte, wie die Sonne schwer auf seinem Kopf, auf seinen Schultern lag. Der graue bis ockerfarbene Strand lief im Bogen auf eine felsige Landzunge zu. Seine Leere wirkte natürlich. Es lag sogar eine gewisse Gleichgültigkeit darin, als sei alles, was er selbst empfinden könnte, bedeutungslos, nicht von Belang.

Und wenn sie nun vergewaltigt worden war und anschließend mit einem Stein erschlagen? Wenn man sie ermordet hatte? Wenn sie einfach verschwunden war?

Brigitte, ohne die er nicht leben konnte. Brigitte, die er über alles liebte.

Er sah sie im Geiste vor sich, nackt, an der Quelle trinkend. Aus einem Kilometer Entfernung erkannte man Brigitte nicht am Gesicht, man erkannte sie an der Art, wie sie sich vorbeugte – wie nur Tänzer es können: so, daß ihre Wirbelsäule und die Rückseite ihrer Schenkel exakt einen rechten Winkel bildeten …

So ist es, dachte er, wenn jemand verschwindet. Ein leerer Strand. Wie ausgestorben. Er war für Brigitte verantwortlich. Wenn sie tatsächlich verschwunden war, dann war er schuld daran. Schuld an ihrem Tod.

Er schluckte.

Sich von der Quelle abwendend, begann er auf die Landzunge zuzugehen, doch er hatte jetzt keine Hoffnung mehr. Sie war seit mindestens einer Stunde verschwunden. Er konnte sich keine Erklärung dafür vorstellen. Ihm fiel nicht eine plausible Begründung ein.

Dann hörte er jemanden seinen Namen rufen. Er blieb stehen, blickte nach oben. Über ihm auf einem Felsen stand Brigitte, und sie war ganz hellgrau, von Kopf bis Fuß, selbst im Gesicht, und einen Moment lang dachte er, sein Alptraum wäre Wirklichkeit geworden, sie wäre ermordet worden und kehre nun als Geist zurück ... Die Wahrheit war natürlich sehr viel undramatischer: Bei ihrer Erkundung der Landzunge hatte sie eine besondere Art Schlamm entdeckt, einen Schlamm, der gut für die Haut war ...

Als sie an jenem Abend bei einem kalten Glas Retsina vor der Dorfbar saßen, beobachtete er, wie sie den Kopf drehte, um den Rauch in Richtung Straße zu blasen. Er war immer noch erstaunt, daß ihr nichts passiert war. Er konnte kaum glauben, daß sie nicht tot war, wie er schon befürchtet hatte.

»Was ist?« fragte sie.

Er schüttelte den Kopf. Es war Brigitte ihrem Naturell gemäß gar nicht in den Sinn gekommen, daß er sie vermißt haben, sich um sie gesorgt haben könnte, und er kannte sie gut genug, um zu wissen, daß sie es auch nicht verstehen würde, wenn er es ihr jetzt erzählte. Vielleicht wäre er sogar in ihrer Achtung gesunken. Sie wäre ihrerseits verstört gewesen.

»Nichts«, sagte er. »Nichts.«

Im Rückblick konnte man es den Leuten natürlich verübeln, wenn sie so sehr in ihrer eigenen Haut lebten, daß sie keine Ahnung hatten, wie es war, wenn man in der des anderen steckte. Nicht bloß keine Ahnung, sondern nicht einmal ein Interesse daran, es herauszufinden. Sie würden gar nicht auf den Gedanken kommen, es zu versuchen.

Darum war es für ihn so schwer, sich vorzustellen, wie Brigitte auf sein Verschwinden reagierte. Sie war es so sehr gewohnt, im Mittelpunkt zu stehen – was passierte wohl, wenn sich die Situation umdrehte? Wann immer er versuchte, sich auszumalen, was sie tat, sah er sie stets nur ganz normale Dinge tun, irgend etwas aus ihrem gewohnten Alltagsleben. Sie streute Futter ins Aquarium. Sie lag in der Badewanne und hörte eine ihrer Bob-Dylan-Kassetten (die sie so sehr liebte und deretwegen er sie immer aufzog). Sie saß in der Ecke des Trainingsraums auf dem Boden und streckte ihre Beine zur Seite oder berührte mit der Stirn die Knie. Anders gesagt, sie benahm sich völlig normal. Sie benahm sich, *als ob er noch da wäre.* Enthielten diese Bilder wohl ein Körnchen Wahrheit (nicht daß seine Abwesenheit ihr nichts ausmachen würde, nur daß sie eben trotzdem weitermachen würde wie zuvor)? Oder zeugten sie bloß von seiner eigenen Phantasielosigkeit?

Noch eine weitere Erinnerung wurde in ihm wach. Es war vor Jahren gewesen, kurz nachdem sie einander kennengelernt hatten. Eines Nachmittags war er nach den Proben seinen Wagen holen gegangen, den er ein paar Straßen weiter geparkt hatte. Mit laufendem Motor wartete er vor dem Studio auf Brigitte. Endlich ging die Tür auf und sie stieg ein. Ihre Haut roch nach der Chanel-Seife, die sie damals benutzte, und ihr Haar war noch feucht.

»Was starrst du mich an?« sagte sie.

Er konnte nicht leugnen, daß er das tat. Er war von ihrer Schönheit gebannt und mochte nirgendwo anders mehr hinsehen.

Schon damals, oder damals vielleicht mehr als später,

hatte sie seine Liebe als Last empfunden, als Druck, und manchmal war sie ganz erschöpft davon. Das hieß nicht, daß sie ihn nicht liebte, nur, daß seine Liebe der ihren vorausgegangen war. Er hatte sie auf der Stelle geliebt, mit einer überwältigenden, ununterdrückbaren Leidenschaft, während ihre Liebe erst allmählich gewachsen war, als Gegenstück zu der seinen, als Reaktion darauf.

Doch wenn das immer noch zutraf, wenn sie seine Liebe zuweilen als Last empfand und diese Last dann auf einmal verschwand, ganz und gar, würde sie sich dann im tiefsten Innern eingestehen, daß sie erleichtert war?

Oder würde sie das Gefühl haben, ihren Halt verloren zu haben, ins Schleudern zu kommen?

An jenem zweiten Tag traten die Frauen kurz vor Einbruch der Dämmerung ein, alle drei, wie üblich, schwarz und völlig gleich gekleidet. Sie waren wie Türen, dachte er, die ins Dunkle führen. Durch keine von ihnen würde man freiwillig gehen.

»Wir haben eine Bitte an dich.«

Es war die größte der drei, die mit dem leicht amerikanischen Akzent. Ihr Ton hatte etwas Schroffes, Schneidendes, als wäre sie es gewohnt, Befehle zu erteilen. Er blieb stumm, wartete darauf, daß sie weitersprach.

»Wir möchten, daß du für uns masturbierst.«

Er wandte den Kopf ab. Am Tag, während er allein gewesen war, hatte er über die Gefahren einer Kooperation seinerseits nachgedacht. So könnte es zum Beispiel passieren, daß die Frauen nie zufrieden sein, immer mehr von ihm verlangen würden. Diese »Bitte«, wie sie es nannten, schien diesen Verdacht zu bestätigen.

Doch sie redeten jetzt auf ihn ein, beharrlich und in einem verführerischen Ton, wobei sich ihre Stimmen überschnitten, wie schon in der engen Gasse.

»Wir würden gern dein Gesicht dabei sehen –«

»Wie es sich verändert –«

»Wenn du ganz in dir selbst versunken bist. Wie beim Tanzen –«

Er schüttelte den Kopf und drehte sich auf die Seite. Das Licht der untergehenden Sonne fiel durch das Dachfenster und bildete ein Viereck auf den nackten Dielen. Das Viereck war an einem Ende breiter als am anderen. Es sah aus, als sei ein orangeroter Sarg ins Zimmer gestellt worden.

Die Frauen versuchten weiterhin, ihn zu überreden. Er wollte ihnen nicht zuhören, doch er konnte seine Ohren nicht verschließen.

»Du brauchst nur zu masturbieren –«

»Ist das denn wirklich so viel verlangt?«

Eine von ihnen trat so dicht heran, daß die Falten ihres schwarzen Mantels fast sein ganzes Blickfeld ausfüllten. Einen Moment lang dachte er, er würde ohnmächtig werden.

»Erinnerst du dich noch an gestern abend?«

Er erkannte die Stimme sofort. Es war die Frau mit dem dunklen Nagellack, diejenige, die er für die Anführerin hielt. Ihm fiel auf, daß er allmählich fähig war, die drei zu unterscheiden. Vielleicht wäre es gut, wenn er jeder von ihnen eine eigene Identität zuweisen könnte. Ihnen vielleicht sogar Namen gab.

Die Frau wiederholte ihre Frage. »Erinnerst du dich noch, was da war?«

»Natürlich«, antwortete er.

»Tja«, sagte sie, »wir haben das Ganze aufgenommen. Auf Video.«

Er starrte sie ungläubig an.

Sie wandte sich ab, ging ein paar Schritte durch den Raum. »Es ist natürlich vor allem für uns selbst gedacht.

Zu unserer eigenen« – sie hielt kurz inne – »Unterhaltung.« Sie lehnte sich gegen die weißen Rohre an der Wand. »Aber«, fuhr sie fort, »wir könnten natürlich jederzeit eine Kopie ziehen. Und sie zum Beispiel deiner Freundin schicken. Du hast doch eine Freundin, oder? Oder auch den Leuten, die dich engagiert haben ...«

»Warum macht ihr das alles?« murmelte er.

Die Frau, die links von ihm stand, kniete sich ungeschickt hin. »Weil du schön bist«, sagte sie mit tiefer, monotoner Stimme. »Weil« – sie zögerte und sah dann zu Boden – »weil wir dich lieben.«

Die Frau hinter ihr lachte.

»Und?« fragte diejenige, die er für die Anführerin hielt. »Wie lautet deine Antwort?«

Sein Instinkt sagte ihm, daß sie nicht bluffte. Er hatte zwar keinerlei Aufnahmegerät bemerkt, doch in einem Raum wie diesem konnte es natürlich gut eine versteckte Kamera geben. Sie paßte zu den Handschellen und der Gummimatte; sie gehörte zu derselben Art von Gegenständen. Wenn er sich weigerte, den Forderungen der Frauen nachzukommen, würden sie das Video abschicken, und er stellte sich lieber gar nicht erst vor, was für ein Gesicht Brigitte machen würde, wenn sie so etwas bekäme.

»Okay«, sagte er leise.

»Du wirst es tun?«

»Ja.«

Die Anführerin kam wieder zu ihm, mit andächtig vor der Brust verschränkten Händen. Bestimmt lächelte sie unter der schwarzen Kapuze. Er blickte an ihr vorbei. Der orangerote Sonnenfleck hatte eine andere Form angenommen und war weitergewandert in Richtung Tür, hatte jetzt keinerlei Ähnlichkeit mehr mit einem Sarg. Er war sich nicht sicher, ob das ein gutes Zeichen war oder ein schlechtes.

»Wenn wir irgend etwas tun können«, sagte die Frau, »das dir die Sache erleichtert ...«

Er starrte sie fragend an.

»Männer brauchen oft etwas«, sagte sie. »Pornos zum Beispiel.« Sie zögerte. »Viele Männer« – und er war sicher, daß sie immer noch lächelte – »würden für das, was du hier erlebst, viel Geld bezahlen.«

»Wenn ich dafür bezahlen würde«, sagte er, »wäre es mein freier Wille. Das ist hier nicht der Fall.«

»Aber du machst es doch«, sagte sie, »oder?«

Als er in jener Nacht erwachte, konnte er sich nicht bewegen. Irgend etwas lastete schwer auf ihm, drückte ihn zu Boden – etwas Schweres, ein lebendiges Wesen ... Es dauerte einen Moment, bis er begriff, daß es eine der Frauen war.

Sie lag neben ihm mit dem Kopf auf seiner Brust, das Gesicht zur Seite gedreht. In dem fahlen Licht, das durchs Dachfenster hereinfiel, konnte er undeutlich ihr Haar erkennen, das dick und drahtig war, und die Rundung ihrer linken Schulter.

Sie schien nackt zu sein.

Er fragte sich, ob er etwas sagen sollte. Aber was? Auf einmal kam ihm die Situation höchst lächerlich vor.

Erst ein paar Stunden zuvor hatten die Frauen vor ihm ihre Schau abgezogen. Zwei von ihnen nahmen auf Plastikstühlen Platz, während die dritte sich vor ihn hinstellte und aufreizend langsam ihren Mantel aufknöpfte. Darunter trug sie nichts weiter als teuer aussehende, flammend rote Spitzendessous. Sein erster Gedanke war, daß ihr Körper ganz anders aussah als der einer Tänzerin. Er war viel weicher als die Körper, die er gewöhnlich sah, nicht so klar umrissen. Für sein geübtes Auge hatte er etwas seltsam Unbestimmtes, fast Verschwommenes, und einen Moment lang meinte er, eine andere, magere Gestalt, die Tänzerin in ihr zu sehen, die ihre Glieder beugte und streckte, sich auf das vormittägliche Training vorbereitete ... Sie griff mit beiden Händen nach hinten und öffnete ihren BH. Sie hatte zwar schlanke Glieder, doch schwere Brüste, die für den Rest ihres Körpers zu groß zu sein schienen. Sie zog ihr Höschen herunter, bis unter die Knie. Auf ihrer Haut zeichnete sich schwach der Bikiniansatz ab, als habe sie in jenem Winter in der Sonne gelegen, und außen an ihrem linken Oberschenkel war ganz oben eine kleine, runde Narbe, so groß wie ein Gulden. Er begann, wie verlangt, zu masturbieren, mußte jedoch feststellen, daß er es nicht einmal zu einer Erektion brachte.

Eine der Frauen meinte, er würde sich keine Mühe geben.

»Ich versuche es ja«, protestierte er. »Aber das kann man nun mal nicht *versuchen*. So geht das nicht.«

Die Frau, die sich gerade für ihn ausgezogen hatte, bückte sich rasch und ungeschickt und hob ihre Kleider auf. Dann wickelte sie sich in den schwarzen Mantel, als sei ihr kalt, und ging zur Tür. Fast hatte er das Gefühl, er müsse sich bei ihr entschuldigen.

Die anderen beiden erhoben sich von ihren Stühlen.

»Bitte schickt das Video nicht ab«, sagte er.

Sie gingen ohne ein Wort hinaus, ohne ihn eines Blickes zu würdigen, und er wünschte, er hätte sie nicht so angefleht.

Aber jetzt war eine von ihnen zurückgekehrt ...

Als seine Augen sich an die Dunkelheit gewöhnt hatten, machte er eine helle Erhebung aus, die wohl ihre Hüfte war, und links davon die zwei kleineren Rundungen ihrer aufeinanderliegenden Fersen.

Er spürte ihren Atem federleicht auf seiner Haut.

»Keine Angst«, hörte er sie sagen. »Das ist nur ein Traum.«

»Aber ich bin wach«, sagte er. »Ich schlafe nicht.«

»Ein Traum ...« murmelte sie, »nur ein Traum ...«

Schließlich tat er doch noch, was sie wollten. Schließlich gelang es ihm, wenn auch nur, indem er auf erotische Erinnerungen an Brigitte zurückgriff. Einmal hatte er die Augen geöffnet und gesehen, daß eine der Frauen onanierte, mit Bewegungen, die ein perverses Echo seiner eigenen waren. Es war, wie wenn man in einen Zerrspiegel sieht. Doch zugleich trat er dadurch in eine so intime Beziehung zu der Frau, daß er das Gefühl hatte, er gäbe sich einer obskuren Form von Untreue hin.

Danach ließen sie ihn für den Rest des Tages allein, doch er wußte, daß das nur eine Verschnaufpause war, eine Art natürliche Unterbrechung. Er hatte ihre Gier gespürt. Sie würden weitere Wünsche an ihn herantragen, und es würde nicht leichter werden, sie zu befriedigen, so viel war klar, doch er konnte sich nicht vorstellen, was es sein würde. Er konnte nicht in sie hineinsehen, konnte nicht sagen, in welche Richtung ihre Phantasien gehen würden.

Sein einziger Trost – wenn man es so nennen konnte – war, daß er jetzt glaubte, die Frauen unterscheiden zu können. Sogar in körperlicher Hinsicht begannen sie, ihr Geheimnis zu verlieren. So bemerkte er zum Beispiel einmal, als sich diejenige, die er für die Anführerin hielt, an ihre Komplizinnen wandte, wie ihre Nasenspitze an den Stoff der Kapuze stieß. Eine hervorstehende Nase: Es war nicht viel, aber immerhin etwas. Er konnte dieses Detail zu der empfindlichen Haut, dem dunklen Nagellack, der heiseren Raucherstimme hinzufügen. Es war, als würden ihre Mäntel und Kapuzen langsam durchsichtig werden.

Als unterlägen ihre Masken einem unaufhaltsamen Verfallsprozeß.

Doch es gab natürlich noch vieles, was er nicht wußte. Was verband die drei? Was für Umstände hatten sie zusammengeführt? Und die Frage nach der Natur ihres Verhältnisses warf Dutzende von noch grundlegenderen Fragen auf. Was taten die Frauen, wenn sie nicht bei ihm im Zimmer waren? Wovon lebten sie? Mit was für Leuten waren sie befreundet? Wie lange lebten sie schon zusammen? Waren sie zusammen aufgewachsen, und wenn ja, wo? Waren sie miteinander verwandt?

Langsam, sagte er sich. Nicht so schnell.

Aus seiner Perspektive gesehen, bildeten die Frauen eine Einheit, eine Art Bollwerk, doch er durfte nicht vergessen, daß sie verschiedene Personen waren. Zwei von ihnen hatten eine bestimmte, kompromißlose Art, und es würde schwer sein, sie zu überlisten, doch die dritte – diejenige, die kaum sprach – war nicht so hart. Sie war es, die sich nachts hereingeschlichen und ihren Kopf auf seine Brust gelegt hatte, als reiche es ihr, ihm nahe zu sein. Vielleicht, dachte er, vielleicht hatte er da einen Schwachpunkt in dem Gebäude entdeckt – auch wenn er noch nicht genau wußte, wie er ihn für sich nutzen konnte oder ob überhaupt. Vorläufig mußte er sich darauf konzentrieren, sich von jeder von ihnen ein möglichst klares Bild zu machen. Er mußte durch ihre Mäntel und Kapuzen hindurchsehen. Er mußte aus ihnen menschliche Wesen machen.

Wut ist nichts, wofür man sich entscheidet. Nein, die Wut entscheidet sich für uns. Seitdem er aus der Betäubung erwacht war, war er ruhig und gefaßt gewesen, ja unter den gegebenen Umständen ungewöhnlich, fast unnatürlich ruhig. Vielleicht war es der Schock. Oder er konnte es einfach nicht glauben. Oder vielleicht war er dabei, die Situation zu taxieren, eine Strategie zu entwickeln. Er wußte es nicht. Alles, was er wußte, war, daß in seinem Innern eine Veränderung vor sich ging. Irgend etwas braute sich da zusammen.

Am Abend kam eine Frau herein, sie trug eine brennende Kerze und ein Glas Wasser. An ihrer Unbeholfenheit und ihrem unsicheren Gang erkannte er, daß es die mit den abgekauten Fingernägeln war. Sie stellte die Kerze auf den Boden, dicht bei seinem Kopf, und ließ sich, leise ächzend, neben ihm auf der Matte nieder.

»Wie lange wollt ihr mich noch hierbehalten?«

Es war das erstemal, daß er das fragte, und er hörte, wie seine Stimme von einer nervösen Aggressivität bebte, die ihn erstaunte.

Die Frau gab keine Antwort. Statt dessen hielt sie ihm das Glas an den Mund. Ihr Schatten duckte sich und zuckte an der Wand.

Er hob den Kopf und trank. Als er geschluckt hatte, blickte er zu ihr auf.

»Ich hab gefragt, wie lange ihr mich noch hierbehalten wollt.«

Sie blieb weiterhin stumm.

Als sie ihm das Glas wieder an die Lippen hielt, drehte er den Kopf abrupt zur Seite. Sie spielte die Demütige, benahm sich wie eine Dienerin, und dabei war sie es, die im Besitz der Macht war. Sie hatte etwas Selbstgerechtes, beinahe Frommes, das er auf einmal unerträglich fand. Er fing an, sie anzuschreien.

»Ich habe dich etwas gefragt. Ich habe gefragt, wie lange ihr mich hierbehalten wollt. Was ist los mit dir? Bist du taub?«

Vielleicht hatten sie seine Wut heraufziehen sehen, denn er war mit dem Gesicht nach unten an den Boden gekettet worden, und zwar so, daß sein Körper ein X bildete. Jedesmal, wenn er sie anschrie, mußte er, unter Anspannung seiner Halsmuskeln, den Kopf von der Matte heben, und wenn er die Frau ansehen wollte, mußte er über die Schulter nach hinten spähen. Sie saß da und starrte geistesabwesend in die Kerzenflamme. Sie hielt noch immer das Wasserglas in der Hand, obwohl es längst leer war. Sie hatte angefangen, vor sich hin zu summen, völlig unmelodisch – zumindest war es keine Melodie, die er kannte. Es war nur ein Geräusch, ein einförmiges, nicht enden wollendes Gebrumme, das seine Wut nur noch verstärkte. Er beschimpfte sie mit den übelsten Ausdrücken, die ihm einfielen.

Schließlich nahm sie die Kerze und stand auf. Ihm war, als hätte sie ihn kurz angesehen. Nur einmal. Verstohlen. Dann drehte sie sich um und zog sich ans andere Ende des Raumes zurück. Er hörte, wie sie die Kerze ausblies. Die Tür fiel hinter ihr ins Schloß. Sie war fort.

Obwohl er jetzt allein war, im Dunkeln, hörte er nicht auf zu schreien. Er brüllte, bis sein Hals ganz wund war. Bis er meinte, Blut zu schmecken.

Niemand kam.

Die Frau, die er beschimpft hatte, war die, die in der Nacht zu ihm gekommen war, die Frau, die ruhig neben ihm gelegen hatte, ihn umarmend. *Keine Angst. Das ist nur ein Traum.*

Ja, vielleicht, aber für wen?

Nicht für ihn.

Er hatte nicht mehr viel Zeit. Die Laufbahn eines Tänzers ist nicht allzu lang – dieses viele Sich-in-die-Höhe-heben, irgendwann macht das der Körper nicht mehr mit –, und die seine würde kürzer sein als die der meisten. Die Geschichte seiner Verletzungen hatte begonnen, als er vierundzwanzig war. Er hatte von Natur aus einen sehr geraden Rücken. Seine Wirbelsäule war sehr unbeweglich, was bedeutete, daß die Belastung für sie bei den Sprüngen besonders groß war. Nach den Auftritten bekam er häufig einen steifen Rücken. Manchmal konnte er sich nicht einmal mehr die Schuhe zubinden.

Wenn er auf der Bühne stand, spürte er oft, wie es wieder anfing. Es war, wie wenn man zusieht, wie sich der Himmel bewölkt, wie ein Gewitter heraufzieht. Er konnte nicht das geringste dagegen tun. Er konnte lediglich auf seine Erfahrung zurückgreifen, um den Auftritt bis zum Ende durchzustehen. Danach kam Brigitte dann zu ihm. *Hattest du wieder Probleme mit deinem Rücken?* Der Physiotherapeut versuchte ihn zu überreden, einige Wochen zu pausieren, doch er hörte nicht auf ihn. Ruhe war die reinste Folter für ihn. Er war Tänzer, und Tänzer wollen auf die Bühne. Nichts kann ihnen das ersetzen.

In drei Monaten würde er dreißig werden, und er mußte der Tatsache ins Auge sehen, daß er sich im Eilschritt dem Ende seiner Laufbahn näherte. Sicher, ihm blieb noch die Arbeit als Choreograph – er hatte Glück, daß er dafür begabt war –, doch das Tanzen war immer seine erste Liebe gewesen, seine einzige große Leidenschaft. Und jetzt lag er hier, eingeschlossen in einem Raum an einem unbekannten Ort, unfähig, sich zu bewegen ...

Sie brachten ihn um seine letzten großen Stunden.

Es war schon lange dunkel, als die Tür aufging und alle Lampen eingeschaltet wurden. Die plötzliche, brutale Helligkeit ließ ihn blinzeln. Er beschloß, sich nicht umzusehen. Er war es leid. Statt dessen starrte er auf seinen rechten Handrücken, dorthin, wo die Nadel eingedrungen war. Um die Vene herum war die Haut leicht verfärbt: ein gelber bis blaßvioletter Fleck. Die Stelle tat noch ein wenig weh.

Schritte kamen auf den nackten Dielen hinter ihm heran. In dieser Bauchlage kam er sich so wehrlos vor. Er konnte dem Drang, über die Schulter zu sehen, kaum widerstehen. Es war, als versuche er, einen Instinkt zu unterdrücken.

Schließlich sah er eine Frau mit langsamen, gemessenen Schritten genau am Rand seines Blickfelds entlanggehen. Sie trug hautenge Ledershorts, einen BH aus Spitze und Satin und schenkelhohe Stiefel – alles in Schwarz. Statt der üblichen Kapuze hatte sie sich eine Gummimaske über den Kopf gestülpt, die ihn ganz umschloß, mit Löchern für Augen und Mund. Das Gummi hatte eine staubige, mattschwarze Farbe, die ihre Lippen unnatürlich rot wirken ließ. Ihre Haut roch nach Alkohol und Parfüm. Und nach Zigarettenrauch.

»Und? Hattet ihr einen schönen Abend?« Sein Sarkasmus wurde dadurch gedämpft, daß er flüstern mußte. Sein Hals tat immer noch weh.

»Du hast ziemlich viel Lärm gemacht«, sagte die Frau.

Es war diejenige, die ihn verhöhnt hatte. *Wir möchten, daß du masturbierst. Ist das denn wirklich so viel verlangt?* Es war auch die, die sich für ihn entkleidet hatte. Sie hatte die Art von Körper, die man in Boulevardzeitungen oder in Pornoheften sieht: jung, fest – mit viel Oberweite. Er wußte nicht recht, wie er sie ansehen sollte.

»Du hast herumgebrüllt«, sagte sie in scharfem Ton.

Er drehte den Kopf zur Seite, so daß seine rechte Wange flach auf dem Kissen lag und seine Augen sich auf der Höhe des Bodens befanden. Ihm war aufgefallen, daß sie etwas in der linken Hand trug. Es waren Riemen daran und Schnallen. Er schluckte.

»Du hast meine Freundin verletzt«, sagte sie.

Sie ging quer durch den Raum, bis sie genau in seinem Blickfeld stand. Er konnte die Spitze ihres linken Stiefels sehen – Lackleder, das glänzte wie ein Spiegel. Auch den spitzen Pfennigabsatz konnte er sehen.

Ihr Ton wurde noch schärfer. »Du hast meine Freundin verletzt.«

»Ich habe sie etwas gefragt«, sagte er. »Sie wollte mir keine Antwort geben.«

»Und darum hast du sie angeschrien –«

Auf einmal verlor er die Geduld. Er hatte bei dieser Frau sofort das Gefühl gehabt, er würde sie nicht ausstehen können, wenn er ihr im wirklichen Leben begegnen würde, von gleich zu gleich. Diese schroffe Art. Dieser überhebliche, gebieterische Ton.

»Ja, ich habe sie angeschrien«, sagte er. »Na und?«

Sie trat zurück an die Wand und lehnte sich dagegen, die Hände hinter dem Rücken verschränkt. Sie schien ihn zu mustern.

Ihre schlanken Arme, ihr schwerer Busen – was hatte sie ihm sonst noch gezeigt? Der Bikiniansatz fiel ihm ein und die münzgroße Narbe an der linken Hüfte. Ansonsten hatte sie einen makellosen Körper, die Art von Körper, von dem die meisten Männer träumen. Er hielt sie für ein, zwei Jahre jünger, als er selbst war. Also sieben- oder achtundzwanzig.

Während er sie beobachtete, trat sie wieder vor und schlenderte an ihm vorbei in Richtung Tür. Ließ sie ihn wieder allein? Er hörte eine Reihe von feinen, metallischen Geräuschen, die er nicht deuten konnte. Bevor er Zeit hatte, nach hinten zu sehen, tauchte sie rechts von ihm auf. Jetzt sah er, was sie in der Hand gehalten hatte. Vorn an ihre Ledershorts war ein Dildo geschnallt, eine gespenstisch genaue Nachahmung mit allen Details – die Eichel, die Venen, die Harnröhre …

»Ich hab mich schon immer gefragt, wie das wohl ist«, sagte sie in gedehntem Ton.

Sie ging ein paar Schritte durch den Raum, dann drehte sie sich um und kam, demonstrativ herumstolzierend, zu ihm zurück.

»Fühlt sich gut an«, sagte sie.

Sie lächelte, aber nur mit dem Mund. Ihre Augen blieben kalt.

Er legte den Kopf aufs Kissen. Ein bitterer Geschmack breitete sich auf seiner Zunge aus. Er wünschte, er könnte auf der Stelle in Schlaf fallen.

»Es gibt eine Grenze«, fuhr sie fort, »ab der – nun, wie soll ich sagen – ab der wir nicht anders können, als dich zu bestrafen ...«

»Ich werde nicht mehr schreien«, brummelte er widerwillig. »Ich verspreche es.«

»Ah, das klingt schon anders. Aber jetzt ist es zu spät, verstehst du? Das wäre zu einfach. Wie ein Hund, wenn er den Stock sieht.«

In seinem Solarplexus bildete sich ein kleines Knäuel aus Angst. Es rührte sich nicht von der Stelle, blieb einfach dort hängen, als säße es in einer leichten Höhlung oder Kuhle fest.

»Ich sag doch, ich werde es nicht mehr tun.« Er suchte nach weiteren Worten. »Das mit deiner Freundin tut mir leid. Ich wußte nicht, daß sie so empfindlich ist.«

Die Frau hockte sich vor ihm auf den Boden. Sie zog ein kleines Fläschchen aus der Tasche. Es war Olivenöl, aus Italien. *Extra Vergine* stand auf dem Etikett.

»Ist das nicht nett?« sagte sie.

Er sah sie verständnislos an.

»Das wird es für dich ein wenig leichter machen«, sagte sie. »Ich nehme an, das ist für dich das erste Mal ...«

Das kleine Angstknäuel rollte langsam aus der Vertiefung heraus und in seinen Bauch hinunter. Er zerrte wie wild an den Ringen, erreichte damit jedoch nur, daß er sich die Innenseite beider Handgelenke aufschürfte.

»Es ist gar nicht so schlecht«, sagte sie. »Vielleicht macht es dir sogar Spaß.«

Sie zog das Kissen unter seinem Kopf hervor und faltete es einmal zusammen, dann steckte sie es ihm unter den Bauch, so daß sein Gesäß in die Luft ragte. Er lag mit dem Gesicht nach rechts, mit Blick auf die Ziegelwand. Auf einmal veränderte sich der Brennpunkt seines Blicks, und er sah sein eigenes Spiegelbild in dem Stahlring an seiner rechten Hand. Er sah nur ein Auge, das rechte. Es sah nicht aus, als gehöre es zu ihm.

Die Frau hatte sich hinter ihm niedergekniet, zwischen seine Oberschenkel.

»Das wollte ich schon immer mal«, flüsterte sie mit sanfter Stimme.

Er schrie auf, als er spürte, wie der Dildo eindrang.

»Wenn du willst, kannst du dich wehren«, raunte sie ihm zu.

Sie hielt ihn an den Hüften und stieß den Dildo tiefer hinein. Das Auge des Fremden starrte ihn von dem schmalen Ring aus Stahl verloren an.

»Du weißt, was du bist, oder?« sagte sie. »Du bist eine Fotze.«

Nach einer Weile richtete sie sich auf, öffnete ihren BH und ließ ihn neben sich auf die Gummimatte fallen. Dann beugte sie sich wieder über ihn, und er spürte ihren heißen Atem im Nacken. Zigaretten und Parfüm. Alkohol.

Ihre Brustwarzen strichen über seine Schulterblätter, während sie sich raus und rein bewegte.

»Fotze«, flüsterte sie ihm ins Ohr.

Und dann im Rhythmus ihrer Bewegungen: »Fotze … Fotze … Fotze … Fotze …«

Danach, als sie die Ringe gelöst hatte und er auf der

Seite lag, sagte sie zu ihm: »Was deine Frage betrifft: Die Antwort ist nein. Wir sind noch nicht fertig mit dir, noch lange nicht.«

Einige Zeit später ging wieder die Tür auf, und sein Herz zog sich zusammen. Er kannte sie jetzt schon auswendig, diese Abfolge von Geräuschen – das Quietschen, wenn der Türknauf sich drehte, das Klacken, wenn der Riegel zurückglitt, das Knarren der Tür in den Angeln ... Es bedeutete, daß etwas geschehen würde, etwas, das sich weder voraussagen noch steuern ließ. Er lag reglos da, mit schmerzenden, seltsam feuchten Eingeweiden, und sah, wie eine der Frauen die Lampen dunkler stellte. Ihm entfuhr ein Seufzer. Seit Stunden hatte sich das grelle Licht durch die dünne Haut seiner Lider gebrannt und schien jeden Winkel seines Kopfes auszuleuchten. Es hatte keinen Ort mehr gegeben, an den er sich hätte zurückziehen können, nicht einmal in seinem eigenen Innern.

Er sah zwei Frauen mit einer Blechschüssel voll heißem Wasser und einem Stapel weicher, weißer Handtücher auf sich zukommen. Sie knieten sich rechts und links von ihm hin. Dampf stieg aus der Schüssel auf, ein geisterhaftes Flackern. Eine der Frauen tauchte einen Waschlappen hinein und wrang ihn aus. Das gläserne Tröpfeln des Wassers ...

Er zuckte zusammen, als sie ihn berührten, und eine von ihnen murmelte etwas auf holländisch, etwas, das wohl beruhigend oder tröstlich wirken sollte. Solche unerwartete Zärtlichkeit verwirrte ihn. Erneut hatte er den Eindruck, daß sich die Frauen keineswegs einig waren, daß das Verhalten der einen den Unwillen der anderen erregen konnte, oder anders gesagt, daß es Unterschiede zwischen ihnen gab, doch er hatte noch immer nicht das Gefühl, diese Unterschiede zu seinem Vorteil nutzen zu können.

Tatsächlich fühlte er sich dazu weniger fähig denn je. Nach der Demütigung, die er an diesem Abend erlebt hatte, war er in einen apathischen Zustand verfallen. Er konnte das Gefühl nicht vergessen – nicht so sehr das Gefühl, vergewaltigt worden zu sein, sondern den Orgasmus, den er dabei gehabt hatte, ein Orgasmus, an dem er selbst nicht mitwirkte, der gegen seinen Willen eintrat, automatisch. Es war wie eine Lektion gewesen, eine Lektion über die wahre Bedeutung des Wortes »Ohnmacht«.

Vielleicht macht es dir sogar Spaß.

Wie zynisch diese Frau war, wie gemein. Spaß hätte er es bestimmt nicht genannt – auch wenn er eine deutliche physische Reaktion gespürt hatte. Es war, als liefe eine Reihe von Pulsschlägen über seinen Penis, Pulsschläge, die er sich merkwürdigerweise als Ringe vorstellte. Es war das Gegenteil eines normalen Orgasmus, da er von innen ausgelöst worden war, und an einem bestimmten Punkt hatte er das seltsame und unangenehme Gefühl einer Verzögerung gehabt: Ihm war, als würde er kommen, während das Sperma in Wirklichkeit noch tief in ihm war, erst auf dem Weg nach draußen. Genau in dem Moment hatte ihm die Frau etwas in Ohr geflüstert – er wußte nicht mehr genau, was. Wahrscheinlich wieder so eine höhnische Beschimpfung.

Er starrte die neben ihm knienden Frauen an: Die eine hatte glänzende, leicht geschwollene Fingerknöchel, die andere trug fast schwarzen Nagellack. Obwohl sie ihn mit der üblichen Geduld und Sorgfalt wuschen, glaubte er, eine gewisse Nervosität zu spüren, eine Art Wachsamkeit, ja sogar Ablehnung. Er hatte gegen die Regeln verstoßen. Er war rabiat geworden. In dem Bewußtsein, daß er sie nicht noch mehr provozieren durfte, lag er mit geschlossenen Augen da, als schlafe er. Er versuchte, seinen Körper von jeder Sehnsucht, jeder Anspannung zu befreien. Er versuchte, an nichts zu denken ...

Schließlich ließen die Frauen ihn wieder allein. Er wartete, bis sie das Licht gelöscht hatten, dann öffnete er die Augen. Er sah das Zimmer auf einmal als das, was es war: ein künstlicher Raum, eine Art Szenerie – eine Bühne. Das war natürlich etwas, was ihm vertraut war. Nur hatte er hier nichts zu sagen. Es war, als solle er an einer Aufführung teilnehmen, von der nicht klar war, wie lange sie dauern würde. Wenn er das Ganze überleben wollte, mußte er es als eine Prüfung seiner Disziplin, seiner Ausdauer ansehen.

Es würde wohl die härteste Prüfung werden, die er jemals hatte bestehen müssen.

Es war mitten in der Nacht, und Regen fiel achtlos auf das Oberlicht, als er erwachte und auf einmal die Namen wußte. Er hatte keine Ahnung, woher sie gekommen waren. Ja, er schien an ihrer Auswahl gar nicht mitgewirkt zu haben. Sie waren einfach da, er brauchte sie nur zu benutzen.

Der erste lautete Astrid. So würde er die größte der drei Frauen nennen, diejenige mit dem leicht amerikanischen Akzent und dem Körper eines Fotomodells. Er hatte von Anfang an gespürt, daß sie irgendeinen Groll mit sich herumtrug. Wenn es Ärger gab, hatte er instinktiv gedacht, würde er aus dieser Richtung kommen. Und er hatte recht behalten. Außerdem hatte er sie, als sie sich für ihn auszog und er nicht reagierte, mit ziemlicher Sicherheit beleidigt, was ihre Feindseligkeit noch verstärkte, eine Feindseligkeit, die in ihrem Angriff auf ihn zum Ausdruck gekommen war. Sie hatte vorgegeben, ihn zu bestrafen, doch sie hatte diese Strafe mit einer Grausamkeit und einer Lust vollstreckt, die mit dem Vergehen wenig oder nichts zu tun hatten. Astrid paßte gut zu ihr. Es war ein schöner Name – genauso schön wie sie –, doch er warf einen kalten, harten Schatten. Wenn man die Buchstaben vertauschte, ergaben sie beinahe das Wort *disaster*.

Als zweites war ihm der Name Gertrude eingefallen. Gertrude, das klang nach Stärke und Führerschaft – der ideale Name für die Frau mit den weißen Händen und dem dunklen Nagellack. Sie hatte ihm nicht nur am ersten Tag die Regeln erklärt, sie war überhaupt meist diejenige, die sprach. Und sie trug die Art von Schuhen, die Polizisten tragen. Er hatte das Gefühl, daß sie es war, die den Plan zu seiner Entführung ausgeheckt hatte; sie schien alles zu haben, was man dazu brauchte: einen klaren Kopf, Autorität und Dreistigkeit. Er hielt sie für älter als die anderen, eine Annahme, die sich allerdings nur auf den Klang ihrer Stimme und die Art, wie sie sich durch den Raum bewegte, gründete. Doch selbst wenn dies ein Irrtum war, hätte er wetten können, daß sie die wichtigsten Entscheidungen traf.

Blieb nur noch Maude. Positiv gesehen, strahlte dieser Name eine gewisse Behaglichkeit und Verläßlichkeit aus. Negativ gesehen, hatte er etwas Schweres, Einfältiges, Langsames. Er würde die vielen absonderlichen Eigenschaften der Frau mit den abgekauten Fingernägeln auffangen wie ein Netz. Schließlich war sie es, die die meisten lästigen Arbeiten verrichtete. Sie fütterte ihn, wusch ihn, rasierte ihn, ging mit ihm zur Toilette. Sie war zuverlässig und fügsam. Und sie beklagte sich nie. Sie hatte auch etwas Naives, wozu ein Name wie Maude zu passen schien. Sie sagte nur selten etwas, aber wenn sie es tat, fanden die anderen es meist erheiternd. *Weil wir dich lieben. Weil du schön bist.* Und einmal war er nachts aufgewacht, und sie – es konnte nur sie gewesen sein – lag, an ihn gepreßt, im Dunkeln neben ihm. Vielleicht war das alles, was sie von ihm wollte, diese körperliche Nähe, diesen Trost …

Immer noch fiel Regen auf das Oberlicht, hinterließ darauf silbrige Flecken.

Gertrude, Astrid, Maude …

Die Namen paßten merkwürdig gut. Sie weckten die Vorstellung einer Hierarchie, eines geheimen Hofstaats, in dem jede der Frauen eine ganz bestimmte Rolle spielte. Und zugleich kam in allen dreien ein D vor. Als hätten sie denselben Stamm. Diese Verbindung zwischen den Namen war wie ein Abbild der sehr viel komplexeren Verbindung zwischen den Frauen selbst, die er noch nicht durchschaute. Doch während er jetzt so dalag, kam ihm eine Idee: Astrids offene Feindseligkeit, Maudes ergebene, fast masochistische Art … und Gertrude? Nun, er konnte es nicht wissen, aber war es nicht möglich, daß sie alle drei auf irgendeine Art verletzt worden waren und daß es diese Verletzung war, die sie zusammengebracht hatte?

Ihm klopfte auf einmal das Herz. Er näherte sein Gesicht dem Ring um sein rechtes Handgelenk, hielt den Kopf so, daß sein rechtes Auge in dem schmalen Stahlstreifen erschien, und zwinkerte sich zu.

Es dauerte lange, bis er wieder einschlief.

Sie kamen am frühen Morgen. Über ihm hingen dunkle Wolken, und das Oberlicht erzitterte von einem Donnerschlag. Sie stellten sich alle drei vor ihn hin, in ihren üblichen Mänteln und Kapuzen. Er mußte unwillkürlich grinsen. Er hatte ihnen Namen gegeben, ohne daß sie es wußten. Er hatte eine Art Macht für sich entdeckt – sicher, es war eine sehr begrenzte Macht, die an die ihre nicht entfernt heranreichte, doch sie war dennoch etwas wert. In ihrer neuen Ahnungslosigkeit wirkten die drei Frauen weniger einschüchternd.

»Geht's dir gut?« fragte Astrid.

Das Lächeln wich nicht von seinen Lippen, doch er gab keine Antwort.

Gertrude trat einen Schritt vor. Sie hätten ihm einen Vorschlag zu machen, sagte sie. Wenn er mitmachen würde, würden sie ihn belohnen. Er sah zu ihr auf, stellte sich ihre spitze Nase vor, ihre allzuleicht rot werdende Haut. Und was, fragte er sich, würde die Belohnung sein? Daß sie ihm die Freiheit gaben? Wohl kaum. Doch er war nicht in der Position zu feilschen.

»Was für einen Vorschlag?« fragte er.

Morgen abend, sagte sie, werde ein Bankett stattfinden, und er solle dabei eine besondere Rolle spielen. Er solle – im buchstäblichen Sinn – der Mittelpunkt des Abends sein: Statt die Speisen auf einem Tisch aufzubauen, würden sie sie auf seinem nackten Körper arrangieren. Sie würden auf Kissen um ihn herumsitzen. War das nicht eine wunderbare Idee? Ein genialer Einfall?

Bevor er etwas erwidern konnte, fuhr sie fort, er müsse allerdings die ganze Zeit eine Kapuze tragen. Er dürfe die Gäste natürlich nicht sehen. Das sei der eine Grund. Doch zugleich würde dadurch auch seine Identität verborgen bleiben. Die Gäste würden in ihm nichts als einen schönen Mann sehen – einen schönen Unbekannten.

Maude murmelte etwas vor sich hin, doch Gertrude ignorierte sie.

Seine Füße würden zusammengekettet sein, sagte sie, doch die Hände würden sie ihm nicht fesseln. Dennoch solle er sich nicht bewegen und keinen Laut von sich geben, außer, wenn es unbedingt nötig sei. Natürlich dürfe er kein Wort sagen. Das würde den Zauber zerstören.

»Und wenn du's doch tust«, sagte Astrid, »wird das Folgen haben.«

Er brauchte sie nicht zu bitten, das näher auszuführen.

»Und die Belohnung?« fragte er.

»Darüber sprechen wir hinterher.« Gertrude hielt einen Moment lang inne. »Können wir uns auf dich verlassen?«

Er nickte bedächtig.

»Wirklich?« fragte sie. »Wir erwarten nämlich ein paar wichtige Leute.«

»Was bleibt mir denn anderes übrig?« sagte er.

In jener Nacht träumte er, daß Milo, ein Tänzer aus ihrer Truppe, gestorben wäre. In dem Traum fuhr er in einem Bus durch ein Land, das er nicht kannte. Er dachte, sie mußten wohl auf Tournee sein, auf dem Weg von einem Auftritt zum anderen. Vivian und Carmela saßen hinter ihm und sprachen darüber, wie traurig es sei. Er drehte sich um und unterbrach sie, sagte, er habe davon noch gar nichts gehört. Ob es denn wirklich wahr sei?

O ja, sagte Vivian mit dunklen, feuchten Wimpern. *Sein Herz ist einfach stehengeblieben.*

Aber ich habe ihn doch am Freitag noch gesehen –

Ich weiß, sagte Vivian. *Es kam ganz plötzlich*. Sie nahm Carmela, die angefangen hatte zu weinen, in den Arm.

Er lehnte sich zurück und sah aus dem Fenster. Der Fahrer legte einen niedrigeren Gang ein. Sie fuhren jetzt durch eine hügelige Gegend, durch saftige, grüne, nebelverhangene Hügel ... Er sah Milo noch so deutlich vor sich – sein fast ungesund blasses Gesicht und seinen kompakten, muskulösen Körper. Er dachte an Milos theatralische Anfälle von Magenschmerzen, die er fast jeden Morgen bei den Proben bekam – sein Spitzname in der Truppe war Milodrama –, doch trotz dieses Leidens, ob es nun echt war oder nicht, und trotz seiner kleinen Statur konnte Milo höher springen als irgend jemand anderes. Er brachte die Luft zum Knistern ... Er erinnerte sich, wie Milo einmal in einem Restaurant in Buenos Aires drei Gläser

Champagner hinuntergekippt und dann mit Fernanda aus dem Stegreif einen fulminanten Tango hingelegt hatte. Als sie fertig waren, hatten die anderen Gästen des Lokals ihnen stehende Ovationen dargebracht …

Und jetzt war der kleine Milo tot.

Als er erwachte, blieb er reglos liegen. Auch wenn er sicher war, daß sein Traum nicht der Wahrheit entsprach, war er doch sehr verstört. Das Ganze hatte den stillen Charakter einer Vorahnung, die gespenstische Greifbarkeit des Futurs. Doch zugleich fühlte es sich paradoxerweise ganz real an, fast wie eine Erinnerung, und vielleicht erinnerte es ihn deshalb an das, was er verloren hatte. Die meisten Menschen haben keine Ahnung von der Welt des Tanzes – davon, wie klein sie ist, wie intim und wie abgeschlossen; es ist eine Welt für sich, die einem alles bietet, was man braucht – Arbeit, Freundschaft, Leidenschaft, Heiterkeit, Liebe. In dieser Welt hatte er gelebt, seit er vierzehn war, und jetzt war er aus ihr herausgerissen worden, und sie drehte sich ohne ihn weiter. Er hatte keine Verbindung mehr zu ihr, und er fühlte sich schrecklich allein. Das hatte sein Traum ihm klargemacht, mehr als alles, was die drei Frauen gesagt oder getan hatten. Immer wieder ging er ihn in Gedanken durch, in der Hoffnung, sich noch an irgend etwas anderes zu erinnern, einen weiteren Moment der Reise, einen weiteren Gesprächsfetzen, bis sich schließlich der Türknauf am anderen Ende des Raumes langsam im Uhrzeigersinn drehte und die Frau, die er Maude nannte, hereinkam.

Sie kniete sich neben ihm auf die Matte. »Bist du unglücklich?«

»Ich hab schlecht geträumt«, sagte er.

»Wenn du willst, kannst du es mir erzählen …«

Er schüttelte den Kopf. »Nein.«

»Tja dann«, sagte sie. »Tut mir leid, dein Traum.«

Vielleicht war es ihr mangelhaftes Englisch, oder vielleicht auch nur, weil sie versucht hatte, ihm ihre Anteilnahme zu bezeigen – jedenfalls meinte er in dem Moment genau zu wissen, wie sie aussah. Sie hatte ein rundes Gesicht, mit Gesichtszügen, die sich in der Mitte zusammenzudrängen schienen – ein Gesicht, das fast nur aus Wangen bestand, mit einem schwach ausgeprägten Kinn und wenig Stirn. Wenn sie etwas lustig fand, schlossen sich ihre Augen halb wie die einer Katze, und an den Mundwinkeln bildeten sich kleine Fältchen. Das Alter würde ihr nicht viel anhaben können. Ja, wahrscheinlich würde sie überhaupt nicht altern.

Er ließ sich von ihr waschen, die Zähne putzen und zur Toilette bringen. Der Anblick der Aufschrift SPHINX entlockte ihm wie üblich ein gequältes Lächeln. Als sie wieder im Zimmer waren, brachte sie ihm das Frühstück. Er bekam inzwischen die Art von Nahrung, die er gewohnt war: Das Frühstück etwa bestand aus Müsli mit Früchten und ein paar Tassen Kräutertee.

Kaum daß er mit dem Essen fertig war, begannen sie auch schon mit den Vorbereitungen für das Bankett. Sie verbanden ihm dazu die Augen. Er lag da und hörte zu, wie die Frauen auf holländisch schnell miteinander redeten. Ab und zu wandten sie sich auch an ihn, als wollten sie ihn an ihrer Aufregung teilhaben lassen, doch er befand sich noch immer in der melancholischen Stimmung, mit der er am Morgen erwacht war.

Als sie ihm ein oder zwei Stunden darauf die Augenbinde abnahmen, sah er, daß er in einer Alt Zelt lag – einem Gebilde aus kostbaren Stoffen in Karminrot und Gold, das angefüllt war mit tropischen Pflanzen, handgewebten Seidenteppichen und Lederkissen, die mit Samt, Spiegelglas und Wildleder verziert waren. Es war, als wäre er in die

Behausung eines Berbers auf den Höhen des Atlasgebirges versetzt worden.

»Und?« sagte Gertrude. »Wie findest du es?«

Etwas so Kunstvolles hatte er nicht erwartet, und er sagte es ihr, was sie zu freuen schien.

Der Tag zog sich hin. Er hatte das seltsame Gefühl, an ihrem Abenteuer mit beteiligt zu sein – als arbeiteten sie alle vier zusammen ... Als es dunkel wurde, gingen sie mit ihm zur Toilette. Dort erklärten sie ihm, daß dies das letzte Mal sein würde bis nach dem Bankett. Sie sagten, sie könnten keinerlei Unterbrechung riskieren. Sie wollten, daß der ganze Abend völlig bruchlos war.

Als sie wieder im Zimmer waren, bedeckten sie die Gummimatte mit einem Stück goldenem Stoff und baten ihn dann, sich auf den Rücken zu legen, mit den Armen dicht neben dem Körper und geschlossenen Beinen, wie ein Soldat beim Appell. Auf diese Weise entstand ein langer, schmaler Trog, den sie mit allen möglichen Arten von Antipasti füllten. Zwischen seinen Fußgelenken plazierten sie Artischockenherzen, auf seinen Unterschenkeln schichteten sie Oliven, saure Gurken und Perlzwiebeln auf sowie Karotten, Stangensellerie, Cocktail-Tomaten und grüne Bohnen. Zwischen die Knie kam ein Risotto mit Spargel und Krabben. Seine Oberschenkel säumte ein Salat aus Brunnenkresse und Rucola, Arugula und Radicchio, mit einer leichten Vinaigrette als Dressing. Um seine Hoden herum lagen gebratene Auberginenscheiben und rote Paprika, dazu sichelförmig geschnittene weiße Zwiebeln und dicke Halbmonde aus wildem Knoblauch. Auf dem weichen Bett seiner Schamhaare arrangierten sie die Schalentiere – Miesmuscheln und Venusmuscheln, Kammuscheln und Austern –, die sie, wie sie behaupteten, am Morgen frisch gekauft hatten. Auf seinem Bauch lag ein ganzer im Ofen zubereiteter Lachs, garniert mit Zitronenscheiben und Petersilie. Auf seinem Solarplexus befanden sich die Würzmittel und Saucen: Senf, Meerrettich, Aioli und Sauce hollandaise. Seine Brust schmückten Medaillons aus kalten Fleischwaren – Salami, Prosciutto und Bressaola. In seinen Achseln und an seinem Schlüsselbein nisteten gebratene Wachteln, und seine Schultern waren von einer Rüstung aus sich überlappenden Scheiben Enten- und Putenbrust und Kalbsbraten bedeckt. Sie brauchten mehr als eine Stunde, um das Ganze aufzubauen, und am Ende hielt fast jeder Quadratzentimeter seines Körpers die eine oder andere Delikatesse bereit. Obwohl er nackt war, kam er sich merkwürdig angezogen vor.

Maude ging hinaus und kam mit zwei Leuchtern wieder, von denen sie einen an seinem Kopf und den anderen vor seinen Füßen plazierte. Sein von Speisen überzogener Körper glänzte in dem warmen, goldenen Licht.

»Ein Festmahl«, sagte Gertrude. »Ein echtes Festmahl.«

»Ein Kunstwerk«, sagte Astrid.

»Aber denk dran«, sagte Gertrude, jetzt an ihn gewandt, »du gibst keinen Ton von dir. Keinen Laut. Nicht, wenn es nicht unbedingt nötig ist. Wenn du dich bewegen mußt, beweg dich langsam. Nicht plötzlich oder heftig. Ist das klar?«

Er nickte.

In dem Moment drang von irgendwo aus der Tiefe des Hauses das plumpe Läuten einer Türglocke ins Zelt. Maude beugte sich zu ihm herab und zog ihm behutsam eine Kapuze über den Kopf, eine Stoffkapuze mit einer Kordel am Hals. Unwillkürlich hob er die Hand in Richtung Gesicht.

»Du wirst problemlos atmen können«, sagte Gertrude.

»Stimmt«, sagte Maude, »ich hab es selbst probiert.«

Es war ein langer Abend, ja er schien überhaupt nicht enden zu wollen. Seiner Einschätzung nach wohnten dem Bankett zehn Personen bei, sieben Frauen und drei Männer. Zwei der Männer waren Amerikaner, und beide sprachen fließend Holländisch. Irgend jemand – wohl eine Frau – trug Armreifen, aus Schildpatt vielleicht oder aus Bernstein; sie klickten laut, wenn sie am Arm der Frau hinauf und hinunter glitten. Jemand anderes rauchte während des gesamten Essens. Neben seinem linken Ohr hörte er das schnelle Ratschen eines Feuerzeugs.

Anfang spürte er, wie die Leute ihn an verschiedenen Stellen berührten, wenn sie sich von den vor ihnen liegenden Speisen bedienten. Dann war dies nur noch sporadisch der Fall, und er zuckte oft überrascht zusammen. Erstaunlicherweise schlief er nach etwa der Hälfte des Abends ein. Vielleicht lag es an der Dunkelheit unter seiner Kapuze oder auch daran, daß er drei Gespräche auf einmal verfolgte, von denen er keines richtig verstand.

Ein eigentümlicher Geruch weckte ihn auf: der schwere, süßliche Duft von Marihuana. Einer der beiden Amerikaner sagte etwas – diesmal auf englisch.

»Und?« sagte der Amerikaner. »Was gibt's zum Nachtisch?«

Irgend jemand kicherte. Gläser stießen einander.

Astrid antwortete ihm: »Das ist eine Überraschung. Rate mal.«

»Nun, soweit ich sehen kann«, sagte der Amerikaner, »liegt auf dem Tisch nur noch eines ...«

Offenbar war das sehr witzig, denn sie brachen alle in Gelächter aus. Doch sobald das Gelächter verebbt war, trat Schweigen ein, ein erwartungsvolles Schweigen, das so weich und dicht war wie Samt.

Er hörte unter der Kapuze sein Blut pochen.

Eine warme und ein wenig fettige Hand griff zwischen

seine Schenkel. War es dieselbe Person oder eine andere, die dann seinen Penis nahm, der aus irgendeinem Grund schon halb steif war, und ihn sich in den Mund steckte?

Ihm stockte der Atem.

In dem Moment spürte er eine Hand auf seinem Oberarm. Es mußte eine der Frauen sein. Obwohl sie ihn nur sanft berührte – vielleicht ohne daß die anderen es bemerkten –, war ihm klar, daß es ein Wink war, eine Warnung. Und zugleich sagte sie ihm damit, er solle sich entspannen. Den Dingen einfach ihren Lauf lassen.

Denk dran, du gibst keinen Ton von dir. Keinen Laut.

Seine Brust weitete sich, als er tief einatmete. Ein kleiner Rest einer Flüssigkeit schwappte aus der Vertiefung, in der er sich gesammelt hatte, und rann ihm seitwärts über die Rippen.

Indessen schienen sich die Gäste abwechselnd an ihm gütlich zu tun. Einige waren grob, fast gierig. Ein stachliger Bart, ein unrasiertes Kinn. Ein spitzer Zahn. Andere dagegen andächtig, behutsam. Eine Berührung, die fast keine war. Er mußte an einen Schmetterling denken, der sich auf einem Blatt niederläßt. Dieses kaum nennenswerte Gewicht.

Und als der Schmetterling wieder fortflog, folgte er ihm, vorbei an riesigen, grellen Farbflecken, die Blumen waren, und dann weiter hinauf, wo ihn der geringste Windhauch aus der Bahn warf, während seine Flügel tapfer weiterflatterten ...

Als die Frauen ihm schließlich die Kapuze abnahmen, lag das Zelt im gedämpften, intimen Licht der Kerzen, von denen die meisten heruntergebrannt waren. Dennoch konnte er nach all den Stunden, die er in völliger Dunkelheit zugebracht hatte, anfangs nicht gut sehen. Er blickte mit halb geschlossenen Augen an sich hinab. Schwärzliche Salatgirlanden klebten, fast durchsichtig wie Algen, an seinen Beinen, und in seinen Schamhaaren hingen leere Muschelschalen. Sein ganzer Körper war mit Saucen, Säften, Speichelresten befleckt. Er sah aus wie ein Stück eines Schiffswracks, das an einer unbekannten Küste angespült worden ist. Seltsamerweise tat ihm auch alles weh, als wäre er von Wellen hin und her geworfen worden.

Gertrude stand rechts von ihm, die Arme unter den Brüsten verschränkt. Ihr Kopf war von einer spitzen schwarzen Kapuze bedeckt, und ein Armreif aus gehämmertem Silber umspannte ihren Oberarm. Ansonsten war sie nackt. Die Kerzenflammen ließen lüsterne Schattenzungen über ihren Körper huschen. Es war das erstemal, daß er sie zu sehen bekam. Sie war kräftig gebaut und doch schlank. Ihre Schultern waren genauso breit wie ihre Hüften. Sie hatte praktisch keine Taille. Obwohl ihre Brüste merkwürdig länglich waren, störten sie doch nicht den Gesamteindruck von Sparsamkeit und Ökonomie. Sie erinnerte ihn an die antiken griechischen Statuen, die die Dächer von Tempeln tragen – die Karyatiden –, und das war etwas, was er unmöglich hätte voraussehen können. Nach der Art, wie sie sich bewegte, wenn sie bekleidet war, hatte er sie für sehr viel massiger gehalten, für fleischiger. Links von ihm lag Astrid, auf der Seite, auf einem Haufen üppig verzierter Kissen, den Kopf auf eine Hand gestützt. Auch sie war nackt, und ihr Gesicht war von der mattschwarzen Gummimaske bedeckt, die sie an dem Abend ihres Angriffs auf ihn getragen hatte. Sie rauchte eine Zigarette. Am Mittelfinger der rechten Hand trug sie einen Ring mit einer Reihe von zentimeterlangen Stacheln. Er fragte sich, wo Maude war. Unten wahrscheinlich. Beim Geschirrspülen.

»Ein gelungener Abend«, sagte Astrid und inhalierte tief.

»Es war ein Triumph«, sagte Gertrude. »Ein echter Triumph.«

»Vor allem der Nachtisch war köstlich ...«

Sie lachten beide.

Er blickte von der einen zur anderen. Obwohl sie wohl ungefähr im selben Alter waren – jedenfalls weniger weit voneinander entfernt, als er zunächst geglaubt hatte –, hatte Gertrudes Haut doch etwas Anämisches, fast Geisterhaftes, während die von Astrid schimmerte, wie ein Schatz. Astrid hatte einen adretten runden Kopf mit ebenmäßigen Zügen und kurzgeschnittenem Haar. So viel ließ die enganliegende Gummimaske erkennen. War Gertrude wohl insgeheim neidisch auf Astrids Aussehen? War das Maudes Funktion: als eine Art Folie zu dienen, als ein Mittel zur Ablenkung, als Zielscheibe ihres gemeinsamen Spotts? Er wünschte, er wüßte, wie sich die Frauen benahmen, wenn sie unter sich waren. Doch die Tür zum Flur wirkte wie eine Schleuse in einem Science-fiction-Film. Sobald die Frauen durch sie hindurchgegangen waren, schienen sie sich zu dematerialisieren, unsichtbar zu werden; sie wechselten in eine andere Dimension hinüber.

»Du warst sehr brav«, sagte Astrid, die Spitze ihrer Zigarette beäugend.

»Du hast dich tadellos benommen«, stimmte Gertrude ihr bei. »Wir würden dich gerne belohnen.«

Sie kam auf ihn zu, mit selbstzufrieden herabhängenden Brüsten und leicht aneinanderreibenden Schenkeln. Zu seinem Erstaunen spürte er, wie sein Penis steif wurde. Sie schien es jedoch nicht zu bemerken – oder wenn, machte es ihr Spaß, es zu übergehen. Aus der Nähe gesehen hatte sie blutunterlaufene Augen. Er dachte, daß sie wahrscheinlich betrunken war.

»Was wünschst du dir denn?«

»Es muß natürlich im Rahmen des Möglichen liegen«, fügte Astrid hinzu.

Als er zu Gertrude aufsah, schien die Luft sich auf einmal zusammenzuziehen, zu erschaudern. Er begriff zunächst nicht, was es war. Dann sah er es. Ein einzelnes Haar war von unter ihrer Kapuze herabgefallen. Ein Haar hatte sich gelöst und schwebte zwischen ihnen nach unten. Es war an seinem Gesicht vorbeigeflogen, zu nah, als daß er es hätte erkennen können, und nur eine Handbreit von seinem rechten Ellbogen entfernt auf dem goldenen Tischtuch gelandet. Er sah es dort liegen: ungefähr einen Finger lang und leicht gekrümmt. Es war rot.

Gertrude schien davon nichts gemerkt zu haben. »Sag mir, was du dir wünschst«, forderte sie ihn auf, ihn mit Weindunst einnebelnd, »was du dir als Belohnung wünschst ...«

»Ihr könntet mich zum Beispiel freilassen«, sagte er.

Sie wandte sich ab. »Nein. Das kommt nicht in Frage.«

»Im Rahmen des Möglichen«, erinnerte Astrid ihn, während sie ihre Zigarette ausdrückte.

Er sah wieder hinunter auf das rote Haar – das verräterische Haar: ein Hinweis, ein Beweisstück. Wie lange war er jetzt schon hier eingesperrt? Seit fünf Tagen? Seit sechs? Er kam allmählich durcheinander. Sie hatten ihn an einem Montag nachmittag entführt. Konnte es schon Samstag sein? Sein Blick wanderte an seinem Körper hinunter, der sich nicht mehr anfühlte, als ob er ihm gehöre. Er konnte beinahe sehen, wie die Schwäche sich in ihm ausbreitete. Ihm wurde klar, daß sein Körper seine einzige Uhr war; sein einziger Maßstab, um die Zeit zu messen, waren Dinge wie Verschleiß, Muskelschwund, Verfall. Abscheu sammelte sich in seiner Kehle wie Galle.

»Es muß doch irgend etwas geben, was du dir wünschst«, sagte Gertrude.

Sein Lunge war voller Staub. Er konnte kaum atmen.

»Ich brauche Bewegung«, sagte er. »Ich muß an die Luft.«

Er meinte, eine gewisse Spannung zu spüren, als die Frauen am nächsten Morgen hereinkamen, eine Spannung, wie sie nach einem noch nicht geklärten Streit in der Luft liegt. Er hatte das Gefühl, sie waren sich vielleicht nicht einig gewesen, ob sie ihm seinen Wunsch erfüllen sollten. In ihrer Körpersprache lag eine gewisse Steifheit. Er sah Hüften und Ellbogen. Daumen. Während er zusah, wie sie ihre Plätze einnahmen, dachte er, das könnte eine von ihm choreographierte Sequenz sein. Was für Musik hätte er dazu wohl gewählt? Ein der Stimmung entsprechendes Stück voll schreiender Dissonanzen oder eher etwas sanft Dahinfließendes, als ironischen Kontrapunkt?

Als seine Hände und Füße gefesselt waren, halfen die Frauen ihm auf. Maude stülpte ihm eine Kapuze über den Kopf. Es war dieselbe, die er am Abend zuvor getragen hatte; sie roch noch nach Fleisch, Wein und Rauch. Die Frauen führten ihn zur Tür. Er mußte aussehen wie ein Mann, der zum Schaffott geführt wird.

»Das ist also meine Belohnung«, sagte er.

Er war merkwürdig ausgelassen und unbeschwert, verspürte das Verlangen zu scherzen, doch von den Frauen kam keine Reaktion.

Sie verließen das weiße Zimmer und gingen den Flur entlang. Er wußte, daß sich links die Toilette befand und ungefähr vier Meter weiter eine zweite Tür, doch er hatte keine Ahnung, was dahinterlag. Er sah natürlich nichts, und alles, was er hätte hören können, ging im Geräusch seiner Ketten unter. Sein Geruchssinn war durch die Kapuze gestört. Er mußte versuchen, die Überreste des Banketts zu ignorieren, sie herauszufiltern, irgendwie daran vorbeizuriechen. Sie gingen durch die zweite Tür, in einen Raum, der ihm größer vorkam. Vielleicht ein Treppenhaus. Jetzt befand er sich auf unbekanntem Boden.

Sie wandten sich nach links, gingen ein Dutzend Schritte weiter, wandten sich dann nach rechts und blieben stehen. »Hier ist eine Treppe«, sagte eine der Frauen. Vorsichtig schob er den einen Fuß vor, als prüfe er die Wassertemperatur. Ein kalter Luftzug streifte seine nackten Unterarme – er erinnerte ihn an die Luft in Kellern. Er glaubte Putz zu riechen, einen Geruch, den er normalerweise mit neuen Gebäuden verband, doch die Treppe war breit und steil, was ihn vermuten ließ, daß sie sich in einem alten Haus befanden. Obwohl die Frauen ihn zwischen sich nahmen, fand er es am leichtesten, seitlich hinunterzusteigen, wie jemand auf Skiern. Dann war die Treppe zu Ende, und er nahm die nächste in Angriff, wobei eine der Frauen ihn am Oberarm stützte.

Schließlich befanden sie sich zu ebener Erde. Unter seinen Füßen war jetzt kein Teppich mehr. Fliesen, vermutete er. Oder Beton. Eine Stufe nach unten, ein Stück geradeaus, noch eine Stufe nach unten und wieder ein Stück geradeaus. Eine der Frauen drehte einen Schlüssel in einem Schloß und drückte dann gegen die Tür, die zunächst zu klemmen schien. Dann traten sie hinaus ins Freie ...

Der erste Atemzug war selbst durch die Kapuze hindurch eine Wohltat. Er hatte vergessen, daß Luft etwas so Komplexes sein konnte. Er roch den Wind und den Regen, roch die Erde, die dunkle Erde, und die bittere Milch, die aus den Stengeln von Pflanzen hervortrat. Er roch die stockfleckigen Scheiben eines Glashauses und die rostigen Schrauben am Henkel einer Gießkanne. Dann, warm und leicht sandig, eine Ziegelwand. Und dahinter roch er die Stadt, zwar nur schwach, doch in ihrer ganzen Fülle und Vielfalt: Fahrradreifen, Kanalwasser, eingelegte Heringe, die Elektroleitung einer Straßenbahn, verschüttetes Bier vor einer Bar – und in der Ferne, am äußersten Rand seines Geruchsfelds, die beißend salzige Feuchtigkeit, die von der Nordsee aufstieg, während sie sich wieder und wieder gegen das Land warf. Er stand vor der Tür und atmete. Atmete einfach ein und aus.

»Hübscher Garten«, sagte er nach einer Weile.

Das war natürlich nur geraten, doch an dem plötzlichen Erstarren der Frauen merkte er, daß seine Vermutung zutraf. Er lächelte unter der Kapuze. Er kam sich auf einmal sehr scharfsinnig, sehr witzig vor. Obwohl er an Händen und Füßen gefesselt war, obwohl er allein gegen drei kämpfte, gegen drei Unbekannte, hatte er das Gefühl, Herr der Lage zu sein.

Er schüttelte den Kopf. »Ich glaube, ihr habt einen Fehler gemacht.«

Es wurde noch stiller. Es war fast, als wären die Frauen verschwunden, als rede er mit sich selbst. Zugleich spürte er die Blicke, die zwischen ihnen hin und her schossen.

»Ihr hättet mich auf keinen Fall rauslassen sollen.« Er atmete erneut tief ein, sog die Luft bis an den Grund seiner Lungen. »Ihr wart einfach zu nett«, sagte er. »Zu entgegenkommend.« Dem letzten Wort gab er einen hämischen Klang. »Ich meine, das Risiko ist doch sehr groß ...«

Er schlurfte ein Stück nach vorn. Niemand hielt ihn zurück. Niemand sagte ein Wort. Er stellte fest, daß er auf Gras stand. Er war begeistert, wie schwammig es war, wie es unter seinen Füßen leicht nachgab. Er spürte die Feuchtigkeit durch die dünnen Sohlen seiner Schuhe hindurch. Auf einmal hörte er irgendwo rechts von sich die Bremsen eines Zuges quietschen. Zwei oder drei Straßen weiter.

»Erstens«, sagte er, »habt ihr mich nicht geknebelt. Ich könnte anfangen zu schreien. Ich könnte irgend jemandes

Aufmerksamkeit erregen. Und wer weiß, vielleicht würde jemand kommen –«

»Und, wirst du schreien?«

Es war Astrids Stimme, die ganz sachlich klang und doch drohend. Er ignorierte sie.

»Oder es könnte mich jemand sehen« – er hob den Kopf, blickte nach oben – »aus einem Fenster im ersten Stock – und was würde man dann hier sehen? Drei Frauen in schwarzen Mänteln und einen Mann mit einer Kapuze über dem Kopf, die alle an einem Sonntag morgen in einem Garten stehen. Das ist doch nicht normal, oder? Noch nicht mal in Holland –«

»Heute ist nicht Sonntag«, sagte Gertrude.

Auch diese Unterbrechung ignorierte er.

»Und außerdem«, fuhr er fort, »und das ist vielleicht entscheidender, gebt ihr mir Gelegenheit, Informationen zu sammeln ...«

Der Zug war jetzt nicht mehr zu hören. Statt dessen begannen in der Ferne Kirchenglocken zu läuten. Was sollte das heißen, heute sei nicht Sonntag? Natürlich war heute Sonntag.

»Ja«, sagte er. »Kleine Details. Sinnesdaten.« Er nickte vor sich hin. »Das alles hilft mir dabei, mir ein Bild zu machen. Davon, wo ich mich befinde. Davon, mit wem ich's zu tun habe.«

Er blickte sich zu den Frauen um, auch wenn er nicht genau wußte, wo sie sich befanden. Er fühlte sich prächtig, trotz eines leichten Schwindelgefühls. Wahrscheinlich war es die plötzliche Sauerstoffzufuhr nach all den Tagen in abgestandener, immer wieder umgewälzter Luft.

»Bringt mir einen Stier«, sagte er. »Ich wette, ich kann ihn bei den Hörnern packen.«

»Einen Stier?« sagte Astrid. »Was für einen Stier?«

Er lachte sie aus.

»Ich an eurer Stelle hätte mich niemals rausgelassen. Frische Luft – pah!« Er schnaubte verächtlich. »Wer braucht schon frische Luft? Aber natürlich. Ich vergaß« – wären seine Hände nicht gefesselt gewesen, hätte er sich an die Stirn geschlagen – »ihr liebt mich ja. Ihr würdet alles für mich tun.« Er lachte erneut. »Ihr findet, daß ich ein großartiger Tänzer bin.«

Eine der Frauen nahm ihn am Arm. Doch sie hielt ihn einfach nur fest, versuchte nicht, ihn zurückzuzerren.

»Ihr hattet es euch wirklich gut ausgedacht«, erklärte er, »aber jetzt habt ihr alles verdorben. Jetzt gibt es bei dem Ganzen ein unberechenbares Element. Kennt ihr das Wort 'unberechenbar'? Ich weiß nicht, was das auf holländisch heißt. Wahrscheinlich ist es irgendwas Häßliches.«

In sich hineinlachend, schüttelte er den Kopf.

»Ja«, sagte er, »solange ich in dem Zimmer war, hattet ihr alles unter Kontrolle. Jetzt dagegen ...«

Er infizierte sie mit dem Gedanken wie mit einem Virus, in der Hoffnung, daß er in ihren Köpfen Wurzeln schlug und sich ausbreitete, ihr Selbstvertrauen und ihre Entschlußkraft schwächte.

»Es ist Zeit, wieder hineinzugehen«, sagte Gertrude.

Du hast rotes Haar, dachte er. *Ich hab's gesehen.*

Er spürte eine Hand in seinem Kreuz, die ihn in Richtung Tür schob. Die Geste hatte etwas Barsches, Gereiztes, und er freute sich, daß es ihm endlich gelungen war, die Frauen zu treffen.

»Ich glaube, ihr habt mir nicht zugehört«, sagte er, »nicht richtig. Ich glaube, ihr habt mich nicht verstanden.«

Er ließ sich durch die Tür führen und zurück durch den Gang. Als er den rechten Fuß auf die unterste Stufe der Treppe setzte, hörte er in seinem Rücken etwas klingeln.

»Das ist das Telefon, stimmt's?« sagte er.

Von den Frauen kam keine Reaktion, keine Antwort.

»Meint ihr nicht, ihr solltet rangehen?« sagte er. »Es könnte doch jemand Wichtiges sein.«

Vielleicht hätte er nicht so viel reden sollen, doch ihn hatte ein unüberwindlicher Drang überkommen. Sein Adrenalinspiegel war auf einmal in die Höhe geschnellt – trotz der Handschellen und der Kapuze ... Die Frauen glaubten ihm damit einen Gefallen zu tun, daß sie ihn für ein paar Minuten hinausließen. Sie glaubten, sie würden ihn damit belohnen. Das Ganze war völlig absurd. Er hatte genug von ihrer Arroganz, ihrer herablassenden Art. Er wollte erreichen, daß sie sich dumm vorkamen. Unvorsichtig. Und wenn er ihr Schweigen im Garten richtig deutete, dann war ihm das vielleicht sogar gelungen. Würden sie sich dafür rächen? Er konnte es nicht sagen. Wahrscheinlich wäre es klüger gewesen, den Mund zu halten. Wahrscheinlich hätte er dastehen sollen wie ein stummes Tier und einfach atmen.

Er starrte trübsinnig hinauf zum Oberlicht, das jetzt ein fleckiges, weiß-graues Viereck war. Das Wetter war trostlos. Doch die paar Momente im Freien – der Geruch des nassen Grases, der rauhe Frühlingswind, der seine Handrücken streifte – hatten ihn auf grausame Weise daran erinnert, was er verloren hatte. Er dachte an Brigitte, und ein merkwürdig prägnanter Schmerz durchzuckte seinen Unterleib. Er dachte daran, wie selten sie in letzter Zeit miteinander geschlafen hatten, und es machte ihn traurig, auch wenn er wußte, daß es auch anderen Paaren so ging, vor allem wenn sie hart arbeiteten und immer müde waren. Er erinnerte sich, wie es am Anfang gewesen war, bei ihrer ersten gemeinsamen Reise, auf Elba. Sie wohnten in einer kleiner Familienpension in einer Seitenstraße von Portoferráio. Ihr Zimmer war ein hoher Raum mit einem milchig-grünen Marmorboden. Es stand ein altmodisches Doppelbett darin mit einem Kopfteil aus Eisen und einer Tagesdecke aus einem rosafarbenen, glänzenden Stoff. Über dem Bett hing ein Gemälde von einer Zigeunerin mit trotzig erhobenem Kinn und einer weißen Bluse, die die Schultern frei ließ. Brigitte sagte, die Pension erinnere sie an die Wohnung ihrer verrückten alten Tante Cecile in Marseille. Er sah zu, wie sie die dunkelgrünen Läden öffnete und, sich auf das Fensterbrett stützend, auf den Ort hinuntersah, wobei die kräftigen, schlanken Muskeln an ihren Waden hervortraten ... Später, als sie sich liebten, hatte sich in der Mitte des Bettes ein Spalt aufgetan. Es war gar kein Doppelbett, stellte er fest, es waren zwei zusammengeschobene Einzelbetten. Die Porzellanlampe auf dem Nachttisch schwankte und verschwand dann aus seinem Blickfeld. Erstaunlicherweise brach sie nicht entzwei. Unten rief eine Frauenstimme unablässig: *Mario? Ma-rio?* Hinterher fanden sie sich zwischen den Betten auf dem Boden wieder, mit der Tagesdecke unter sich. Wie in einer Hängematte. Zwanzig vor acht an einem Juniabend, das Geklapper von Messern und Gabeln unten im Restaurant, das gereizte Knattern eines vorbeifahrenden *motorino* und Brigitte, die murmelte: *Wo bin ich?*

Natürlich wußte sie es ganz genau. Doch der Sex war so hemmungslos gewesen, so verzehrend, daß sie sich für eine Weile selbst vergessen hatten. Als sie wieder daraus auftauchten, kehrten sie in ein Zimmer zurück, das sie nicht wiedererkannten, in eine fremde Stadt. Das war ein Schock, denn sie hatten in jenem Jahr so hart gearbeitet – Proben, Auftritte und wieder Proben –, daß ihnen keine Zeit geblieben war für irgend etwas anderes, und jetzt waren sie auf einmal fort, nur er und sie, und dieses Wegsein war an sich schon etwas fast Unglaubliches, ein Grund zu ungläubigem Staunen. Brigitte lag neben ihm auf der

Decke, die Hände über den Kopf gestreckt, als würde sie sich ergeben, mit den Handflächen nach oben und gekrümmten Fingern. Er sah die dunklen Höhlungen ihrer Achseln, die sie stets rasierte, und ihre spitzen, fast nicht vorhandenen Brüste, deren Brustwarzen so empfindlich waren, daß er sie manchmal zum Orgasmus brachte, nur indem er sie berührte. Auch wenn sie eher schmächtig war, steckte in ihrem Körper doch eine ungeheure Energie, eine Kraft, die bei ihren Auftritten zum Einsatz kam. In São Paulo hatte er ihr eines Abends von der Seitenkulisse aus zugesehen, und sein Herz hatte einen Sprung getan und schien dann an einem Faden in der Luft zu schweben, denn sie tat Dinge, die er sich nie hätte vorstellen können – es waren nicht die Schritte, obwohl sie perfekt waren, es war das Gefühl, das in ihnen zum Ausdruck kam. Am Ende der Aufführung flogen Dutzende von Sträußen aus der Dunkelheit zu ihr, und die Bühne war plötzlich kniehoch mit Blumen bedeckt, Blumen, die er noch nie gesehen hatte und deren Namen er nicht hätte nennen können ... Als sie zu ihm in die Seitenkulisse kam, sah er wohl immer noch ungläubig und verwundert drein, denn sie sagte: *Ich weiß, ich weiß nicht, was es war – J'avais des ailes.* Und dann lachte sie und sagte: *Ich bin geflogen*, und er hielt sie in den Armen und spürte ihren Körper an seinem, die angespannten Muskeln, die Hitze, die durch ihre Haut hervorbrach, bis hinter ihm jemand schrie: *He, alle mal herhören, beim Botschafter gibt's was zu trinken ...*

Wo bin ich? dachte er.

Ein weißes Zimmer, irgendwo in den Niederlanden.

Während er dort angekettet auf dem Boden lag, hatte er auf einmal einen metallischen Geschmack im Mund. Sein Zahnfleisch hatte wieder zu bluten begonnen. Wenn die Frauen ihm die Zähne putzten, bürsteten sie zu stark –

oder vielleicht auf eine Weise, die er nicht gewohnt war. An diesem Morgen hatte er zum erstenmal in seinem Leben einen roten Faden in seinem Speichel entdeckt, und er war schockiert gewesen, so als hätte man ihn mit seiner eigenen Schwäche, seiner Sterblichkeit konfrontiert ...

Die folgenden Stunden waren nicht leicht: Seine Stimmung schwankte wild zwischen Nostalgie und Verzweiflung. Denn das sind zwar zwei völlig verschiedene Orte, doch der Weg von hier nach dort könnte nicht kürzer sein.

Irgendwann ging schließlich die Tür auf, und eine Frau trat ein. Sie machte die Tür hinter sich zu und lehnte sich dagegen. Sie war allein. Von seinem Platz in der Mitte des Raumes aus konnte er nicht erkennen, welche von ihnen es war. Es war dunkel dort, wo sie stand, und sie trug den üblichen schwarzen Mantel und die Kapuze. Er war nicht sicher, wie die Frauen auf sein Verhalten im Garten reagieren würden. Er kam zu dem Schluß, daß er gut daran tat, sich devot zu stellen.

»Das mit heute morgen tut mir leid«, sagte er. »Ich bin irgendwie durchgedreht. Wieder im Freien zu sein, wenn auch nur für ein paar Minuten – man vergißt ganz, wie das ist ...«

Die Frau löste sich langsam von der Tür und machte ein paar Schritte in den Raum. Diese Unsicherheit, diese linkische Art. Jetzt glaubte er sie zu erkennen, wenn auch nur durch ein Ausschlußverfahren. Es war Maude.

»Jedenfalls«, sagte er, »möchte ich mich entschuldigen.«

Sie kniete sich neben ihn auf die Matte, wie sie es schon oft getan hatte, mit leicht abgewandtem Kopf und den Händen auf den Oberschenkeln. Auf einmal konnte er sich vorstellen, wie sie als Kind gewesen war. Ungewollt und ungeliebt. Ja vielleicht war sie sogar geschlagen worden. Das würde erklären, warum sie sich so bewegte, als versuche sie keinerlei Raum einzunehmen. Es würde auch den Klang ihrer Stimme erklären, diese Mischung aus Monotonie und einem merkwürdigen Unterton der Entrüstung, mit einer Art Widerhall, die ihn an das Schnattern von Gänsen denken ließ. Es war die Stimme eines Menschen, dem man nie erlaubt hatte, sich auszudrücken, oder der es sich nie getraut hatte.

Sie legte eine Hand auf seinen rechten Knöchel und fuhr an der Seite des Fußes entlang, bis sie bei den Zehen ankam. »Der Fuß eines Tänzers ...« Ihre Fingerspitzen verweilten auf den Stellen, wo er Hornhaut bekommen hatte, wo sich die Knochen verformt hatten. »Es ist gut, wenn das, was jemand tut, wenn das Spuren am Körper hinterläßt«, sagte sie. »Zum Beispiel die Hände von Gärtnern ...« Sie berührte eine weiße Narbe an seinem Fußgelenk. »Was ist da passiert?«

»Ein Kalziumsporn«, sagte er. »Das Kalzium sammelt sich und bildet auf dem Knochen eine Art Dorn. Ich mußte ihn operativ entfernen lassen. Das kommt bei Tänzern häufig vor.«

Sie holte tief Luft. »Ich werde dir nichts Böses tun.« Ihre Augen wanderten hinter den Löchern der Kapuze hin und her.

Er wollte mit ihr reden, sich ganz normal unterhalten, doch er wußte nicht, wo er hätte beginnen sollen.

»Ich würde mich gern zu dir legen«, sagte sie, »wenn es dich nicht stört.«

»Nein«, sagte er, »es stört mich nicht.« Er bemühte sich um einen sanften Ton.

»Ich muß nackt sein«, sagte sie.

Sie schob den Mantel von ihren Beinen, wodurch ein Paar schwarze Arbeitsstiefel zum Vorschein kam. Die Spitzen waren abgestoßen, und vom Profil der Sohlen war kaum noch etwas zu sehen. Als sie die Schnürsenkel aufband, begann sie, wie sie es häufig tat, tonlos zu summen – was er jetzt als Zeichen von Nervosität erkannte. Um sie nicht in Verlegenheit zu bringen, wandte er den Blick ab. Er hatte irgendwie geahnt, daß sie solche Stiefel trug. Sie paßten zu dem Bild, das er jetzt von ihr hatte: zu jemandem, der sowohl dickköpfig als auch verwahrlost war.

»Du findest meinen Körper nicht erregend«, sagte sie.

Er drehte ihr wieder den Kopf zu. Ihre Oberschenkel waren dick und voller Grübchen, und ihr stattlicher Bauch bildete Falten. Sie hatte die kräftigen runden Schultern einer Schwimmerin – obwohl er sie sich nicht beim Schwimmen vorstellen konnte – und kleine, merkwürdig zarte Brüste, die zu jemand anderem zu gehören schienen. Ihr Körper wies sämtliche Farbschattierungen und Strukturen auf, die Fleisch haben kann. Ein Maler wäre begeistert gewesen.

»Ist schon gut«, sagte sie. »Ich will gar nicht – ich will überhaupt nichts.« Sie hielt inne. »Ich bin nicht so wie die anderen.«

Er wartete darauf, daß sie fortfuhr, doch es kam nichts mehr. Sie war zu sehr in ihre eigenen Gedanken vertieft. Das war die Folge der Verletzung, die man ihr zugefügt hatte. Auf einmal wußte er, was er sagen konnte.

»Das warst du neulich nachts, nicht wahr?«

Sie saß so reglos da, daß er sehen konnte, wie bei jedem Pulsschlag ein Zittern über ihre Haut lief.

»Vor ein paar Tagen bin ich nachts aufgewacht«, sagte er, noch immer mit sanfter Stimme. »Da lag jemand neben mir. Das warst du.«

Sie drehte sich um und schmiegte sich an seinen Körper, legte das linke Bein angewinkelt über seine Schenkel und bettete den Kopf auf seine Schulter. Er sah hinunter zu ihrer linken Hand, die auf seiner Brust lag, sah, wie ihre kurzen blassen Finger in dem Raum zwischen seinen Rippen Platz fanden. Er spürte den Widerhall ihres Herzschlags in seinem Körper. Es schlug so schnell wie das eines kleinen Tieres.

»Ich muß dich warnen«, sagte sie.

»Mich warnen? Wovor?«

»Sie haben etwas vor.«

»Was denn?«

»Etwas, auf das ich nie gekommen wäre.«

»Sie sind wütend auf mich ...«

»Vielleicht. Aber außerdem bist du hier. Es ist, weil du hier bist.«

»Kannst du mit ihnen reden?«

»Mit ihnen reden?«

»Sie davon abbringen.«

»Ich glaube nicht.«

»Bitte«, sagte er.

Den Kopf hebend, streckte sie die Hand aus und berührte seine Lippen. Das war ihre Art, ihm zu sagen, daß sie ihm nicht helfen könne. Ihre Finger rochen nach Zwiebeln und Kerzenwachs.

Er lag ruhig da unter ihrem Gewicht.

»Das warst du, die ich angeschrien habe«, sagte er nach einer Weile.

»Ja.«

»Es tut mir leid, wenn ich laut geworden bin«, sagte er. »Du kannst dir nicht vorstellen, wie das ist.«

»Du hast mir angst gemacht.«

»Das tut mir leid.«

Er hörte, wie Regen auf das Fenster fiel, und sah vor sich, wie die Leute auf ihren Rädern mit eingezogenem Kopf nach Hause fuhren, sah die glänzenden Straßenbahnschienen ... Im Geiste lehnte er sich an ein schwarzes Geländer und starrte auf einen Kanal hinunter. Das Wasser sah aus wie punktiert, als hätte es scharfe Spitzen – wie ein Nagelbrett.

Sie haben etwas vor.

Irgendwann wachte er auf und merkte, daß Maude gegangen war, auch wenn der Geruch von Kerzenwachs und Zwiebeln noch in der Luft hing, ihm von denjenigen Stellen seines Körpers in die Nase stieg, an denen ihre Hände gelegen hatten.

In jener Nacht wurden seine Träume von einer schrecklichen Angst angefacht. Er sah keine Landschaften mehr, nur die nackten weißen Wände des Raumes, nur das Oberlicht mit dem leeren Stück Himmel. Er sah sich selbst darin mit dem Kopf nach unten hängen, an einem verwickelten Netzwerk aus Seilen und Flaschenzügen. Er drehte sich langsam in der Luft, wie ein totes Tier an einem Haken, den Körper wie zu einem Braten geschnürt, und die Vertiefungen und Hohlräume hinter seinen Augen füllten sich bis zum Bersten mit Blut. Es war eine Frau bei ihm, eine nackte Gestalt in der Dunkelheit nahe der Tür, die nichts weiter trug als eine tiefschwarze Kapuze. Es sah aus, als hätte sie keinen Kopf, als stünde dort ein kopfloser Körper, und er hörte den kopflosen Körper flüstern: *Schön, so schön ...* Dann wachte er jedesmal auf und wußte nicht, ob er allein war oder nicht, denn er konnte nicht immer bis in die Ecken sehen, nicht bei Nacht, und die Dunkelheit zischte und summte wie tausend beinahe verklungene Stimmen, und er blickte an seinem Körper hinunter, der dalag wie eine Opfergabe, und dann wußte er nicht mehr, was Traum war und was Wirklichkeit, und fragte sich, was schlimmer war ...

In gewisser Hinsicht war es leichter, wach zu sein. Dann konnte er zumindest versuchen, alles unter Kontrolle zu halten. Wenn er wach war, konnte er sich einreden, er sei an einem anderen Ort, wobei seine einzige Zuflucht natürlich die Vergangenheit war, doch die Illusion war nur mühsam aufrechtzuerhalten, und vielleicht war es letztlich auch sinnlos. Sobald die Bilder, die er aus der Vergangenheit heraufbeschworen hatte, zu schwanken begannen, drängte sich das Zimmer wieder vor, und Teile davon wurden sichtbar, so wie Haut durch nasse Kleider hindurchschimmert. Da war es wieder, nackt und weiß, aber irgendwie trotzdem nicht sachlich – wie hätte es das auch sein können bei all den Ringen und Riemen und Riegeln, die, wie er jetzt wußte, alle zu irgendwelchen perversen Folterzwecken ersonnen worden waren. Die Haken und Schienen, die Waschmaschine, die mattschwarze Gummimatte: das alles strahlte eine Kälte aus, eine alltägliche Brutalität, die vorhersagbar, gleichbleibend und erbarmungslos war.

Das Zimmer war immer da.

Und so kam der Tag seiner Verstümmelung.

Er lag wie immer auf dem Boden, als die Tür aufging und die Frauen nacheinander hereinkamen. Alle drei trugen rote Kapuzen über dem Kopf. Alle drei waren nackt. Sie sahen aus wie die Kardinäle einer geheimen oder ketzerischen Kirche. Die Haare auf seinen Armen sträubten sich. Er spürte, daß mit den Frauen eine Veränderung vorgegangen war. Es war, als hätten sie mit ihren Kleidern auch jedes Schamgefühl, alle Hemmungen abgelegt. Als wären sie nackt zu schrecklichen Dingen fähig.

Genau in dem Moment kam die Sonne heraus. Der Strahl, der vom Oberlicht auf den Boden fiel, war so farbig, so dick und golden, daß man den Eindruck hatte, er sei massiv, wie ein Stützpfeiler. Die Frauen standen dahinter, plötzlich in eine Art Dunkel getaucht. Als sie durch den

Sonnenstrahl hindurch auf ihn zukamen, wirkte das gespenstisch, fast übernatürlich.

Er sah, daß Maude einen rechteckigen Kasten aus Metall trug und Astrid einen Schraubenzieher in der Hand hielt. Einen Augenblick lang war er plötzlich beruhigt. Vielleicht wollten sie nur die Schienen richten, an denen er angekettet war. Etwas festziehen, was lose war. Später dachte er mit einem bitteren Lächeln an diesen Gedanken zurück.

Handelte es sich um eine weitere Bestrafung? Sie gaben ihm darüber keine Auskunft, aber eigentlich hatte er nicht den Eindruck. Sie hatten einfach eine Art von Phantasien erschöpft und begannen nun, eine neue zu erkunden. Es war nicht böse gemeint, nicht persönlich. Wie hatte Maude gesagt?

Weil du hier bist.

Sie bauten sich um ihn herum auf mit ihren hochroten Kapuzen und ihrem hellen Fleisch. Seine Augen wanderten unruhig von der blaugrünen Vene, die sich zu Maudes Leistengegend hinabschlängelte, zu Astrids münzgroßer Narbe und zu Gertrudes Schamhaaren, die mit dunkelroten Härchen durchsetzt waren, und blieben schließlich an dem Kasten hängen, den Maude neben ihn auf den Boden gestellt hatte. So einen ähnlichen Kasten hatte er schon einmal gesehen. Er hatte seinem Großvater gehört, der in einem Laientheater auftrat, und diente als Behälter für das Make-up – Kajalstift, Fettschminke, Rouge ... Aber wozu hatte Maude ihn mitgebracht?

»Das wird ziemlich weh tun«, sagte Gertrude.

Er sah zu ihr auf, während es ihm die Kehle zuschnürte. »Was soll das heißen? Was habt ihr vor?«

»Vielleicht ist es besser, wenn wir es dir nicht sagen.«

Sie griff nach seiner Unterhose und zog sie ihm bis an die Knöchel herunter.

»Nein«, entfuhr es ihm. Seine Stimme klang in der Stille fast schneidend und – merkwürdigerweise – genau wie die seines Vaters.

»Es könnte durchaus Vorteile haben«, sagte Astrid. »Vielleicht wird es dir einmal nützen. Eines Tages.«

Die Doppeldeutigkeit ihrer Reden hatte nichts Beruhigendes – das hatte er bereits erfahren. Er starrte auf den Schraubenzieher, den sie in der Hand hielt. Er hatte einen durchsichtigen knallgelben Griff. Die Spitze war ungefähr einen halben Zentimeter breit.

»Ihr werdet mich doch nicht –« Er zögerte, unfähig, seine Gefühle in Worte zu fassen.

»Der Grund, warum es weh tun wird«, sagte Gertrude, »ist, daß wir kein Betäubungsmittel haben.«

»Aber einen Schraubenzieher«, sagte er überflüssigerweise.

Er wandte sich an die Frau, die er Maude nannte – er wünschte, er wüßte ihren wirklichen Namen.

»Hilf mir«, sagte er. »Bitte.«

Doch sie wandte nur den Kopf ab, als schäme sie sich.

Die anderen Frauen redeten schnell auf holländisch auf sie ein, mit ruhiger und fester Stimme. Was sagten sie wohl zu ihr? Daß sie nicht auf ihn hören solle? Daß alles wieder in Ordnung käme? Er sah zu, wie Maude den Metallkasten öffnete und eine Packung Wattetupfer und eine Flasche herausnahm, die aussah, als enthalte sie Jod.

Kein Make-up also. Ein Erste-Hilfe-Kasten.

»Und jetzt«, sagte Gertrude, Astrid ein Zeichen gebend.

Die Frauen hockten um ihn herum auf dem Boden, Gertrude zu seiner Linken, Astrid zu seiner Rechten und Maude zwischen seinen Beinen. Gertrude hielt ihm die Nase zu, und als er den Mund öffnete, steckte sie einen zusammengeknüllten Lumpen hinein. Dann griff sie in Maudes Kasten und zog eine Rolle silbernes Isolierband heraus. Sie riß ein Stück davon ab und klebte es ihm über die untere Gesichtshälfte. Der Lumpen roch nach Dieselöl.

Astrid nahm seine Vorhaut zwischen Zeigefinger und Daumen, hob sie von seinem Penis ab und zog sie hoch, bis das Licht hindurchschien. Sie setzte den Schraubenzieher mit der Spitze an und stieß dann fest zu. Der Schraubenzieher durchbohrte die Haut. Er sah die breite, scharfe Spitze auf der anderen Seite herausragen. Er erinnerte sich, wie erstaunt er gewesen war über das leuchtende Rot seines Bluts, eine Farbe, die klar und sauber war. Er erinnerte sich, daß er auf seinen Schamhaaren Blutstropfen gesehen hatte, die dort lagen wie Beeren.

Das alles wie aus weiter Ferne …

Als er wieder zu sich kam, hatten die Frauen einen Ring durch das Loch gezogen. Zuerst begriff er nicht, wie das möglich war, doch dann sah er, daß der Ring an einer Seite dicker war und einen Verschluß hatte. Er war mattsilbern – anscheinend irgendeine Legierung – und hatte gut drei Zentimeter Durchmesser. Sie mußten ihn wohl extra gekauft haben.

Sie hatten nicht seinen Penis durchbohrt, sondern nur die Vorhaut, und jetzt beugte sich Maude, einen Tupfer auf den Fingern balancierend, über ihn. Der grelle Schmerz, der ihn durchzuckte, als sie die durchstochene Haut mit Jod betupfte, hätte fast ausgereicht, um ihn erneut ohnmächtig werden zu lassen. Doch mit dem Lumpen im Mund konnte er kaum einen Laut von sich geben. Der Schmerz blieb in ihm gefangen. Sie wollten ihn nicht hören. Während er dort lag, immer wieder das Bewußtsein verlierend, wurde ihm plötzlich die ganze Hoffnungslosigkeit seiner Lage klar: Sie konnten alles tun, was sie wollten – einfach alles …

Als die Wunde gereinigt war, holten die Frauen eine lange Kette. Das eine Ende befestigten sie an dem Ring an seinem Penis, das andere an einer massiven Eisenklammer hinter ihm an der Wand, dann schlossen sie ihn von den Stahlschienen los und umringten ihn. Die Kapuzen ließen sie völlig gefühllos erscheinen, vollkommen skrupellos, was in einem seltsamen Gegensatz stand zu ihren Stimmen, die zärtlich klangen, besorgt, ja bemüht, ihm Mut zu machen. Sie erklärten ihm, auch wenn er an Händen und Füßen noch oft gefesselt sein würde, so würde er doch von jetzt an mehr Bewegungsfreiheit haben. Er würde aufstehen und ein wenig herumgehen können. Vielleicht sogar tanzen. Das sei ihr größter Wunsch, sagte eine der Frauen, ihn tanzen zu sehen. Er schüttelte den Kopf. Es klang wie der blanke Hohn. Wie konnten sie ihn diesen endlosen, grotesken Torturen unterziehen und dabei behaupten, es liege ihnen etwas an ihm? Und er versuchte auch nicht mehr, ihre Stimmen auseinanderzuhalten. Wenn er glaubte, er könnte unter ihnen eine Verbündete finden oder irgendwie auf sie einwirken, dann machte er sich etwas vor. Ihre Stimmen hatten nichts Menschliches, nichts Individuelles. Es waren die Stimmen einer einzigen Kreatur: seines Gefängniswärters, seines Folterers.

Eine von ihnen hielt ihm auf dem Handteller zwei weiße Tabletten hin. Kodein, sagte sie. Sie legte ihm die Tabletten eine nach der anderen auf die Zunge und hielt ihm ein Glas Wasser an den Mund, damit er sie hinunterspülen konnte. Er legte den Kopf auf die Matte. Der Himmel hatte sich bewölkt. Es ragte kein goldener Stützpfeiler mehr schräg in den Raum. In dem Dämmerlicht kam ihm der stechende Schmerz in der Mitte seines Körpers wie eine Farbe vor. Eine Farbe jedoch, für die es keinen Namen gab. Nein, dafür war sie zu leuchtend. Von Zeit zu

Zeit schwoll sie an, bis sie ihn ganz umgab. Manchmal hatte er das Gefühl, er befände sich in ihrem Innern.

Durch den Nebel hindurch hörte er die Frauen sagen:

»Du solltest dich jetzt ausruhen –«

»Wir werden dann nach dir sehen –«

»Wir werden uns um dich kümmern –«

»Die Wunde wird wieder heilen. Keine Angst –«

»Ruh dich jetzt aus –«

Obwohl er in regelmäßigen Abständen Schmerztabletten bekam, schlief er in dieser Nacht nur sehr unruhig; die Haut zwischen Schlafen und Wachen war dünn und durchscheinend wie eine Membran. Es mußte eine Art Delirium sein. Wenn er träumte, waren seine Träume sehr konkret und voller Wiederholungen – sie bewegten sich fast im Kreis –, und sie entfernten sich nie sehr weit von der Wirklichkeit. Einmal erwachte er, oder glaubte zu erwachen, und sah den leuchtend orangeroten Sarg neben sich auf dem Boden stehen. Doch diesmal veränderte seine Form sich nicht, und er bewegte sich auch nicht durch den Raum. Er blieb vielmehr stundenlang am selben Fleck. Dann wieder träumte er, er sei an eine Ziegelwand gekettet. An seinem Penis hing ein rostiges Eisenschloß, wie man es zuweilen am Tor einer verlassenen Scheune sieht, und die Wunde war offen und mit Eiter verklebt. Er ließ den Kopf nach hinten fallen, gegen die Wand. Die Ziegel wirkten irgendwie geschwärzt, als hätten sie einmal zu nah bei einem Feuer gestanden, als wären sie verkohlt. Um ihn herum brauste und brüllte der Wind.

Es gab in diesem Traum, wie in fast allen anderen, zwei Bewußtseinsebenen, zwei Ebenen, die nebeneinander existierten und sich manchmal sogar überschnitten. Auf der einen Seite war er verwirrt und schockiert, wie betäubt vor Entsetzen über die Lage, in der er sich befand. Auf der anderen Seite freute er sich auf den Moment, in dem er das abschütteln würde, was offensichtlich ein Traum war, in dem er merken würde, daß nichts davon der Wahrheit entsprach.

Und wie schrecklich war dann das Erwachen, das leise Klirren der Kettenglieder ...

Die Wahrheit lag natürlich sowohl in dem Traum als auch außerhalb davon, und das Elend, das ihn überkam, während er sich auf der Matte hin und her wälzte, war fast unerträglich.

Manchmal sah er in den Stahlringen an seinen Handgelenken kurz sein Spiegelbild. Doch er konnte immer nur Bruchstücke von sich sehen. Einen Wangenknochen, eine Augenbraue. Ein Stück von einem Ohr. Es war, als wäre er eine Vase, die vor Tausenden von Jahren zerbrochen war. Er würde nie wieder ganz werden. Er existierte nur noch in Fragmenten. In der Erinnerung.

Langsam, behutsam drehte er sich auf die Seite und bewegte die Hände so weit er konnte nach unten in die Leistengegend. Die bloße Tatsache der Nähe hatte bereits etwas Tröstliches.

Vom Oberlicht floß ein milchiges Leuchten herein.

Der pfeffrige, in der Nase kitzelnde Geruch des Staubes zwischen den Dielen.

Dieses leise Stöhnen, das er hörte, ein Geräusch, das so beständig war und so präsent, daß es eine Form zu haben schien – ein von einem Auto überfahrener Hund, ein auf den Boden geworfener Mantel –, dieses ächzende Geräusch, das war er.

Er wußte nicht mehr, was für ein Tag es war, und es kümmerte ihn auch nicht mehr. Seine Leiden ließen solche Dinge unwichtig werden. Es gab nur noch den Schmerz und das Bedürfnis, davon erlöst zu werden. Manchmal, wenn das Kodein ihn aus der Reichweite des Schmerzes davontrug, tauchten im Zimmer Menschen auf. Er wußte nicht genau, ob er träumte oder halluzinierte. Aber wahrscheinlich war das egal.

Brigitte war die erste, die bei ihm erschien. Sie saß zu seiner Linken mit dem Gesicht zur Tür. Ihre Beine lagen, einen rechten Winkel bildend, auf dem Boden. Ihre Hände ruhten in ihrem Schoß. Sie trug ein weites, hellblaues T-Shirt, das er nicht kannte, doch ihr Haar war mit dem üblichen malvenfarbenen Stück Samt zurückgebunden. Während er sie betrachtete, senkte sie die Stirn zum rechten Knie und richtete sich dann wieder auf, wobei ihr rechter Arm neben ihrem Ohr nach oben flog. Die Bewegungsfolge lief so leicht und flüssig ab wie ein Reflex, so, als ob sie gar nicht merkte, was sie tat. Ihre dunklen Augen starrten ins Leere.

»Unsere Zeit ist fast abgelaufen«, sagte sie.

Er spürte, wie sein Herz von innen gegen seine Brust drückte wie etwas, das versucht zu fliehen. Was wollte sie damit sagen?

»Du und ich«, sagte sie, als könne sie ihn denken hören. »Unsere Zeit zusammen.«

»Nein«, sagte er, »du irrst dich.« Seine Kehle war völlig ausgetrocknet. Er schluckte. »Du mußt bloß warten, bis ich hier rauskomme, bis ich frei bin.«

Sie griff mit beiden Händen nach oben, um das Stück Samt zurechtzurücken, dann wandte sie ihm das Gesicht zu. Er fand in ihren Augen nichts als Gleichgültigkeit. Sie wirkte wie jemand, der ihn nicht kannte. Ihn nie gekannt hatte.

»Du wirst niemals frei sein«, sagte sie.

»Doch«, sagte er, »das werde ich.« Obwohl er sich auf einmal nicht mehr sicher war.

Sie schüttelte den Kopf und starrte wieder ins Leere.

»Nein«, sagte sie.

Er wandte sich ab, suchte vergeblich nach Worten, um zu widersprechen. Als er wieder hinsah, war sie verschwunden.

Irgendwann mitten in der Nacht erschien seine Familie – seine Mutter und sein Vater, die beide erst Mitte Fünfzig waren, und sein Bruder Edward, der in Tokio bei einer Bank arbeitete. Sein Vater und sein Bruder hatten sich extra feingemacht – sie trugen beide den gleichen grauen Anzug. Seine Mutter trug eine Strickjacke und einen Faltenrock. Er bekam oft gesagt, er würde seiner Mutter ähnlich sehen, doch er konnte eigentlich keine Ähnlichkeit feststellen, außer vielleicht bei den Augen, die haselnußbraun waren und ein wenig nach oben hin ausliefen, was ihnen beiden etwas Slawisches gab. Sie wirkte zerstreuter als sonst und reckte den schlanken Hals, als würde sie tief in die Ecken des Raumes spähen. »Na«, sagte sie schließlich, »das ist doch gar nicht so schlecht hier.« Sein Vater nickte gedankenverloren, wobei er die Hand hob, um sein sich lichtendes Haar zu glätten. Edward hatte indessen einen blankpolierten Absatz an die Wand gestellt und maß mit großen Schritten den Raum aus, als wolle er diese Immobilie vielleicht erwerben. Das war typisch Edward. Halb verzweifelt, halb amüsiert, sah er sich seine Familie an. Schließlich kam seine Mutter zu ihm. Sie schien an der Situation nichts Ungewöhnliches zu finden. Sie lächelte ihn bloß an und wiederholte: »Wirklich, Schatz, das ist doch gar nicht so schlecht.«

Er war sich nicht sicher, wie er ihr Verhalten deuten sollte. Merkten sie tatsächlich nicht, daß er verstümmelt und an eine Wand gekettet war? Oder taten sie nur so, um ihre Verlegenheit, ihre Beschämung zu verbergen? Oder noch subtiler: Wollten sie ihm Mut machen, ihm Kraft geben, auf eine indirekte, fast verschlüsselte Art, für den Fall, daß seine Entführerinnen sie belauschten? Er rätselte noch darüber nach, als seine Mutter auf einmal den Vollmond entdeckte, der im Viereck des Oberlichts hing. Sie stieß einen kleinen Schrei aus, einen leisen Laut des Erschreckens und des Erstaunens, und begann sich im Kreis zu drehen, halb wissend, daß alle Augen auf sie gerichtet waren, halb ohne darauf zu achten. Ihr Rock bauschte sich um sie herum, bildete in dem gespenstischen, silbrigen Licht einen Pilz ...

Es kamen ihn noch andere Leute besuchen, alle möglichen Menschen aus seinem Leben. Bert Gischler, der Leiter des Ensembles. Stefan Elmers, der Fotograf. Sogar seine Lehrmeisterin Isabel van Zaanen erschien, in einem knöchellangen Pelzmantel und mit Brillantohrringen, als käme sie direkt von einer Premiere. Isabel hatte jahrelang als Gastchoreographin bei dem Ensemble gearbeitet, und ihrem Rat und ihrem Einfallsreichtum verdankte er einen Großteil seines Erfolgs. Sie stand an der Wand und zündete sich eine ihrer ägyptischen Zigaretten an. »Denk dran, was Balanchine gesagt hat«, ermahnte sie ihn. »›Erst kommt der Schweiß, dann kommt die Schönheit.‹« Sie lächelte in sich hinein – sie war mit Balanchine befreundet gewesen –, kam dann zu ihm und beugte sich hinab, um sich auf die Wange küssen zu lassen.

Keiner seiner Besucher äußerte sich zu seiner Lage oder schien sie auch nur bemerken. Dennoch war er froh, daß sie gekommen waren, und ihre Gegenwart war ihm durchaus ein Trost. Er mußte daran erinnert werden, daß es außerhalb dieses Raumes noch Menschen gab. Menschen, die ihn kannten, liebten. Menschen, die ihn vermißten. Selbst wenn sie nicht aktiv nach ihm suchten, würden sie doch an ihn denken. Es war eine Verbindung, eine Art Rettungsleine.

Auch wenn sie ihm manchmal Dinge sagten, die er nicht hören wollte:

Du wirst niemals frei sein.
Unsere Zeit ist abgelaufen.
Du und ich.
Unsere Zeit zusammen.
Abgelaufen.

Die Wunde heilte nur langsam, fast widerwillig. Vielleicht war es seine Schuld, weil er sich im Schlaf herumwälzte und sie dadurch reizte, vielleicht war es auch der Ring, der daran rieb. Jedenfalls gaben sie ihm Antibiotika, damit sie sich nicht entzündete, und Kodein, um die Schmerzen zu dämpfen. Die meiste Zeit fühlte er sich träge und benommen – narkotisiert. Doch hin und wieder schien sich der Nebel zu lichten, und ihm fiel auf, daß die Frauen nackt waren, wenn sie ihn versorgten. Natürlich trugen sie nach wie vor die Kapuzen und oft auch etwas an den Füßen – Astrid und Gertrude wählten Schuhe mit hohen Absätzen, während Maude ihre Arbeitsstiefel bevorzugte –, doch die Mäntel hatten sie abgelegt. Sie waren offener geworden, schamloser und zugleich voyeuristischer. Anfangs hatte ihnen der Anblick eines angeketteten Mannes gereicht. Jetzt fanden sie seine Wunde stimulierend – in welcher Weise und wo er verwundet war. Wenn sie mit ihm zur Toilette gingen, legten sie ihm wie üblich Hand- und Beinschellen an, doch eine von ihnen führte ihn an der Kette wie ein exotisches, aber gezähmtes Tier. Wenn er auf der Matte lag, schlichen sie um ihn herum, als würden sie sich anpirschen, die verhüllten Gesichter gierig in seine Richtung gewandt. Sie bückten sich und berührten die Kette, und dabei wurde ihr Atem schneller, die Stimme in ihrer Kehle dick wie geschlagene Sahne. Manchmal hoben sie die Kette hoch – ganz vorsichtig, als wollten sie seinen Penis nicht reizen, so, wie man einem schlafenden Betrunkenen die leere Ciderflasche abzunehmen versucht. Dann wieder erwachte er aus seinem betäubten Halbschlaf und sah vor sich eine der Frauen, die mit dem Kopf im Nacken dasaß, während ihre Hand zwischen ihren Beinen rhythmisch auf und ab fuhr ...

Er hatte noch nie eine Frau masturbieren sehen – keine Frau, mit der er je zusammen gewesen war, hatte das vor ihm getan –, und fasziniert stellte er fest, daß jede der drei Frauen ihre eigene Technik hatte. Maude begann in einer knienden Stellung. Doch an einem bestimmten Punkt fiel sie keuchend nach vorn, wobei ihr rechter Arm an ihrem Körper nach unten griff und die rechte Hand dort verschwand. Ihr ganzes Gewicht ruhte auf dem anderen Arm, an dem die Haut am Handgelenk Falten warf, und die runden kleinen Nägel wurden rot von dem Blut, das ihr in die Fingerspitzen schoß ... Astrid masturbierte im Stehen. Sie lehnte sich gegen die weißen Rohre an der Wand oder stellte sich neben ihn, direkt neben die Matte. Im Gegensatz zu Maude berührte sie sich am ganzen Körper, ließ ihre Hände in alle Richtungen wandern. Ihre Bewegungen wirkten seltsam nervös und zerstreut, fast als würden ihre Hände nicht zu ihr gehören. Sie kreisten um eine der Brüste, huschten über die Hüfte, streiften die Innenseite eines Schenkels, blieben jedoch nie länger als ein paar Sekunden am selben Fleck, wohl nur gerade so lange wie nötig, um den jeweiligen Teil des Körpers zum Leben zu erwekken. Wenn sie kam, knickten ihre Knie leicht ein, als hätte sie ein starkes Mittel zur Muskelentkrampfung bekommen und könne sich nur mit Mühe aufrecht halten ... Gertrude war freizügiger als Astrid und impulsiver. Das erstaunte ihn ein wenig, jedoch nur, weil sie ihren Körper als letzte vor ihm entblößt hatte, so daß er sich manchmal gefragt hatte, ob sie nicht die schamhafteste von ihnen war. Doch es war nichts Schamhaftes daran, wie sie auf dem Rücken vor ihm lag, mit weit gespreizten, aufgestellten Beinen. Ihre Möse war sehr blaß, fast bleich, und ihre Schamlippen waren geschwollen und leicht gewellt, wie die Seiten eines Buches, das ins Wasser gefallen und dann getrocknet ist. Sie tauchte die mittleren Finger ihrer Hand so tief in sich hinein, daß die Hand ganz entstellt aussah, und auf dem Hals, dem Brustbein und der weichen Haut am Bauch bekam sie rote Flecken ... Nur eines hatten die Frauen miteinander gemein. Sie alle erschauderten im Moment des Orgasmus. Es war, als reagierten sie auf eine anderswo ausgeübte Gewalt, als wären sie die obersten Zweige eines Baumes, an dessen Stamm jemand rüttelte. Es erinnerte ihn an das, was er über Flutwellen gehört hatte. Wenn eine Flutwelle tausend Kilometer weit gewandert ist, wird sie zu einer ganz normalen Welle, einer von vielen am Strand. Genauso weit vom Geschehen entfernt fühlte er sich, wenn er den Frauen zusah. Er sah nur einen Bruchteil der Kraft. Er sah nur die sich kräuselnde Wasseroberfläche.

Schon bald wollten sie ihn im »Zustand der Erregung« sehen, wie Astrid es nannte. Das Loch in seiner Vorhaut war noch nicht verheilt, doch er hatte keine größeren Beschwerden mehr. Man hätte meinen können, er hätte nach dieser Verletzung keine Erektion mehr bekommen, doch dem war nicht so. Sein Penis wurde trotz der Verletzung steif – ja schien es manchmal sogar gerade wegen ihr zu werden. Als die Frauen dies bemerkten, konnten sie ihre Freude nicht verhehlen. Der Anblick, wie sein Penis mit dem Gewicht der Kette kämpfte, schien sie besonders zu begeistern. Sie wurden schon vom Zusehen feucht. Er schloß die Augen, doch dann hörte er immer noch das feine, schlüpfrige Geräusch ihrer Finger in ihren Mösen ...

Sie taten, was sie konnten, um ihn zu erregen. Sie zeigten ihm Pornofilme. Sie verabreichten ihm eine Diät von Aphrodisiaka. Vor allem Astrid war da ganz in ihrem Element. Sie erschien in einer Reihe von fetischistischen Aufmachungen, die alle möglichen Männerphantasien bedienten, von den gängigen bis zu hochspezialisierten, bizarren. Einmal trug sie einen Krankenschwesternkittel. Ein andermal verkleidete sie sich als Cowgirl, mit Cowboy-Hut und abgeschnittenen Jeans. Sie wickelte einzelne Körperteile in Frischhaltefolie ein, umschnürte sie fest mit Seilen oder stellte sie einfach zur Schau. Sie bevorzugte Röcke, die so kurz waren, daß man ihr Höschen sah (ein Modell ohne Zwickel, wie aus dem Sexkatalog, oder ein weißer Baumwollschlüpfer im Schulmädchenstil – hauteng und doch brav), und gelegentlich ließ sie den Slip natürlich auch weg. Ihre Möse faszinierte ihn immer mehr – was vielleicht ihre Absicht war: Ihre Möse sah so hübsch aus, so *aufgesetzt*, daß er allmählich das Gefühl bekam, sie gehöre gar nicht zwischen ihre Beine, sondern habe sich nur zufällig dort festgesetzt wie eine exotische, pflaumenfarbene Muschel … Und die ganze Zeit lag er nackt auf dem Boden, die Heizung war voll aufgedreht, und eine drei Meter lange Kette verband seine durchstochene Vorhaut mit einer Eisenklammer in der Wand, wie eine surreale Nabelschnur …

Es war während dieser exhibitionistischen Phase, daß er meinte, im Verhältnis der Frauen zueinander einen Wandel festzustellen. Maudes Verhalten hatte sich immer schon von dem der beiden anderen unterschieden, doch dieser Unterschied wurde jetzt deutlicher. Maude fing an, sich von dem, was in dem Raum geschah, zu distanzieren. So unternahm sie zum Beispiel nicht den geringsten Versuch, ihn zu erregen, und sie schien sich auch nicht mehr selbst befriedigen zu wollen. Statt dessen zögerte sie, hielt sich im Hintergrund. Oder sie wandte sich ab, als möge sie nicht mehr hinsehen. Sie redete auch nicht mehr mit ihm. Astrid und Gertrude schien diese neue Zurückhaltung nicht aufgefallen zu sein, oder wenn, hatten sie offenbar beschlossen, nicht darauf einzugehen.

Dann erhielt er eines Morgens die Bestätigung für seine Theorie – anders allerdings, als er es sich gewünscht hätte. Er lag noch im Halbschlaf, als die Tür aufging. Es war Maude, und sie war allein. Gähnend richtete er sich auf den Ellbogen auf. Sie stand vor ihm, die Fußspitzen leicht nach innen gedreht, so daß die Knie sich innen berührten. Ihre Schultern waren gebeugt, als würden sie von der Last ihres Körpers zu Boden gezogen. Zum erstenmal fiel ihm auf, daß sie gleich rechts neben ihrem Bauchnabel ein Muttermal hatte.

»Du warst sehr schweigsam in letzter Zeit«, sagte er.

Sie setzte sich neben ihn, atmete geräuschvoll aus. Sie war so nah, daß er die feine Schraffur der Haut an ihren Fingerknöcheln sah. Sie hielt einen altmodischen Federkiel in der Hand und ein Fäßchen mit blauer Tinte.

»Leg dich bitte hin«, sagte sie.

Ihre Stimme klang hart und neutral, als hätte sie einen Entschluß gefaßt und wolle sich nicht davon abbringen oder ablenken lassen.

Er legte sich langsam hin. Der Himmel im Oberlicht war bedeckt, und ein trostloses, wässriges Licht fiel herein. Er meinte, in der Ferne Kirchenglocken zu hören. Es konnte doch nicht schon wieder Sonntag sein?

»Es ist nicht recht«, sagte sie, »was hier geschieht.«

Er fragte sich, was sie wohl meinte. Doch er blieb stumm, in dem Glauben, es sei vielleicht besser, sie einfach reden zu lassen.

»Sie denken, sie können tun, was sie wollen.« Sie legte

den Federkiel hin und schraubte das Tintenfaß auf. »Sie sollten das alles nicht tun.«

»Es irritiert dich«, sagte er.

»Ja.«

Sie stellte das offene Tintenfaß vor sich auf die Matte. Erneut fiel ihm auf, was für breite Fingerkuppen sie hatte und daß die Nägel fast rund waren, und auf einmal dachte er, vielleicht war sie geistig zurückgeblieben. Ihm schossen Bilder durch den Kopf, die dies zu beweisen schienen. Er sah Maude vor sich, wie er sie zum erstenmal gesehen hatte: wie sie in der Gasse stand, mit merkwürdig schräg gelegtem Kopf. Nicht weil sie, wie er damals gedacht hatte, zuhörte und nicht aus Schüchternheit, sondern weil sie in ihrer eigenen Welt dahintrieb. Er erinnerte sich, wie er sie beschimpft hatte, ohne daß sie reagierte, wie sie einfach dagesessen hatte, mit gesenktem Blick ... Dann war er eines Nachts aufgewacht, und sie lag nackt neben ihm, und ihr Herz schlug doppelt so schnell wie das seine. Im Rückblick schien ihm die Grausamkeit der anderen Frauen ganz zu dem Raum zu passen, während Maudes stumme Verehrung ihm exzentrisch vorkam, wenn nicht naiv. Vielleicht erklärte das, warum Astrid so schnell für sie eingetreten war und ihn bestraft hatte. *Meine Freundin*. Das alles paßte zusammen, machte Sinn.

Er sah zu, wie sie die Feder behutsam in die Tinte tauchte und dann die Spitze am Rand des Fäßchens abstrich.

»Wenn du dich wehrst«, sagte sie, »könnte es weh tun.«

»Was hast du vor?«

Sie zögerte, die Feder in der Hand. »Jetzt werden sie die Wahrheit erfahren«, sagte sie. »Von jetzt an werden sie Bescheid wissen.« Und sie fügte noch etwas auf holländisch hinzu.

Als sie sich über ihn beugte, schob ihr Bauch sich vor und wurde gegen ihre Schenkel gepreßt. Die Goldfeder nach unten drückend, durchstieß sie etwa auf halbem Weg zwischen linker Hüfte und Nabel seine Haut. Er zuckte zusammen und zog die Luft ein.

»Ich glaube, so schlimm ist es nicht«, sagte sie, während sie ihm die dunkelblaue Tinte in die Haut ritzte.

»Ich hab einen Schreck bekommen ...«

»Bitte wehr dich nicht.«

»Nein. Okay.« Er spähte über seine Brust zu ihr hin. »Was machst du da?«

Er wußte, was sie tat. Sie tätowierte ihn – mit den Mitteln, die ihr zu Verfügung standen.

Es dauerte ungefähr eine Stunde, bis sie fertig war. Wenn sie sich über ihn beugte, hielt sie den Atem an, genau wie beim Rasieren, und wenn sie sich zurücklehnte, stieß sie ihn plötzlich wieder aus, so daß die Luft aus ihr herausströmte, als wäre ein Ventil geöffnet worden. Dann tauchte sie die Feder in die Tinte, streifte sie sanft am dicken Glasrand ab und beugte sich wieder über ihn. Sie arbeitete langsam und gewissenhaft, mit einer Sorgfalt, die unter den gegebenen Umständen übertrieben wirkte, wenn nicht lachhaft. Er konnte zwar ihr Gesicht nicht sehen, doch er nahm an, daß ihre Zungenspitze im Mundwinkel hervortrat. Vielleicht war sie nicht wirklich geistig zurückgeblieben, doch zumindest war sie sehr naiv oder unreif.

Auch wenn er am Anfang zusammengezuckt war und es nach wie vor weh tat, wenn sie mit der Feder auf ihm herumkritzelte – es kam ihm vor, als wären es Hunderte von kleinen Strichen –, so war es doch fast erholsam, einmal anderswo Schmerzen zu empfinden. Es lenkte ihn von dem Alptraum des Ringes ab, es war etwas Neues, womit er sich beschäftigen konnte ... Nach einer Weile stellte er fest, daß er das Kratzen der Feder kaum mehr wahrnahm, und hob den Kopf, um zu sehen, was dort vor sich ging. Wie betäubt sah er zu, wie Blutstropfen, vermischt mit Tinte, aus seiner Haut hervorquollen und dann rasch in dunklen Linien zur Seite rannen – es erinnerte ihn an die herablaufende Wimperntusche einer Frau, die weint. Er konnte nichts tun, als ihr zusehen, während sie seinem Körper ein einzelnes Wort eingravierte, ein schamloses Wort, das besitzergreifendste Fürwort, das es gibt:

MIJN

Als Gertrude an dem Abend zu ihm hereinkam, fiel ihr die Tätowierung sofort auf. Sie war auch kaum zu übersehen: Die Haut unter den Buchstaben und um sie herum hatte sich heftig entzündet, und der ganze Bereich war zu einer einzigen roten Schwiele angeschwollen. Einen Moment lang blieb Gertrude reglos stehen. Dann drehte sie den Kopf und blickte ihm ins Gesicht. Ihre Augen funkelten bedrohlich unter der Kapuze.

»Wer war das?«

Er hatte keine Lust, es ihr leicht zu machen.

»Ich weiß es nicht«, sagte er.

»Du weißt es nicht?«

»Ihr seht alle gleich aus. Wie soll ich denn wissen, wer von euch dreien das war?« Er zögerte. »Warum nicht du?«

Sie beugte sich hinab, die Hände auf den Knien, mit seitlich abstehenden Ellbogen. Mit dem Gesicht ganz dicht herankommend, sah sie sich die Tätowierung genauer an, dann richtete sie sich rasch auf und ging hinaus.

Kurz darauf kam sie mit den beiden anderen zurück. Zum erstenmal seit Tagen trugen sie wieder alle ihre schwarzen Mäntel, was ihm ein Zeichen für den Ernst der Situation zu sein schien. Er sah, wie Gertrude Maude am

Oberarm nahm und auf die Tätowierung zeigte. Sie verlangte eine Erklärung, aber Maude wandte sich ab, widersetzte sich ihr wie ein kleines Kind. Aber Gertrude blieb hartnäckig. Als Maude schließlich zu reden begann, schnappte er das Wort *ziekenhuis* auf, von dem er wußte, daß es das holländische Wort für »Krankenhaus« war. Doch kaum hatte Maude es ausgesprochen, brach sie mitten im Satz ab und senkte den Kopf, als wäre ihr jemand über den Mund gefahren. Die anderen beiden warfen ihm einen durchdringenden Blick zu. Obwohl ihm das seltsam vorkam, dachte er nicht weiter darüber nach. Die Verletzung war doch wohl nicht schwer genug, daß man vom Krankenhaus sprechen mußte. Viel interessanter schien ihm zu sein, daß Maude wütend geklungen hatte – das war, soweit er sich erinnerte, etwas Neues. Zum erstenmal verteidigte sie ihren eigenen Standpunkt.

In einem tieferen Sinne verteidigte sie damit natürlich auch ihn. Es hatte ihr mißfallen, was die anderen mit ihm gemacht hatten, und die Tätowierung bezeugte, wie sehr es ihr mißfiel. Indem sie ihn tätowierte, forderte sie ihn von den anderen zurück; sie behauptete, daß er ihr gehöre, ihr allein, weil nur ihr wirklich etwas an ihm lag. Er hatte schon immer vermutet, daß das Verhalten der Frauen einem bestimmten Kodex folgte – zumindest hatte es irgendeine Abmachung gegeben –, doch dies war das erstemal, daß er dafür wirklich einen Beweis erhielt. Offenbar hatte Maude diesmal allein gehandelt, ohne Erlaubnis, ja gegen den Geist der Gruppe. Während er dalag und zuhörte, wie die anderen zwei sie zurechtwiesen, begriff er, daß sich vor ihm ein Spalt geöffnet hatte. Sollte er nicht versuchen, einen Keil hineinzutreiben?

Er hob den Kopf und sagte: »Es macht nichts. Ihr braucht nicht zu streiten.«

Er spürte, wie Gertrude sich umdrehte und ihn ansah.

»Die Tätowierung«, sagte er, »das ist kein Problem. Ihr braucht ihr nicht böse zu sein.«

»Das geht dich nichts an«, sagte Gertrude.

»Immerhin bin ich der, den sie tätowiert hat«, sagte er. »Wen sollte das denn was angehen, wenn nicht mich?«

Gertrude wandte sich Astrid zu und sagte schnell etwas auf holländisch zu ihr, dann gingen alle drei hinaus, wobei Gertrude weiterhin Maudes Oberarm umfaßt hielt. Als sie die Tür hinter sich geschlossen hatten, legte er sich mit einem schwachen Lächeln zurück.

Bisher war es immer Maude gewesen, die die niederen Arbeiten verrichtet hatte. Am nächsten Morgen jedoch erschienen statt dessen Gertrude und Astrid. Er dachte, daß Maude wohl in Ungnade gefallen war und nicht mehr zu ihm durfte. Vielleicht war auch sie irgendwo im Haus in einem Zimmer eingesperrt und lag auf einem schmalen Bett, das große, runde Gesicht grimmig zur Wand gedreht. Als er Astrid fragte, wo »ihre Freundin« sei – er drückte sich bewußt so provozierend aus –, gab sie ihm keine Antwort. Er spürte, daß die beiden Frauen von seiner Unverschämtheit allmählich genug hatten. Wenn er nicht aufpaßte, handelte er sich wieder eine Strafe ein.

Gegen Mittag kam Astrid zu ihm herein. Diesmal war sie allein. Statt des schwarzen Mantels trug sie eine braune Wildlederjacke, Jeans und braune Lederstiefel mit flachen Absätzen. Auch wenn er immer nervös wurde, wenn sie allein kam – begreiflicherweise, leitete dies doch erfahrungsgemäß irgendeine neue Grausamkeit ein, die sie sich ausgedacht hatte –, stellte er fest, daß er lächelte. Viele Holländerinnen kleideten sich so. Es war fast eine Art Uniform. Er fragte sich, ob wohl auch ihr Gesicht typisch holländisch war. Einen Moment lang sah er sie vor sich, auf einem Fahrrad, mit kurzem, blondem Haar, großem

Mund und ruhigen, graublauen Augen, die unerschrocken oder unbeeindruckt dreinblickten.

Astrid schien sich zu fragen, warum er lächelte, dann jedoch zu beschließen, nicht darauf einzugehen. Statt dessen teilte sie ihm mit, daß er in zwei Tagen eine Premiere habe. Er werde vor geladenen Gästen tanzen.

Verdutzt starrte er sie an.

»Das kann ich nicht«, sagte er. »Ich bin nicht in Form. Ich habe seit –« Er wußte nicht einmal, wie lange er nicht mehr trainiert hatte.

»Du tanzt einfach so gut du kannst«, sagte sie.

»Und was ist damit?« Er hielt die Kette hoch. »Was soll ich damit machen?«

»Das gehört dazu. Es ist gleichsam eine Prüfung deiner« – sie zögerte – »deiner Erfindungsgabe.« Sie drehte sich um und ging mit den Händen in den Hosentaschen ein Stück von ihm weg. Dann blieb sie stehen und sah ihn über die Schulter an. »Du bist doch Choreograph, oder?«

Er legte sich zurück und schwieg. Windböen heulten über das Dach – ein tiefer, voller Ton, wie wenn jemand über einen Flaschenrand bläst.

»Es wird sich lohnen für dich«, hörte er sie sagen.

Er stieß ein bitteres, hämisches Lachen aus. »Das kommt mir irgendwie bekannt vor.« Er hob wieder den Kopf, sah zu, wie sie selbstgefällig zur Tür ging. »Die Kapuze mit diesen Klamotten«, sagte er. »Das sieht wirklich albern aus.«

Sie blieb mit einer Hand am Türgriff stehen. »Und du?« sagte sie. »Wie siehst du aus?«

Er lehnte sich im Halbdunkel an die Wand, das kalte Eisen der Klammer direkt neben dem Kopf. Wie oft hatte er inzwischen versucht, sie aus der Wand zu reißen ... Er hatte gezogen und gezerrt und sich abgemüht, doch sie rührte sich keinen Millimeter. Er hatte auch die Kette untersucht, ob nicht irgendwo eine Schwachstelle war. Doch sie hatte keine. Ja, er hatte sogar daran gedacht, die Kette in beide Hände zu nehmen und den Ring aus seiner Vorhaut zu reißen –

Nein, dazu war er nicht fähig.

Die Vorstellung des schneidenden Schmerzes, der ihn durchzucken würde, wenn das Fleisch zerriß, und dann die Schmerzen danach, die sich ausbreiten würden wie eine leuchtende, überirdische Farbe, bis sie ihn ganz umfingen – das war einfach zuviel für ihn. Und zudem bestand die Gefahr, daß er sich ernsthaft verletzte.

Vielleicht war er auch einfach ein Feigling ...

Auf jede Fall hatte er einen Punkt erreicht, an dem er zu glauben begann, er habe sein Schicksal verdient. Was ihm widerfahren war, hatte nichts Zufälliges oder Beliebiges an sich. Es war nicht einfach *Pech.* All die Jahre, die er auf der Bühne aufgetreten war – sich zur Schau gestellt hatte ... Was war Tanz denn anderes als eine Zurschaustellung des Körpers? Es war, als hätte er es regelrecht herausgefordert. Er preßte die Stirn an die Wand, doch ihre Kälte hatte nichts Linderndes. Er kam sich ohnmächtig und nutzlos vor. Und dumm. Ob er sein Schicksal nun verdiente oder nicht – er kannte es ja noch nicht einmal. Seine einzige Vorstellung von der Zukunft war eine Gegenwart, die unverändert anhielt. Er blieb in einer Art Trance oder Traumzustand an der Wand sitzen. In seinem Kopf schien alles zu schweben, als gäbe es darin keine Schwerkraft.

Ihm fiel Astrids Vorschlag ein. Fast gegen seinen Willen stellte er fest, daß er ihm gefiel. Selbst wenn das Ganze eine Travestie sein würde, könnte er doch zumindest tanzen. Und es würde ihn beschäftigt halten, ihm ein Ziel geben. Er ging zu der Gummimatte zurück und legte sich auf die Seite. Mit einer Hand unter der Wange und hochgezogenen Knien überlegte er, welches Ballett geeignet wäre. Seine eigenen Stücke schied er sofort als unbrauchbar aus. Schließlich war das für ihn die Gelegenheit, sich zu dem, was ihm widerfahren war, zu äußern, und dafür brauchte er etwas Klassisches, etwas, was jedermann kannte und liebte, so etwas wie ein Klischee. Die Aufführung sollte etwas Ironisches, Paradoxes haben.

Irgendwann in der Nacht erwachte er und wußte: Er würde *Schwanensee* nehmen. Er hatte seit mehr als zehn Jahren kein klassisches Ballett mehr getanzt, doch während seines Studiums in London hatte er unzählige *Schwanensee*-Aufführungen gesehen, so daß er das Stück gut genug kannte. Er dachte vor allem an den dritten Akt, der oft als der »schwarze Akt« bezeichnet wird. Im zweiten Akt ist der Prinz Odette begegnet, die in einen weißen Schwan verwandelt wurde. Sie kann einzig durch einen Mann erlöst werden, der keine andere Frau liebt als sie, und der Prinz hat geschworen, daß er dieser Mann sein wird. Doch im dritten Akt trifft er Odile. Odile sieht Odette verblüffend ähnlich, außer, daß sie immer Schwarz trägt. In dem Glauben, es handle sich um ein und dieselbe Person, verliebt sich der Prinz in Odile und verkündet, daß er sie heiraten will. Damit betrügt er Odette, die Frau, die er eigentlich liebt. Was geschehen ist, ist geschehen, und das Ballett endet für beide tragisch: Odette wird ewig ein Schwan bleiben, und der Prinz ertrinkt im See.

Er sah zu der Kette hinunter, zu den drei Metern blitzendem Metall, die zusammengerollt neben ihm auf dem Boden lagen. Ein schmales, freudloses Lächeln trat auf sein Gesicht. Er würde natürlich improvisieren müssen. Bei den Bedingungen, unter denen er arbeiten würde, würden viele Schritte unmöglich sein. Ja er würde in den nächsten vierundzwanzig Stunden die ganze Sequenz neu choreographieren müssen. Aber das war immerhin eine Herausforderung.

Es würde ein höchst ungewöhnlicher *Schwanensee* sein – eine ganz neue, nie zu wiederholende Interpretation des Balletts.

Eine Sondervorstellung für einen einzigen Abend.

Schwanensee in Ketten.

Als er am nächsten Vormittag probte, fielen ihm rasch viele Lösungen ein. Das Seltsame war, daß Astrid recht behielt. Sie hatte gesagt, es würde eine Prüfung seiner Erfindungsgabe werden, und genauso war es. Es gab natürlich bestimmte Sprünge, wie etwa die *double tour en l'air*, die er nicht würde ausführen können, doch das allein war schon eine Herausforderung. Es erlaubte ihm, eines der berühmtesten Werke des klassischen Balletts abzuwandeln. Selbst Nurejew, der *Schwanensee* für seine Aufführung mit der Fonteyn im Jahr 1966 neu choreographiert hatte, hätte es nicht gewagt, sich an den vier Pirouetten zu vergreifen, mit denen das Solo des Prinzen im dritten Akt endete. Absurderweise gab ihm gerade die Kette mehr Freiheit. Sie zwang ihn nicht nur, die Schritte selbst zu verändern, sie bildete auch eine Metapher, auf der er seine eigene Vorstellung von dem Ballett aufbauen konnte. Sie wurde zum Ausgangspunkt einer neuen Interpretation der Handlung. Das Solo, das der Prinz tanzt, nachdem er Odile, dem schwarzen Schwan, begegnet ist, soll seine Freude darüber ausdrücken, daß er die Liebe seines Lebens gefunden hat, doch wenn der Prinz das Solo als ein Mann in Ketten tanzt, wird diese Freude untergraben, und er erscheint als ein Getäuschter, ja fast als komische Figur. Die eigentliche Schönheit dieses neuen *Schwanensee* lag in diesem Subtext: Er würde das Stück dazu benutzen, die

Vorstellung, daß ihn die Frauen liebten, ins Lächerliche zu ziehen, zu zeigen, daß ihre angebliche Liebe keine Würdigung oder Verherrlichung war, sondern eine rein zerstörerische Kraft.

Gertrude brachte ihm an diesem Tag das Mittagessen. »Ah«, sagte sie, als sie das Tablett neben ihm abstellte, »du hast also beschlossen, für uns zu tanzen.«

Er nickte. »Ja, und zwar *Schwanensee*. Oder wenigstens einen Teil davon.«

»Eine wunderbare Wahl. Ich glaube, das wird unserem Publikum gefallen.«

»Ich muß es natürlich ein wenig abwandeln.« Mit einem strahlenden Lächeln hielt er die Kette hoch.

»Ja«, sagte sie, ein wenig verwundert. »Natürlich.«

Das Gespräch bereitete ihr offensichtlich Mühe, und sie wirkte erleichtert, als er sich praktischeren Fragen zuwandte und ihr erklärte, wenn sie wollten, daß er für sie tanze, müßte er dazu die Musik hören können.

Am Nachmittag erschien Astrid mit einer Stereoanlage und einer *Schwanensee*-CD, einer Aufnahme aus den sechziger Jahren mit Karajan und den Wiener Philharmonikern. Als sie den CD-Player und die Lautsprecher angeschlossen hatte, trat sie mit verschränkten Armen zurück und starrte ihn an. Wie immer schien er die unterschiedlichsten Empfindungen in ihr auszulösen – Feindseligkeit, Wachsamkeit, Triumphgefühle –, die sich auf unangenehme Weise vermischten, was es ihm schwer machte, Astrid einzuschätzen. Die Art, wie sie sich reglos vor ihn hinzustellen pflegte, erinnerte ihn manchmal an die Flügel eines Kolibris: Ihre Reglosigkeit war in Wahrheit nur die Illusion von Ruhe, hervorgerufen durch blitzschnelle Bewegungen, durch Unruhe.

Wenn es nach ihr gegangen wäre, sagte sie, hätten sie ihm keine Anlage hineingestellt, und wenn er sie zu irgendeinem anderen Zweck gebrauchte als dazu, Musik zu hören, würde das ernste Folgen haben. Er nickte, um ihr zu zeigen, daß er verstanden hatte. Dann sagte sie, fast ohne daß ihre Stimme sich veränderte, sie freuten sich alle sehr auf seinen Auftritt am nächsten Abend und seien überzeugt, es würde ein großer Erfolg werden. Er nickte erneut – er wünschte, sie würde endlich gehen. Sie starrte ihn noch einen Moment lang an, dann drehte sie sich um und verließ den Raum.

Kaum war sie zur Tür hinaus, legte er die CD auf. Er drehte den Lautstärkeregler bis zum Anschlag, setzte sich an die Wand und wartete.

Das Stück begann.

Seit Tagen, wenn nicht seit Wochen, hatte er in fast völliger Stille gelebt, hatte nichts anderes zu hören bekommen als das Ächzen des Hauses oder das Klappern des Dachfensters oder das Tuscheln der über den Boden wischenden Mäntel der Frauen. Musik zu hören war ihm versagt gewesen; er hatte fast vergessen, daß es so etwas gab. Doch welche Kraft lag darin. Welche Kraft und welche Süße. Auch wenn es *Schwanensee* war, ein Stück, das ihm nie viel bedeutet hatte. Er hörte sich das ganze Ballett an, vom ersten bis zum letzten Ton. Er war unfähig, sich zu bewegen. Normalerweise hatte Musik eine unmittelbar physische Wirkung auf ihn – er ging auf und ab oder tanzte sogar –, doch an diesem Nachmittag saß er anderthalb Stunden lang in ein und derselben Haltung da, mit ausgestreckten Beinen, an die Wand gelehnt, und ein- oder zweimal fuhr er sich übers Gesicht, und zu seinem Erstaunen, zu seiner Bestürzung, stellte er fest, daß es naß war.

Von dem grellen weißen Scheinwerfer angestrahlt, konnte er sie nicht gut sehen. Es schienen sowohl Männer als auch Frauen zu sein, alle in Abendkleidung. Hier und da erspähte er eine Maske – eine mit funkelnden Steinen rund um die Augenschlitze, eine andere ganz aus grünen Federn –, und ansonsten konnte er gerade noch die gestärkten Hemdbrüste der Männer sehen, weiße Dreiecke, die in der Dunkelheit schwach leuchteten. Doch am meisten fiel ihm der Geruch auf, eine Mischung aus frischem Frühlingslaub, Autoabgasen, Alkohol und Regen, ein Geruch, der etwas Aufregendes und zugleich etwas Verbotenes hatte. Sie hatten die Nachtluft mit hereingebracht; sie haftete an ihrer Kleidung, ihrer Haut, ihrem Haar ... Was waren das wohl für Leute, fragte er sich, diese dreißig Männer und Frauen? Waren sie Mitglieder eines Geheimbunds, Menschen, die eine Vorliebe für das Perverse verband, deretwegen sie sich in bestimmten Nächten in anonymen Häusern am Stadtrand einfanden? Und gehörten die Frauen, die diesen Abend veranstalteten, auch dieser Unterwelt an, fand die Verletzung, die sie einst erfahren hatten, jetzt Ausdruck in verbotenen, barbarischen Ritualen, in einem Hang zum Bizarren? Er lauschte dem leisen Summen von einem Dutzend Unterhaltungen im Flüsterton. Woher kamen sie alle? Wer *waren* sie? Nur eines konnte er mit Bestimmtheit sagen. Es war das seltsamste Publikum, das er je gehabt hatte.

Er hatte sich bereits warm gemacht, bevor sie hereingelassen worden waren, und er hätte gern angefangen, doch es dauerte noch ein paar Minuten, bis das Gemurmel erstarb. Ein paar letzte Huster, ein Räuspern, ein tiefer, merkwürdig wohlklingender Seufzer – und dann knackten hinter ihm die Lautsprecher, und der dritte Akt von *Schwanensee* begann ... Er hatte beschlossen, die Sache genauso anzugehen wie jede andere Aufführung: mit aller Hingabe, deren er fähig war. Wenn er das Ganze durchstehen wollte, mußte er sich völlig im Tanzen verlieren (vielleicht kannte er im Grunde keine andere Methode). Seine

Nacktheit, auf der die Frauen bestanden hatten, würde zu einem elementaren Bestandteil seines Tuns werden. Wie die Kette mußte er auch sie miteinbeziehen. Er mußte beide wie etwas behandeln, das für das Funktionieren des Stücks unabdingbar war.

Und er hatte das Gefühl, daß ihm das ziemlich gut gelang. Von Beginn seines Auftritts an, als die Musik leise einsetzte, mit einem ergreifenden Thema in Moll, benutzte er die Kette als Ersatz für Odile. Immer wenn er mit ihr tanzen mußte, tanzte er statt dessen mit der Kette, hielt sie im Arm, hob sie hoch, stolzierte um sie herum. Das hatte schon bei der Probe am Tag zuvor gut funktioniert, und jetzt funktionierte es noch besser, vor allem bei dem langsamen Walzer, der einen Teil des *pas de deux* bildete. Es gefiel ihm, wie die Kette auf dem Boden klirrte. Es klang, wie wenn jemand mit Kleingeld spielt, mit anderen Worten ungeduldig oder nervös, und es schien einen Kommentar zur Musik abzugeben, fast wie ein Schlaginstrument, und verstärkte die unbehagliche Atmosphäre. Erst beim Solo des Prinzen, das sehr lang ist und technisch sehr anspruchsvoll, wurde die Sache schwierig. Viele der Sprünge hatte er zurechtgestutzt, aber trotzdem mußte er aufpassen, daß er nicht stolperte und sich verletzte. Er hatte die Choreographie mit Humor unterlegt, der ihm als Deckmantel diente. So schien zum Beispiel einmal bei einem *grand temps levé*, was immer ein schwieriger Sprung war, die Kette einzuschreiten und ihn davon abzuhalten, den Sprung auch nur zu versuchen. Wenn das Solo dadurch auch ein wenig an Sportlichkeit verlor, so gewann es, fand er, doch an Strenge und Pathos. Die Kette wurde zu einem Symbol für die ungezügelte Sexualität des Prinzen: Es war für jedermann offensichtlich, daß er, wenn er Odile umwarb, damit seinen elementarsten Begierden folgte. Indem sie den Prinzen behinderte, versuchte die Kette zugleich, ihn zu warnen, ihn zur Einsicht zu bringen. *Mach die Augen auf. Das ist nicht Liebe.* Am Ende des Solos stand er reglos da, während seine Brust sich hob und senkte. Auf einmal spürte er, daß er nicht gut in Form war, und er fragte sich, ob man das wohl gemerkt hatte. Doch die Musik ging weiter. Er sah zu, wie eine imaginäre Odile ihr eigenes Solo tanzte – eine unzüchtige, triumphierende Schrittfolge, in der sie sich der gelungenen Verführung freute. *Es hat geklappt. Ich habe ihn. Er ist mein.* Er drehte den Kopf hin und her, als verfolge er voller Bewunderung ihre Bewegungen auf der Bühne, und stürzte sich dann in die Koda, die einer Folge von Zirkuskunststücken glich, wobei er noch einmal innehielt, um Odile bei einer der berühmtesten Sequenzen der Ballettgeschichte zuzusehen – den dreiunddreißig *fouettés* hintereinander. Er tanzte bis zu dem Augenblick, in dem der Prinz erkennt, daß er getäuscht wurde und daß jetzt alles vorbei ist. Doch statt von der Bühne zu laufen, wie es Nurejew tat, bewegte er sich in langsamen Pirouetten auf die rückwärtige Wand zu, wobei er zuließ, daß die Kette sich um ihn herumwickelte, so daß er beim letzten Crescendo an der Eisenklammer hinten im Raum stand und sein ganzer Körper gefangen und paralysiert war. Er steigerte sich so sehr in seinen Auftritt hinein, daß er, als er am Ende des Aktes aufsah, erwartete, die vergoldeten Balkone und roten Plüschsitze eines Theaters zu sehen und den Applaus wie eine Welle aus der Dunkelheit heranbranden zu hören, doch da war nur ein kahler Raum mit dreißig klatschenden Menschen, und so befreite er sich langsam, bis er mit der Kette in der rechten Hand dastand, und verbeugte sich einmal voll Ironie, bevor er ihnen den Rücken zukehrte und aus dem Lichtkreis des Scheinwerfers ins Dunkel trat …

Es war schon sehr spät. Die Stereoanlage und die Scheinwerfer waren bereits abmontiert, die Stühle gestapelt und weggeräumt. Der Raum sah wieder aus wie immer, schmucklos und brutal, auch wenn er meinte, noch die Nachtluft riechen zu können, diesen Extrakt aus Frühlingslaub und Feuchtigkeit. Gertrude hatte ihn seit einer Stunde massiert – wohl zur Belohnung für seine Mühe –, und zu seinem Erstaunen war sie mindestens genauso gut wie Hendrik, der Masseur, der für die Truppe arbeitete. Ihre Finger waren kräftiger, als sie aussahen, griffen tief in sein Muskelfleisch hinein, lösten Spannungen und erzeugten ein köstliches Wohlgefühl. Er war fast eingenickt, als er sie leise sagen hörte: »Morgen wirst du nicht mehr hiersein.«

Er wußte nicht, wie er diese Worte deuten sollte, die von weit her zu kommen schienen, von jenseits der beruhigenden Duftwolken, die ihn umgaben. Würden sie ihn umbringen? Das war doch möglich, in einer solchen Situation. Sein Geist kämpfte träge mit diesem Gedanken ... Nein, er mußte sie falsch verstanden haben. Oder vielleicht hatte sie Schwierigkeiten mit der Sprache, hatte sich falsch ausgedrückt.

»Entschuldigung«, sagte er. »Wie war das?«

»Morgen wirst du nicht mehr hiersein. Du wirst frei sein.«

Er sah sich um, jetzt hellwach, und das Herz schlug ihm bis zum Hals. »Das ist ein Scherz ...«

»Nein«, sagte sie so humorlos, wie sie manchmal sein konnte, »das ist kein Scherz.« Sie griff nach einem Handtuch und wischte sich die Hände ab.

»Warum?« fragte er. »Warum jetzt?«

Sie zögerte einen Moment, anscheinend ins Leere starrend. »Es war eine schwere Entscheidung, aber es mußte sein.«

»Ich verstehe nicht.«

Sie nahm das Massageöl und das Handtuch, stand auf und ging zur Tür. Er rief sie zurück, doch sie ignorierte ihn, blieb nur kurz stehen, um das Licht zu löschen. Er war auf einmal merkwürdig niedergeschlagen. Er hatte das Gefühl, daß es unmöglich war, ja *unvorstellbar*, daß sie ihn einfach freiließen, ohne irgendwelche Fragen, ohne jede Erklärung. Er hatte das Gefühl, daß sie ihm alles erklären müßten. Doch das würden sie nicht tun. Sie würden ihm nichts weiter sagen.

Es mußte sein.

Er legte sich im Dunkeln zurück und dachte nach. Und wenn die Frauen nun zu dem Schluß gekommen waren, daß es gefährlich war, ihn noch länger dazubehalten? Wenn sie fürchteten, entlarvt zu werden? Schließlich hatten sie bereits ein Bankett mit mehreren Gästen gegeben, und nun hatte er auch noch vor einem geladenen Publikum getanzt ... Wie viele Menschen hatten ihn inzwischen gesehen? Dreißig? Vierzig? Es war sicher nur eine Frage der Zeit, bis ihr Geheimnis aufgedeckt wurde. Letztlich blieben ihnen nur zwei Alternativen: Entweder mußten sie ihn beseitigen, oder sie ließen ihn gehen. Sie schienen sich für die weniger drastische Maßnahme entschieden zu haben, was ihn natürlich aufatmen ließ, aber trotzdem –

Du wirst frei sein.

Es war undenkbar, nach all der Zeit. Es war absurd.

Es war beinahe beängstigend.

Er blieb fast die ganze Nacht wach und ging an seiner Kette auf und ab, unfähig, anzunehmen, was ihm gesagt worden war. Vielleicht konnte er sich das auch nicht leisten. Die Gefahr, enttäuscht zu werden, war zu groß. Doch die Mitteilung löste in seinem Kopf ein Chaos aus, einen Sturm von Möglichkeiten ... Wahrscheinlich war es nur eine raffinierte neue Foltermethode, die die Frauen für ihn ersonnen hatten, ein Wechsel vom Physischen zum Psychischen. Ja, das war durchaus denkbar. Andererseits hatte sie es mit so offensichtlichem Bedauern gesagt ... Er ging auf und ab. Er setzte sich an die Wand. Ging wieder auf und ab. Schließlich sah er den Himmel im Oberlicht heller werden, ein geringfügiges Nachlassen der Dunkelheit, ein rosafarbener Hauch auf der Scheibe ...

Unmittelbar darauf, wie es schien, brachte eine der Frauen ihm Kaffee und einen Teller mit Obst. Ein Blick auf ihre Hände, die stark und doch elegant waren, auf die gerade gefeilten Nägel sagte ihm, daß es Astrid war. Doch er hatte kein Interesse mehr an irgendwelchen Identitätsfragen. Statt dessen suchte er nach einer Abweichung von der Routine, einem Stimmungsumschwung, irgendeinem Hinweis oder Zeichen, daß er gleich freigelassen würde. Er konnte nichts dergleichen feststellen.

Nicht lange nach dem Frühstück flog die Tür auf, und eine Frau in Mantel und Kapuze stürzte herein. Die Dielen erbebten, als sie schwerfällig auf ihn zugerannt kam. Sie hielt kurz vor ihm an, als hätte sie etwas vergessen und überlege, ob sie zurückgehen solle. Er sah ihre Beine vor sich, obwohl sie bedeckt waren – die einwärts gedrehten Füße, die sich berührenden Knie: Maude.

»Ich habe dich tanzen gesehen«, sagte sie leise, atemlos.

»Hat es dir gefallen?«

»Oh, ja. Ja, sehr –«

»Ist alles in Ordnung?« Er versuchte, ihr in die Augen zu sehen. »Haben sie dich bestraft?«

Ihr Kopf drehte sich in Richtung Tür. »Ich muß jetzt gehen.«

Als er wieder allein war, lag er auf der Matte. Maude schien nicht zu wissen, daß sie ihn freilassen würden, aber das hatte nichts zu sagen. Wahrscheinlich würden sie es ihr nicht erzählen. Die Ungewißheit hatte sich in ihm eingenistet wie ein Schmerz. Ihm brannten die Augen von der durchwachten Nacht.

Dann, irgendwann um die Mittagszeit, als er eingedöst war, öffnete sich erneut die Tür, und die Frauen kamen zu dritt herein. Er setzte sich hin, rieb sich die Augen. Seit dem Frühstück hatte sich der Himmel verdunkelt, und im Raum war es ziemlich düster.

Gertrude kam mit den Kleidungsstücken in der Hand auf ihn zu, die er an dem Tag seiner Entführung getragen hatte. Sie hatten alles gewaschen und zusammengelegt. Alles war sauber. Mit Astrid zusammen kettete Gertrude ihm die Hände auf den Rücken, dann half sie ihm auf. Maude stand etwas abseits, mit abgewandtem Gesicht. Gertrude zog unter ihrem Mantel einen silbernen Schlüssel hervor, mit dem sie den Ring an seinem Penis aufschloß. Als sie den Ring entfernt hatte, gab sie ihn Astrid, die ihn in eine kleine Schachtel legte. Er sah hinab auf das ausgefranste Loch in seiner Vorhaut und fragte sich, ob es wohl je verheilen würde.

Gertrude griff nach seinen Kleidern und zog ihm den Jockstrap, die Trainingshose und die Socken an. Sie steckte seine Füße in die Schuhe und band die Schnürsenkel zu. Die leicht wehmütige Stimmung, in der sie in der Nacht gewesen war, schien verflogen zu sein. Sie wirkte jetzt energisch und unsentimental, und er leistete keinerlei Widerstand; er ließ sich von ihr anziehen wie ein Kind. Allmählich wurde ihm klar, daß sie ihn wirklich freilassen würden, doch es lag noch eine gewisse Spannung in der Luft, wie ein Nebel, durch den man nicht allzu weit sah. Er schwieg, um den Bann nicht zu brechen.

Als Gertrude ihm das Hemd zuknöpfte, bemerkte er auf einmal, daß seine Hände nicht mehr gefesselt waren. Er hätte sie um ihren Hals legen, hätte sie erdrosseln können.

Sie schien seine Gedanken zu erraten, denn sie sah plötzlich auf. Sie stand so dicht vor ihm, daß er in dem Weißen ihres linken Auges ein geplatztes Äderchen bemerkte. Er wandte den Kopf ab. Der Moment ging vorbei.

Als sie mit dem Anziehen fertig war, stellte sie ihn vor die Wahl: Wenn er bereit sei mitzuspielen, bräuchten sie ihm nur eine Kapuze überzuziehen. Ansonsten müßten sie ihm wieder ein Betäubungsmittel injizieren. Er sagte, er würde lieber die Kapuze tragen.

Astrid trat einen Schritt vor.

»Schon gut«, sagte er. »Du brauchst mich nicht zu warnen.«

Als Astrid die Kapuze über seinen Kopf hob, sah er die Frauen zum letztenmal – ein Bild, das sich seinem Gedächtnis einzubrennen schien, so starr, so für immer festgehalten wie auf einer Fotografie. Gertrude hatte sich neben Astrid gestellt, die Hände unter der Brust verschränkt. Ein wenig links von Gertrude, weiter hinten im Raum, stand Maude, den Kopf noch immer abgewandt, als könne sie den Anblick nicht ertragen. Ansonsten nur die nackten, splittrigen, verstaubten Bodendielen, die sich in dem trüben grauen Licht von ihm weg erstreckten ...

Sie führten ihn die beiden steilen Treppen hinunter. Anstatt sich unten nach rechts zu wenden und nach hinten in den Garten zu gehen, führten sie ihn weiter geradeaus, bogen erst rechts um die Ecke und dann links, woraufhin sie nicht etwa ins Freie traten, wie er erwartet hatte, sondern in einen großen Innenraum. Es war kälter hier, und es roch nach feuchter Erde und Öl. Es könnte eine Garage sein, dachte er, oder irgendein Lagerraum. Um ihn herum war zwar viel Bewegung – das Rascheln der Mäntel der Frauen –, aber keine von ihnen sagte ein Wort. Ein Schlüssel knirschte in einem Schloß. Als sie ihn in den Lieferwagen verfrachteten – an der Doppeltür am Heck und dem geriffelten Metallboden merkte er, daß es ein Lieferwagen war –, hörte er auf einmal ein seltsames Geräusch, einen Laut zwischen Wehklagen und Wimmern. Erst später wurde ihm klar, woher er kam, und da waren sie bereits unterwegs. Das war natürlich Maude. Es konnte nur sie gewesen sein. Vielleicht hatte sie in dem Moment begriffen, daß sie ihn freiließen. Oder sie hatten ihr gesagt, sie dürfe nicht mitfahren. Wieder einmal war sie schlecht behandelt, übergangen worden.

Es war schwer, sich mit auf dem Rücken gefesselten Händen auf dem Sitz zu halten. Als der Wagen anfuhr, wäre er fast zur Seite gefallen, und eine der Frauen mußte ihn stützen. Er fragte sich, ob sie wohl eine Spritze bereit hielt, für den Notfall. In den ersten zehn Minuten ging es ständig um Ecken und Kurven. Sie fuhren auch durch einige Schlaglöcher, was ihn vermuten ließ, daß die Straße gerade instand gesetzt wurde. Oder sie hatte noch gar keinen Belag. Dann glitten sie lange Zeit ruhig dahin, vom Rauschen des Verkehrs umgeben. Eine Autobahn vermutlich. Ein-, zweimal rief die Frau neben ihm der anderen am Steuer etwas zu. Sie sprach jedoch so schnell, und der Motor war so laut, daß er kein Wort verstand.

Schließlich schienen sie durch eine geschlossene Ortschaft zu kommen. Alle dreißig Sekunden hielt der Lieferwagen und fuhr wieder an, was er auf Ampeln oder einen Stau zurückführte. War denn schon Feierabend? Er wünschte, er hätte am Geräusch des Motors die Automarke erkennen können. Manche Leute konnten das. Aber er hatte nie etwas von Autos verstanden …

Nachdem sie etwa eine Stunde lang gefahren waren, hielten sie an. Er hörte das jähe Quietschen der Handbremse, bemerkte jedoch, daß sie den Motor laufen ließen. Eine der Frauen ging um den Lieferwagen herum und öffnete die Hecktüren. Sie schloß zuerst seine Beinschellen auf, dann die Handschellen. Obwohl er noch die Kapuze trug, roch er die Abgase, die aus dem Auspuff kamen. Sie nahm ihn am Arm und half ihm aus dem Wagen. Er spürte Gras unter den Füßen.

»Leg dich auf den Bauch«, sagte sie.

Er tat, was sie sagte. Ihm kam wieder derselbe Gedanke wie in der Nacht zuvor, nur daß er jetzt stärker war, dringlicher. *Sie werden mich umbringen. Ich werde sterben.*

»Fang an zu zählen«, sagte die Frau, »und rühr dich nicht vom Fleck, bis du bei hundert bist.«

Er begann, kaum hörbar zu zählen. Eine Tür schlug zu. Der Motor heulte zweimal auf, dann fuhr der Wagen fort.

Er lag im Gras und zählte. Er rührte sich nicht vom Fleck.

Selbst als er bei hundert angekommen war, rührte er sich nicht von der Stelle.

Er lag noch lange, nachdem er mit Zählen fertig war, mit der Kapuze über dem Kopf da, ohne etwas anderes wahrzunehmen als den Erdboden, an den er sich preßte, klammerte, als handle es sich um ein Wrackteil, das ihn an einen sicheren Ort tragen würde. Ja, er hörte sogar eine Art Brausen, wie von Wellen.

Schließlich setzte er sich auf. Er saß reglos da, immer noch mit der Kapuze über dem Kopf, und lauschte. Autoverkehr. Allerdings weiter weg. Irgendwo hinter ihm. Langsam löste er die Kordel und nahm die Kapuze ab. Tageslicht brandete gegen die Oberfläche seiner Augen.

Er saß auf einer gemähten Wiese, nicht weit von einem Gehsteig entfernt. Über seinem Kopf waren Bäume. Vor ihm stand ein kleiner Junge, vier oder fünf Jahre alt. Er trug eine hellblaue Strickjacke und rote Hosen und hielt die eine Hand mit der anderen umfaßt, wie Priester es gern bei der Predigt tun. Hinter dem Jungen war eine Häuserreihe. Die Fensterscheiben sahen schwarz aus.

»Hab keine Angst«, sagte er auf englisch zu dem Jungen. Der Junge riß die Augen auf und schob die Unterlippe vor.

»Es ist alles in Ordnung«, sagte er sanft, diesmal auf holländisch. »Du brauchst keine Angst zu haben.«

Der Junge drehte sich um und rannte die Straße hinunter, mit zuckenden, merkwürdig steifen Beinen, wie eine Marionette oder ein Krüppel. Der Junge schrie, während er davonlief.

Er sah ihm nach, bis er um die Ecke bog, dann stand er auf. Seine Augen hatten sich noch immer nicht an das Licht gewöhnt. Der Himmel war grau, aber irgendwie blendend hell, und eine leichte Brise wehte ihm ins Gesicht. Er ging los.

Die Straße machte einen privaten, verschwiegenen Eindruck, fast so, als herrsche Ausgangssperre. Vielleicht waren es nur die herabhängenden Zweige. Oder vielleicht lag es an ihm. Zu seiner Linken befand sich ein öffentlicher Park. Zu ihm gehörten die Bäume. Ein Fußweg schlängelte sich an einer leeren Parkbank vorbei, durch Rasenflächen hindurch, die allzu grün aussahen. Jenseits des Weges, hinter den Bäumen, war gerade noch der matte Silberglanz eines künstlichen Sees zu erkennen. Zu seiner Rechten, auf der anderen Straßenseite, stand eine Reihe von Doppelhäusern. Sie waren aus hellroten Backsteinen, und die Fensterrahmen waren alle weiß gestrichen. Aus vielen der Briefkästen ragten Zeitungen heraus, was ihm angesichts der Tageszeit merkwürdig vorkam. Durch ein Fenster im Erdgeschoß sah er einen Mann an einem Tisch sitzen und Kreuzworträtsel lösen. Wenn er nur ruhig und systematisch vorging, dachte er, würde schon alles einen Sinn ergeben – würde alles zusammenpassen.

Er ging weiter, bis er an eine Hauptstraße kam. Der Name

kam ihm irgendwie bekannt vor. Er glaubte, am Stadtrand von Amsterdam zu sein, wußte aber nicht, wo genau. In der einen Richtung sah er eine Überführung. Er hörte das gleichmäßige, hypnotische Rauschen schnell fahrender Autos. Er drehte sich um. Ein etwa achtjähriges Mädchen lief auf dem Bürgersteig auf ihn zu, einen Arm über den Kopf erhoben. Sie hielt eine kaputte Kassette in der Hand. Das Band hatte sich zur Hälfte um sie herumgewickelt, um ihr blaues Jeanskleid und die nackten Beine. Der Rest flatterte hinter ihr in der Luft, unzählige Meter lang. Sie lachte. Ein Stück weiter sah er ein paar Läden. Vielleicht könnte er dort fragen.

Er hatte die Wahl zwischen einem Fahrradladen, einem Supermarkt und einer Kneipe mit kleinen Gold- und Silberpokalen im Fenster. Er entschied sich für die Kneipe. Drinnen war es dunkel. Die Frau hinter dem Tresen rauchte. Als er eintrat, sah er das Ende ihrer Zigarette rot aufleuchten. Er setzte sich auf einen Barhocker und bestellte ein Bier. Er hatte gar nicht gemerkt, wie durstig er war, und das Bier schmeckte köstlich, besser vielleicht als jedes, das er bis dahin getrunken hatte.

»Schmeckt wunderbar«, sagte er zu der Frau hinter dem Tresen.

Sie lächelte ihn an, blieb jedoch stumm.

»Wie weit ist es von hier zur Innenstadt?« fragte er.

»Drei Kilometer«, sagte sie. »Oder vier.«

»Wie lange würde ich dafür zu Fuß brauchen?«

»Eine halbe Stunde«, sagte sie, die Hand in der Luft hin und her neigend, um anzudeuten, daß das eine grobe Schätzung war.

Sie hatte bronzefarbenes Haar – wahrscheinlich war es gefärbt – und einen glatten, blassen Höcker auf der linken Wange. Er hatte lange kein Gesicht mehr gesehen, und er konnte nicht aufhören, sie anzustarren. Er nahm auch ihre

Kleidung wahr – die gehäkelte, türkisgrüne Wolljacke, den rostbraunen Rock. Doch sie merkte, wie er sie anglotzte, und glotzte zurück. Er hatte das Gefühl, er sollte wohl lieber etwas sagen.

»Wieviel schulde ich Ihnen für das Bier?«

»Zwei fünfundsiebzig.«

Seine Hand wanderte zu der Tasche seiner Trainingshose. Auf einmal war er sich nicht sicher, ob er Geld dabei hatte. Er griff erst in die eine Tasche, dann in die andere und schließlich in die hintere mit dem Reißverschluß. Seine Finger schlossen sich um einen Schein. Zehn Gulden. Es war das Geld, das er eingesteckt hatte, um Brigitte Zigaretten zu holen. Er starrte den Geldschein an, als wäre er der Schlüssel zu dem, was geschehen war. Auf einmal hatte er das Gefühl, daß er die Zigaretten kaufen sollte, daß damit ein Kreis geschlossen, daß die Geschichte damit zu ihrem natürlichen, ihrem vorgesehenen Abschluß gebracht würde. Er blickte wieder auf. Die Frau sah ihn immer noch mißtrauisch an.

Er reichte ihr den Zehn-Gulden-Schein.

»Haben Sie einen Zigarettenautomaten?« fragte er.

»Hinter Ihnen.«

Er drehte sich auf seinem Hocker um. Der Automat befand sich neben der Tür zur Toilette. Obendrauf stand absurderweise eine Gipsbüste von Marilyn Monroe.

»Könnten Sie mir bitte Kleingeld dafür geben?«

Er steckte die Münzen hinein und sah zu, wie die Schachtel in den Trog aus Edelstahl fiel.

Draußen auf der Straße steckte er die Zigaretten in seine Gesäßtasche. Als er sich nach rechts wandte, hatte er das Gefühl, beobachtet zu werden. Er blickte auf. Ja, da stand jemand am Fenster und beobachtete ihn. Es dauerte einige Sekunden, bis er begriff, daß es sein eigenes Spiegelbild war. Er trat näher heran und dann noch näher, bis ihn weniger als ein halber Meter von der Scheibe trennte. Obwohl er nicht fand, daß er sich verändert hatte, erkannte er sich doch kaum wieder. Er erinnerte sich, wie er sich in dem Stahl der Handschellen betrachtet hatte und stets nur sein linkes Auge oder ein Stück von seinem Hals oder seinen Haaren hatte sehen können. Er hatte sich gefragt, ob er jemals wieder ganz werden würde. War dies ein Teil desselben Phänomens? Wie lange hatte er sich nicht mehr im Spiegel gesehen? Wie lange war er fort gewesen?

Er wandte sich um und ging wieder in die Kneipe, blieb jedoch an der Tür stehen, unsicher, wie er seine Frage formulieren sollte. Die Frau in der türkisgrünen Jacke starrte ihn argwöhnisch an, wobei sie sich mit der Hand an die Wange griff und den blassen Höcker berührte.

»Können Sie mir sagen, der wievielte heute ist?«

»Der wievielte?« Die Frau kniff die Augen zusammen, als könnte das eine Falle sein.

Er nickte, lächelte. »Welches Datum.«

»Der vierte Mai.«

Der vierte Mai. Und am sechzehnten April war er entführt worden. Das bedeutete, er war achtzehn Tage verschwunden gewesen.

Achtzehn Tage.

Er bedankte sich und ging wieder hinaus, diesmal ohne sich umzudrehen.

Er war in einem Vorort von Amsterdam abgesetzt worden, etwa dreieinhalb Kilometer von seiner Wohnung entfernt. Nachdem er das Bier und die Zigaretten bezahlt hatte, blieb ihm nicht mehr genug Geld für die Straßenbahn, und so machte er sich zu Fuß auf den Weg. Er ging schnell, ohne auf die Umgebung zu achten. Er wollte die Strecke so schnell wie möglich zurücklegen; er wollte heim. *Brigitte*, dachte er. Sonst nichts. Kein anderer Gedanke wollte in seinem Kopf Gestalt annehmen.

Während er so durch die Stadt ging, erfüllte ihn eine unbändige Heiterkeit, fast eine Art Euphorie. Doch zugleich hatte er das Gefühl, den Tränen nahe zu sein.

Er brauchte zwanzig Minuten, bis er in Straßen kam, die er kannte, und dieses Wiedererkennen verstärkte noch seine Ungeduld. Quer über Hugo de Grootplein, durch den weiten Bogen der Nassaukade. Ein Motorrad fuhr so schnell an ihm vorbei, daß es wie ein Niesen klang. Über die Lijnbaansgracht. Inzwischen war die Sonne herausgekommen. Aus einer Bar drang der leicht medizinische Duft von *jenever* ...

Dann ging er an der Egelantiersgracht entlang. Auf den Decks der Hausboote leuchteten Töpfe mit roten Geranien. Die Bäume sahen grüner aus als in seiner Erinnerung, und ihr Spiegelbild schwappte hypnotisch auf dem dunklen Wasser des Kanals. Über allem lag eine gewisse Schläfrigkeit, die Schläfrigkeit eines warmen Frühlingsnachmittags. Als er zu ihrem Haus kam, sah er, daß die Fenster im dritten Stock geöffnet waren. Ihm stockte das Herz. Auf einmal verspürte er den irrationalen Drang zu fliehen.

Er zog seine Schlüssel hervor und starrte sie einen Moment lang an, dann öffnete er die Tür und trat in den kühlen Hausflur. Der Briefkasten war leer. Er ging die Treppe hinauf. Der rehbraune Teppich, die kalkweißen Wände. Dieser schwache, süße Geruch von Getreide, als wäre in dem Haus früher Mehl gemahlen worden.

Als er an der Wohnungstür ankam, atmete er schwer. Er griff unter sein Hemd: Seine Brust war schweißnaß. Er steckte den Schlüssel ins Schloß und drehte ihn einmal um. Die Tür ging auf, mit dem üblichen steil ansteigenden Wimmern. Ein Luftstrom zog an ihm vorbei ins Treppenhaus. Er trat über die Schwelle und schloß behutsam die Tür. Und da stand sie, am anderen Ende des Wohnzimmers, und goß die Pflanzen ...

Sie mußte gehört haben, wie die Tür aufging, mußte begriffen haben, wer es war, doch sie stellte den Glaskrug, den sie in der Hand hielt, nicht ab, und sie kam nicht auf ihn zu. Und sie sagte auch nichts. Sie blickte ihn nur über die Schulter an, das Gewicht auf dem linken Fuß, mit aufmerksamem, aber gelassenem, ja fast ausdruckslosem Gesicht. Es wäre ein idealer Schluß für ein Ballett gewesen, dachte er, denn ihre Stellung hatte so etwas wunderbar Unvollendetes – halt, hätte er gesagt, bleib so stehen, und genau an diesem Punkt geht das Licht aus.

III

Ich war mit herabhängenden Armen an der Tür stehengeblieben. Meine ganze Unbeschwertheit und Zielstrebigkeit war dahin, und ich fühlte mich wie gelähmt. Ich kam mir vor wie ein schlechtes Abbild meiner selbst, wie ein primitives, holzgeschnitztes Souvenir. Dann griff ich – fast reflexartig – in meine Tasche, zog die Zigaretten heraus und hielt sie ihr hin. Sie stand noch immer an einem der Fenster, die auf den Kanal hinausgingen. Von dem halbvollen Glaskrug, den sie in der Hand hielt, ging ein überirdischer, silbriger Glanz aus, wie von einem heiligen Gegenstand, doch Brigitte selbst sah ich praktisch nur als Silhouette.

»Was ist das?« fragte sie.

Ich versuchte zu lächeln. »Deine Zigaretten.«

»Was für Zigaretten?«

Bei diesen Worten brach irgend etwas in mir zusammen. Ich dachte an jenen sonnigen Nachmittag in der Kantine des Studios, an mein offenes Notizbuch auf dem Tisch, den leeren Aschenbecher, die Kaffeetasse ... Ich dachte daran, wie Brigitte in dem dunkelgrünen Trikot und der zerschlissenen Strumpfhose auf mich zugekommen war, ein Stück Samt im Haar. Ich hatte noch ihre Schritte im Ohr, die leicht waren und dennoch voll Energie. Ich sah noch vor mir, wie sie die Stirn runzelte, sah die zwei feinen, symmetrischen Falten zwischen den Brauen – ein J und ein seitenverkehrtes J ... Wenn sie nicht verstand, warum ich die Zigaretten gekauft hatte, wenn sie sich nicht mehr *erinnerte*, wie sollte ich ihr dann erklären, was geschehen war, wie konnte ich auch nur den Versuch unternehmen?

»Du hast mich verlassen«, sagte sie.

Sie saß am Küchentisch und sah mich forschend an. Aus der Nähe sah sie aus, als hätte sie nicht geschlafen: Die Haut unter ihren Augen war dunkelbraun, wie das Fleisch von Oliven.

»Ich habe dich nicht verlassen«, sagte ich. »Wie könnte ich das tun?«

»Du warst bei einer anderen ...«

Ihr Blick glitt von mir ab, und ihre Hand wanderte zu ihrem Mund, rollte sich am Mundwinkel zusammen. In dem Moment sah sie so traurig aus, so von Grund auf verlassen, daß ich den Arm ausstrecken wollte, um sie zu berühren, doch ich hatte das Gefühl, sie würde nur zurückweichen. Ich starrte auf die Tischplatte, schüttelte den Kopf. Draußen schlug eine Uhr sechs. Obwohl ich noch keine drei Stunden zurück war, fühlte es sich an wie eine Ewigkeit.

»Du warst bei einer anderen«, sagte sie, »bei einer anderen Frau.«

»Nein, Brigitte. Es gibt keine andere.« Ich zögerte. »Das heißt –«

»Aha. Siehst du?« Auf ihrem Gesicht breitete sich ein Ausdruck von Triumph aus, ein Triumph, der etwas Verletztes und Perverses hatte.

Sie hatte mich gleich, als ich hereingekommen war, aus dem Konzept gebracht. Sie hatte ihre eigene Theorie darüber, wo ich in den letzten achtzehn Tagen gewesen war. Ich sei ihr untreu geworden, sagte sie. Hätte sie in eine peinliche Lage gebracht. Sie betrogen. Der voreilige Schluß, den sie während meiner Abwesenheit gezogen hatte, war zur Wahrheit geworden.

Du hast mich verlassen.

Sie überrumpelte mich mit ihrer Sicherheit. Ich hatte jede Sicherheit verloren. Und – was vielleicht entscheidender war – ich hatte nicht die Kraft, ihr entgegenzutreten. Ich fühlte mich in zu viele Richtungen auf einmal gezogen; es war, als wäre ich nicht fähig, in einem einzigen klaren Gefühl Fuß zu fassen.

Irgendwann ging ich ins Badezimmer und ließ mir ein Bad ein. Es war das einzige, was mir einfiel. Ich blieb im Wasser, bis meine Haut hellrot wurde und mir der Schweiß auf der Stirn stand ... Danach nahm ich die Sachen, die ich angehabt hatte, ging damit in die Küche und steckte sie in den Mülleimer, ganz tief hinein, wo niemand sie finden würde. Ich hörte Brigitte oben telefonieren, verstand jedoch nicht, was sie sagte. Während ich so dastand, die Arme bis zu den Ellbogen in welkem Salat und häßlichen, schorfigen Orangenschalen, fiel mir auf, daß ich seit dem Frühstück nichts gegessen hatte.

Als Brigitte ein paar Minuten darauf erschien, saß ich mit einem Sandwich und einem Glas Milch am Küchentisch. Es schien sie zu irritieren, daß ich etwas aß. Daß ich in einem solchen Augenblick hungrig war ... Brigitte hatte von mir stets absolute Ergebenheit erwartet. Wenn man mit ihr zusammen war, mußte man für sie dasein. Das war die Art, wie sie geliebt werden wollte, und ich hatte damit nie Probleme gehabt. Ich *wollte* für sie dasein. Hundertprozentig, in jeder Lebenslage. Doch als ich verschwand, fühlte sie sich wohl im Stich gelassen – und von da zu dem Gefühl, betrogen zu werden, ist es nicht weit. Brigitte gehörte zu den Menschen, die lieber an etwas Bestimmtes glauben, selbst wenn es weh tut, als lange in einem Zustand der Ungewißheit oder des Zweifels zu leben.

Du warst bei einer anderen.

Jedesmal, wenn ich versuchte, ihr zu widersprechen, schossen mir Bilder aus jenem Zimmer durch den Kopf – die schwarzen Kegel der Kapuzen, die Mäntel der Frauen, die um mich herumwirbelten wie die Bewußtlosigkeit selbst ... Ich brachte es nicht über mich, ihr zu erzählen, was passiert war. Wahrscheinlich wollte ich nicht eingestehen, was ich durchgemacht hatte, weder ihr noch mir. Ich wollte es einfach nicht wahrhaben. Jedesmal, wenn ich den Mund aufmachte, war meine Zunge wie gelähmt.

Um sieben stand Brigitte schließlich auf. »Ich muß los«, sagte sie.

Mein rechter Ellbogen zuckte zur Seite, stieß ein Messer vom Tisch. »Wohin gehst du?«

»Ich habe einen Auftritt heut abend. In einer Stunde muß ich auf der Bühne stehen.«

Ich erhob mich und stand dann sinnlos da, sah zu, wie sie ihren Mantel von der Garderobe nahm. »Denk daran, vorher deine Übungen zu machen ...«

Sie warf mir einen mißtrauischen, fast erschrockenen Blick zu, als wüßte ich Dinge, die ich eigentlich nicht hätte wissen sollen. Dabei hatte ich sie vor ihren Auftritten immer daran erinnert, sich richtig warm zu machen. Es war meine Art gewesen, ihr viel Glück zu wünschen.

Als sie ihren Mantel zugeknöpft hatte, sah sie mich wieder an, diesmal über die Schulter. »Wirst du hiersein, wenn ich zurückkomme?«

Ich starrte sie an. »Ja, natürlich. Wo sollte ich sonst –«

Sie nickte vor sich hin, dann drehte sie sich um und ging.

Die Erschöpfung überfiel mich mit der Wucht von etwas, das von außen kam. Ich hätte im Stehen einschlafen können, dort, wo ich stand. Doch ich kämpfte dagegen an. Notgedrungen. Wenn ich nachgegeben hätte, wäre es mir vorgekommen, als nähme ich das Ganze als selbstverständlich hin.

Ich hielt mich wach, indem ich durch die Wohnung ging. Während ich durch die Zimmer wanderte, war mir, als wäre ich an einem Ort, wo ich nicht hingehörte – als wäre ich in die Wohnung eingebrochen, um etwas zu stehlen. Ich war gereizt, und zugleich fühlte ich mich sehr weit weg. Ich starrte die Fische im Aquarium an, die exotischen Pflanzen vor dem Fenster, den Inhalt des Kühlschranks. Ich machte den Kleiderschrank auf und ging meine Sachen durch. Ich sah mir Fotos an, las Briefe ... Alles, was mir unter die Augen kam, schien mich mit völliger Gleichgültigkeit anzusehen. Ich bedeutete all diesen Dingen nicht das geringste. Selbst ein Buch über Ikonographie, das Brigitte mir geschenkt hatte *(avec mon amour, toujours – B)*, selbst gerahmte Fotografien, auf denen wir zusammen tanzten ... Ich wurde das Gefühl, ein fremder Eindringling zu sein, einfach nicht los. Statt dessen kam es mir allmählich angebracht vor, und während die Minuten dahinschlichen, verstärkte es sich zu etwas, das sich anfühlte wie Einsamkeit.

Ich ging die Treppe hinauf, öffnete die Glastüren und trat auf die Terrasse. Ich setzte mich auf den schmiedeeisernen Stuhl, den wir dort immer stehenließen. Es war eine kalte, feuchte Nacht, und ein feiner Nebel hatte sich auf die Stadt herabgesenkt. Die in der Ferne läutenden Glocken klangen zerbrechlich und gläsern. Unten auf der Straße verströmte eine einzelne Laterne ein weiches, orangegelbes Licht. Die Luft bewegte sich vorsichtig auf mich zu, gleich einem wilden Tier. Ich blieb dort sitzen, und nach einer Weile traute sie sich ganz heran, preßte sich an mich. Ich fröstelte inzwischen, doch das machte nichts. Ich hatte das Gefühl, endlich doch noch erkannt worden zu sein. Ich wußte, wo ich anfing und aufhörte, wieviel Raum ich einnahm. Ich war mir meiner Grenzen bewußt, und das war schon einiges wert.

Als ich wieder hineingegangen war, machte ich mich fertig zum Schlafengehen. Ich ließ zwei Lampen an, eine unten, die andere im Flur vor dem Bad; ich wollte nicht, daß Brigitte in die dunkle Wohnung kam und dachte, ich sei nicht mehr da. Die Schlafzimmertür einen Spaltbreit offen lassend, zog ich mich schnell aus und schlüpfte unter die Decke. Von dort sah ich nur noch eine dünne, gelbe Lichtsäule am anderen Ende des Raums. Das erinnerte mich an meine Kindheit – wie die ganze Helligkeit in der Ferne war und wie sie sich, zu mir hereinkommend, verlor, wie meine eigene warme Dunkelheit sie verschluckte. Als mir die Augen zufielen, sah ich einen kleinen Jungen vor mir. Ich erinnerte mich an die hellblaue Strickjacke und die roten Hosen, und ich erinnerte mich, wie sich sein Gesichtsausdruck verändert hatte, als ich ihn ansprach, als ob es nicht der Anblick eines Mannes mit einer Kapuze über dem Kopf wäre, was ihn erschreckte, sondern die Kommunikation, die Sprache an sich. Immer wieder sah ich, wie sich sein Mund zu einem runden schwarzen Loch auftat. Immer wieder sah ich, wie er sich umdrehte und auf der Straße davonlief, wie ein zuckendes mechanisches Spielzeug …

Als Brigitte hereinkam, wachte ich zwar auf, doch ich tat, als schliefe ich. Ich merkte, wie sich das Bett auf der einen Seite senkte. Dann bewegte es sich nicht mehr, und ich war sicher, daß sie auf mich herabsah. Ich versuchte, möglichst gleichmäßig zu atmen. Schließlich neigte die Matratze sich erneut, als Brigitte sich umdrehte, die Decke über die Schulter zog und ihre Schlafhaltung einnahm.

Irgendwann in der Nacht erwachte ich erneut, und die Laken waren ganz naß und zerwühlt. Die Fenster rechts von mir – eine Reihe von blassen Rechtecken – schienen am falschen Platz zu sein; sie schienen keinen mir bekannten Fenstern zu entsprechen. Ich hätte nicht sagen können, wo ich mich befand. Ich drehte das Kopfkissen um, dann lag ich reglos da und wartete, daß mein Herz sich beruhigte. Ich mußte wohl geträumt haben, daß ich wieder in dem weißen Zimmer war, nur mit einem kleinen Viereck aus Glas über dem Kopf – oder vielleicht im Haus meiner Eltern in Hampshire ...

Am nächsten Morgen hörte ich das Bett ächzen, und die Augen aufschlagend, sah ich, wie Brigitte aus dem Bett griff und den Wecker ausschaltete. Wieder war ich versucht, sie zu berühren, ihr die Hand auf den nackten Rücken zu legen, während sie sich von mir wegbeugte – die Haut, die ihre Rippen bedeckte, so wie Schnee herabgefallene Zweige bedeckt, ihre Schulterblätter, die aussahen wie vergrabene kleine Schilde ... Doch statt dessen wartete ich, bis sie in meine Richtung sah, und lächelte sie dann an. Ich wollte sie beruhigen, ihr versichern, daß alles wieder gut würde. Sie tat, als hätte sie es nicht bemerkt. Da sie mich für schuldig hielt, dachte sie wohl, ich wolle mich nur bei ihr einschmeicheln.

Ich sah zu, wie sie aus dem Bett stieg. Sie zog sich ein T-Shirt an, auf dessen Rücken die Stationen unserer Südamerikatour verzeichnet waren – São Paulo, Caracas, Buenos Aires –, und auf einmal sah ich vor mir, wie sie in der Abenddämmerung auf einem Hotelbalkon saß und sich die Fußnägel lackierte, mit dem weiten, weichen Himmel hinter ihr, in einem Wind, der so warm war, daß er nasses Haar innerhalb einer Minute trockenblies ... Diese Erinnerung besagte doch etwas, war ein Beweis, und ich wollte ihr die Szene ins Gedächtnis rufen – *Weißt du noch, wie wir ...* –, doch zu spät, sie war schon hinausgegangen. Ich hörte, wie sie in der Küche Schränke öffnete und schloß, das Gas anzündete, sich ihren chinesischen Tee kochte. Später hörte ich, wie sie sich ein Bad einließ. Wie jeden Morgen. Ich legte mich zurück, wobei mir schon wieder die Augen zufielen. Ich nahm meinen Körper nur als Gewicht wahr. Meine Müdigkeit schien unerschöpflich zu sein.

Als ich wieder aufwachte, war Brigitte schon ins Studio gegangen.

Am dritten Abend nach meiner Rückkehr hatte sie frei. Als sie um halb acht nach Hause kam, saß ich im Dunkeln am Fenster. Das Haus gegenüber war hell erleuchtet, und die lichterfüllten, goldenen Zimmer spiegelten sich im Kanal. Das Wasser war so glatt und ruhig, daß die Spiegelung kein bißchen schwankte. Ein ruhiger Abend in Amsterdam – als befände sich die Stadt in einem Vakuum ...

Brigitte verschränkte die Arme vor der Brust und lehnte sich, zu mir herübersehend, an den Türrahmen. »Vielleicht solltest du morgen zum Training kommen.«

Ich dachte darüber nach, dann schüttelte ich langsam den Kopf. »Ich bin noch nicht soweit.«

Schweigen senkte sich zwischen uns herab.

»Ich glaube, ich werde eine Weile brauchen«, sagte ich. »Um mich wieder einzugewöhnen.«

Ich blickte auf. Ihr Körper schien sich zu krümmen und dann seitlich wegzuschwimmen. Dabei hatte sie sich nicht bewegt. Ich preßte Daumen und Zeigefinger gegen die Augendeckel. Zu meinem Erstaunen begann ich ihr zu erzählen, was mir passiert war.

»Sie waren zu dritt – ich kannte sie nicht ... Sie haben mich in ein Zimmer gebracht ... in einen weißen Raum ...«

Es klang zögerlich und wenig überzeugend, doch ich zwang mich fortzufahren.

»Sie haben mit mir Dinge gemacht ... Dinge, die ich nicht beschreiben kann ... Es waren drei ... drei Frauen ...«

Während ich sprach, sah ich einmal zu Brigitte hinüber. Ihr Gesicht drückte eine merkwürdige Form von Mitleid aus – nicht nur Mitleid, sondern auch Traurigkeit und sogar eine Art Bewunderung; es erfüllte sie beinah mit Ehrfurcht, wie weit ich in meinem Versuch, mich in ihren Augen zu entlasten, bereit war zu gehen. Zugleich glaubte sie mir offensichtlich kein Wort. Und wer hätte ihr das verübeln können? Die Geschichte, die sie sich zurechtgezimmert hatte, war viel plausibler als meine. Voll Verweiflung öffnete ich meine Hose und zeigte ihr die Tätowierung, die Narben. Wankend wich sie zurück, die linke Hand an den Mund gepreßt. Ihre Augen spiegelten Schmerz, aber auch Abscheu. *Und was ist mit mir?* hätte ich am liebsten geschrien. *Was glaubst du wohl, wie es mir geht?* Aber irgendwie brachte ich es nicht heraus.

Wie schwer ist es manchmal, die richtigen Worte zu finden. Oder überhaupt welche.

Statt meine eigene Geschichte zu belegen, wurden die Spuren an meinem Körper zu Beweisen für Brigittes Theorie: Ich hatte irgendeine Affäre gehabt, irgendeine perverse Liaison, die ich natürlich glaubte verschleiern zu müssen. Das bestätigte zugleich einen Verdacht, den sie den Engländern gegenüber immer schon gehegt hatte, nämlich, daß unsere Höflichkeit – oder, wenn man so will, unsere Schüchternheit – nur ein Deckmantel für einen tieferen häßlichen Zug sei, der sich gerade dadurch entfalten kann, daß er verheimlicht wird.

Den ganzen Abend lang klammerte ich mich an das Gefühl, es würde sich schon alles aufklären, wenn ich nur den richtigen Einstieg fand. Doch als ich ihr sagte, wie sehr ich sie in diesen achtzehn Tagen vermißt hätte, als ich ihr sagte, ich liebte sie, mehr als sie sich vorstellen könne, wandte sie sich wütend ab, und einmal hielt sie sich sogar die Ohren zu und schrie: »Nein!«

Sie kam immer wieder auf denselben Punkt zurück, als zöge er sie magnetisch an. Immer wieder fragte sie, wer die Frau gewesen sei, und ich zuckte immer wieder die Achseln und sagte, das wisse ich nicht.

»Das weißt du nicht?« Sie stand, beide Arme in die Hüften gestemmt, vor mir. »Wie kann das sein?«

Ich starrte zu Boden.

»Du wußtest nicht mal ihren Namen?«

»Es war nicht so, wie du denkst«, sagte ich.

»Wie war es denn?«

»Das versuche ich dir ja gerade zu erklären ...«

»Merde.« Sie ging einmal quer durchs Wohnzimmer. *»Je ne peux pas croire que tu aies fait ça.«*

»Mais je n'ai rien fait«, murmelte ich vor mich hin. »Ich hab ja gar nichts getan.« Ich legte den Kopf in die Hände. Unter meinen Fingern pulsierte das Blut.

Als ich schließlich wieder aufblickte, sah ich, daß sie einen Entschluß gefaßt hatte. Sie sagte, sie könne nicht mehr mit mir zusammenleben, nicht so. Sie erkenne mich nicht mehr wieder. Ich würde ihr Angst machen. Sie müsse weg hier ... Doch noch während sie das sagte, wanderten ihre Augen in einem einzigen wilden, verzweifelten Blick durch den Raum, als könne sie sich nicht vorstellen, irgendwo anders zu leben.

»Ich liebe dich, Brigitte«, sagte ich.

Es änderte nicht das geringste.

Wenn ich an jenen Abend zurückdenke, scheint mir manchmal, daß alles, worüber wir damals sprachen, bedeutungslos war. Die Gründe für meine Abwesenheit waren völlig unwichtig. Von Bedeutung war nur diese Abwesenheit selbst. Ich hatte Brigitte einmal verlassen. Ich konnte es wieder tun. Sie konnte nicht mehr auf mich zählen. Ein einmal gebrochenes Versprechen ist nicht mehr zu reparieren.

Außerdem kommt es mir vor, als hätte ich ihre Interpretation der Ereignisse insgeheim unterstützt. Ich ließ sie glauben, was sie glauben wollte. Das ersparte mir, die Geschichte erzählen zu müssen. Es bedeutete, daß ich so tun konnte, als wäre das Ganze niemals geschehen.

Oder vielleicht war es tatsächlich geschehen …

Doch es war einem anderen passiert. Nicht mir.

Brigitte verbrachte jene Nacht bei ihrer Freundin Fernanda, während ich allein in unserem Doppelbett lag. Um halb drei am Morgen lag ich immer noch mit weit geöffneten Augen in dem kühlen Luftzug, der durchs Fenster hereinkam. Enten schnatterten draußen auf dem Kanal. An einem vorbeifahrenden Fahrrad klapperte ein loses Schutzblech.

Spät am Abend hatte noch Stefan angerufen, der Fotograf. Es sei komisch, sagte er. An dem Nachmittag, an dem ich verschwunden sei, habe er mich vom Auto aus gesehen. Später habe er Brigitte davon erzählt. Er habe ihr gesagt, ich hätte glücklich ausgesehen, was sie offenbar in dem Verdacht bestätigt habe, daß ich auf dem Weg zu einer Verabredung gewesen sei – einer Verabredung mit einer anderen Frau. Und jetzt habe er gehört, daß wir uns trennten …

»Das spricht sich ja schnell rum«, murmelte ich.

Er sagte, er fühle sich dafür verantwortlich. Er habe ein schlechtes Gewissen.

Ich versuchte, ihm möglichst schonend beizubringen, daß er seine eigene Bedeutung überschätzte, und sagte ihm, er solle sich keine Gedanken machen. Am Ende unseres Gesprächs klang er erleichtert. Er hatte bekommen, was er wollte – eine Art Absolution.

Natürlich hatte ich glücklich ausgesehen, dachte ich, während ich in unserem Bett lag. Die Frühlingssonne, der vor sich hin singende Mann in dem Leinenjackett – und nichts wies darauf hin, daß sich etwas ändern würde.

Denn zu jenem Zeitpunkt hätte ich an meinem Leben nicht das geringste ändern wollen, selbst wenn man mir unvorstellbare Reichtümer angeboten hätte. Ich sah glücklich aus, weil ich glücklich war.

Ich drehte mich langsam auf die andere Seite. Mein Körper tat an manchen Stellen noch weh. Irgendwo schlug eine Uhr vier. Ich sehnte mich danach, jemanden reden zu hören, ich sehnte mich nach einer Stimme, die nicht meine eigene war – ich sehnte mich danach, nicht mehr zu denken ...

Doch ich dachte die ganze Nacht lang nach, ohne daß dabei etwas herauskam.

Um halb sechs hörte ich unter dem Fenster brummelnd ein Boot vorbeifahren. Dann begann es zu regnen. Der gleichmäßige, triste Regen des Morgengrauens.

Kurz darauf schlief ich ein.

Am nächsten Vormittag rief ich Isabel van Zaanen an. Ich kannte Isabel schon sehr lange. Es war Isabel gewesen, die damals, als ich siebzehn war, die Leitung der Truppe überredet hatte, mich vortanzen zu lassen. Es war Isabel, die, selbst eine berühmte Choreographin, mich ermutigt hatte, ein Ballett zu schreiben. Trotz unseres Altersunterschieds waren wir gute Freunde geworden. Nach ihrer Pensionierung war sie nach Bloemendaal gezogen, das am Meer lag, etwa dreißig Autominuten von Amsterdam entfernt. Sie wohnte in einer alten Villa, die in vier oder fünf verschachtelte Wohnungen aufgeteilt worden war. Ich hatte einmal mit Brigitte in ihrem Gästezimmer übernachtet, und die Erinnerung an die Fenster, die auf den Kiefernwald hinter dem Haus hinausgingen, und den Geruch der Nachtluft – eine Mischung aus Garten und Meer – hatten sich mir tief eingeprägt. Es war ein magischer Ort – zeitlos und mit sich selbst im Einklang.

Als ich sie anrief, erzählte ich Isabel nichts von meinem Verschwinden. Ja, ich erwähnte nicht einmal, daß Brigitte und ich uns trennten. Ich fragte sie einfach, ob ich vorbeikommen und eine Zeitlang bei ihr wohnen könne. Ohne zu zögern, antwortete sie auf die für sie typische Art: Ich könne bleiben, solange ich wolle – ja ich würde ihr sogar einen Gefallen tun, denn sie würde in diesem Sommer in Oslo unterrichten und sie habe schon jemanden suchen wollen, der in dieser Zeit die Wohnung hütete. Auch das war typisch Isabel: daß sie ihre eigene Großzügigkeit herabspielte, sie als Eigennutz tarnte.

An diesem Abend rief ich bei Fernanda an, um mit Brigitte zu sprechen. Ich sagte ihr, sie könne in unserer Wohnung bleiben. Sie müsse schließlich an ihre Karriere als Tänzerin denken – an ihre Zukunft. Ich fände es richtiger, sagte ich, wenn ich derjenige wäre, der auszog.

»Und was ist mit *deiner* Karriere?« sagte sie. Ihre Stimme klang merkwürdig flach, fast unwillig, als frage sie nur aus Höflichkeit.

Ich gab ihr irgendeine unverbindliche Antwort. Als sie mich fragte, wo ich denn wohnen würde, sagte ich, sie solle sich keine Sorgen machen. Ich würde schon etwas finden.

»Was ist mit dem Geld?«

Ich konnte nicht ganz folgen.

»Die Miete«, sagte sie. »Allein kann ich die Miete nicht bezahlen.«

»Ah, ich verstehe.« Ich hielt inne. »Du wirst wohl jemanden finden müssen, der mit dir zusammenzieht.«

Sie atmete schnell ein, als wäre sie über meine Antwort verblüfft, doch dann wurde mir klar, daß sie rauchte. Sie rauchte oft am Telefon, in der einen Hand den Hörer, in der anderen die Schachtel und die brennende Zigarette. Mit einer fehlenden Zigarette hatte alles angefangen, und jetzt, da wir am anderen Ende angelangt waren, rauchte sie. Es lag eine gewisse Ordnung darin – eine fast komische Symmetrie. Doch Brigitte sagte etwas.

»Jemanden, der mit mir zusammenzieht?« Sie klang nervös, besorgt.

»Das dürfte doch nicht so schwer sein«, sagte ich. »Es ist eine hübsche Wohnung.«

Ich habe andere Leute davon reden hören, wieviel Trost eine Frau einem spenden kann, doch ich selbst habe so etwas nie erlebt. Vielleicht liegt das ja an einem Mangel meinerseits, vielleicht bin ich irgendwie gestört. Ich weiß es nicht. Oder vielleicht ist es nur, weil ich niemals Trost gesucht, niemals wirklich Trost gebraucht habe – jedenfalls bis zu jenem grauen Nachmittag im Mai, als ich nach achtzehn Tagen Abwesenheit in unsere Wohnung zurückkam ...

In dem Moment brauchte ich ihn mehr, als ich jemals irgend etwas gebraucht habe.

Da man mir jedoch keinen Trost anbot, da er mir nicht zur Verfügung stand, konnte ich mein Geheimnis nicht loswerden, konnte ich gar nicht erst anfangen, meine Wut oder meine Scham abzubauen. Ich konnte keine Verbindung herstellen zwischen meinem vorherigen Leben und dem, das ich von nun an würde führen müssen. Statt dessen zerfiel mein Leben in zwei Teile, die miteinander auf Kriegsfuß standen, wie zwei streunende Kater, die um dasselbe Revier kämpfen, und ich spürte, es würde nicht allzulang dauern, bis einer von beiden für immer vertrieben war.

Manchmal frage ich mich, was wohl passiert wäre, wenn Brigitte den Glaskrug abgestellt und gesagt hätte: *Komm her.* Wenn sie meinen Kopf in die Hände genommen und ihn sanft an ihre Brust gezogen hätte ...

Das ist natürlich eine reine Wunschvorstellung.

Brigitte war Tänzerin – Künstlerin. Das einzige, was sie hegen und pflegen konnte, war ihr Talent. Das sage ich ohne Bitterkeit und Groll. Ja es ist nicht einmal als Kritik gemeint. Es ist ganz einfach eine Tatsache.

Die Wahrheit ist, daß es in unserer Beziehung nur einen gab, der fähig war, jemanden zu trösten und zu unterstützen, und das war ich.

Ich nahm fast nichts aus der Wohnung mit – meine Notizbücher, ein paar Fotos, etwas zum Anziehen. Als ich zu meinem Wagen ging, schlug es zwölf. Ich verstaute die Kisten im Kofferraum, dann setzte ich mich hinters Lenkrad. Durch die Windschutzscheibe sah ich einen Mann meines Alters, der auf dem Dach eines Hausbootes saß und las. Er hatte zerzauste schwarze Haare und trug ölbefleckte, dunkelgrüne Bermudashorts. Er war zu sehr in sein Buch vertieft, um mich wahrzunehmen. Ich sah, wie eine Katze um ihn herumstrich, wobei ihr Schwanz sich um eines seiner dünnen, braunen Beine schlang. Die Sonne schien flach auf den Kanal und ließ das Wasser opak aussehen. In der Ferne hörte ich einen Motor anspringen, ein schläfriges Geräusch, wie wenn eine Wespe im September gegen eine Fensterscheibe fliegt. Ich steckte den Schlüssel ins Zündschloß, drehte ihn jedoch nicht herum. Am liebsten wäre ich für immer geblieben, wo ich war. Mit dem lesenden Mann, der Katze, der Sonne auf dem Kanal ... Eine Minute verging, dann noch eine. Der Zauber hielt an. Dann startete ich den Motor, legte den Gang ein und fuhr aus der Parklücke in Richtung Haarlemerweg, der mich, wie der Name sagt, nach Haarlem bringen würde und dann weiter in Richtung Küste ...

Während ich so dahinfuhr, verspürte ich keinerlei Bitterkeit oder Reue. Nein, nichts dergleichen. Statt dessen befand ich mich in einer Art Schwebezustand. Als wäre ich, nachdem ich tagelang zu viel gewogen hätte, plötzlich fast schwerelos. Ich nahm das Zittern der Bäume am Straßenrand wahr und daß die Sonne die Blätter alle mit einem silbrigen Glanz überzog. Ich nahm den kühlen Luftzug wahr, der durch das halboffene Fenster hereindrang, Luft, die mit einer zarten Spitze aus Salz gesäumt zu sein schien. Ich benutzte nur die hellen Partien meines Geistes, die glänzenden Oberflächen: Wenn ich versuchte, mir das Innere meines Kopfes vorzustellen, sah ich etwas vor mir, das glatt war und konkav und schimmerte und keinerlei Angriffspunkt bot – alles glitt mühelos ab.

Ich glaube, in gewisser Hinsicht sind alle Tänzer introvertiert. Und ebenso sind sie auch alle eitel. Das gehört zu einer selbstkritischen Haltung mit dazu, und Selbstkritik ist für einen Tänzer ein zentrales Moment seiner Kunst: Man muß wissen, wie man die Eitelkeit zu seinem Vorteil nutzt. In der Wohnung, in der ich mit Brigitte gelebt hatte, hingen überall Fotos von uns. Das war im Grunde kein Exhibitionismus – oder wenn, dann nur insofern, als es in unserer Kunst darum ging, sich zur Schau zu stellen. Mir fällt kein Beruf ein, in dem man so viel Zeit vor dem Spiegel verbringt wie als Tänzer. Tänzer studieren jedes Detail von sich selbst – jeden Muskel, jede Sehne, jede Krümmung eines jeden Glieds. Sie lernen ihren Körper auswendig. Sie erforschen ihr eigenes Potential, doch sie suchen auch nach ihren Grenzen, ihren Fehlern. Damit sie daran arbeiten können. Insofern ist ihre Eitelkeit eine Form von Meditation, eine Art Perfektionismus. Manche Tänzer treiben es natürlich ein wenig zu weit. Vivian zum Beispiel. Vivian hatte immer irgendein Leiden – oder zumindest irgendein Problem. Ihre Sensibilität für ihren eigenen körperlichen Zustand war so hoch entwickelt, daß sie Verletzungen vorausahnte, zu denen es oft gar nicht kam.

Wenn man zu Vivian ging und sie fragte: *Wie geht's?*, nahm sie die Frage ganz wörtlich. An guten Tagen gab sie eine lakonische Antwort wie: *Na ja, ich werd's überleben.* Ansonsten mußte man sich eine Litanei von Beschwerden anhören. Und dann war da natürlich noch Milo – Milodrama, wie wir ihn nannten ... Ein solches Maß an Selbstbezogenheit war in der Welt des Tanzes nichts Besonderes, doch ich gehörte jetzt nicht mehr dazu. Ich hatte mich von all dem verabschiedet. Ich war von etwas befreit worden, womit ich jahrelang gelebt hatte – um nicht zu sagen, wo*von*. Ich war von etwas befreit worden, das ich geliebt hatte. Endlich hatte ich eine Freiheit, die durch nichts bestimmt, die weder gut noch schlecht war. Diese Freiheit war völlig unzweideutig – eine Freiheit, wie sie der Tod verleiht.

Das Haus stand auf einer kleinen Anhöhe, von der Isabel gern als dem höchsten Punkt Hollands sprach. Als ich die lange, kurvige Straße hinauffuhr, sah ich sie zu meinem Erstaunen am Gartentor stehen – dabei hatte ich ihr gar nicht gesagt, wann ich kommen würde. Man erkannte sie schon von ferne; mit ihrem geraden Rücken und dem leicht erhobenen Kinn wirkte sie oft, als würde sie Truppen inspizieren. An jenem Nachmittag trug sie ein schlichtes weißes Kleid, und ihr Haar war zu einem Knoten aufgerollt. Vor ihrer Brust hing eine Sonnenbrille an einer silbernen Kette. Ich stellte den Wagen ab und ging mit einem Strauß Lilien auf sie zu, die ich auf dem Weg in einem Blumenladen gekauft hatte.

»Ich hab es klingeln hören«, sagte sie, »aber es war niemand da«, und sie runzelte kurz die Stirn und schüttelte dann den Kopf, als zweifle sie an ihrem Verstand.

»Du warst nur ein bißchen zu früh dran«, sagte ich, »das ist alles.«

Ich küßte sie dreimal, wie es in Holland üblich ist, und reichte ihr die Lilien. Sie blickte auf sie hinab, aber nur eine Sekunde lang.

»Wunderbar«, sagte sie.

Ich mußte lächeln. Wie oft hatte ich Isabel Blumensträuße bekommen sehen – auf der Bühne, in der Garderobe, auf Partys –, und wenn sie auch häufig schnell darüber hinwegging oder sie nicht eines Blickes würdigte, so wußte ich doch, daß das weniger Arroganz war als vielmehr das Gegenteil: eine Art Bescheidenheit, ein Gefühl ihrer eigenen Unwürdigkeit, eine grundsätzliche Unzufriedenheit mit allem, was sie leistete.

Wir wandten uns um und gingen ins Haus. Im Flur stießen wir auf einen stämmigen Mann mittleren Alters. Er hatte schwarzes Haar und dunkle Augen und schlitzte gerade mit einem Papiermesser einen Brief auf. Ich erinnere mich, daß ich dachte, sein Anzug habe genau die Farbe von Vollmilchschokolade.

»Isabel«, sagte er. »Ich dachte, du wärst in Oslo.«

Isabel sagte, sie würde erst am Freitag fahren, das wisse er doch ganz genau; sie habe es ihm mindestens ein halbes Dutzend mal erzählt. Der Mann hörte ihr mit einer Mischung aus Schwermut und Belustigung zu. Seine Augen wanderten kurz zu den Lilien in ihrer Hand, dann sah er wieder auf – jedoch nicht zu ihr, sondern zu mir. Sein Blick war merkwürdig abschätzend, als erinnere er sich an etwas, was er über mich gehört hatte, und würde mich jetzt daran messen. Isabel stellte uns einander vor. Der Mann hieß Paul Bouhtala und war ein Nachbar von ihr. Als sie ihm sagte, ich würde den Sommer über bei ihr wohnen, meinte er, wir könnten ja einmal zusammen essen – vorausgesetzt, natürlich, daß ich Zeit hätte. Ich lächelte und dankte ihm für die Einladung.

»Paul war einmal Diamantenhändler, unter anderem«,

erzählte Isabel mir, als sie die Tür zu ihrer Wohnung öffnete. »Aber ich glaube, jetzt ist er im Ruhestand.« Sie stieß einen Seufzer aus, der wohl mehr mit ihrem eigenen Lebensabend zu tun hatte als mit dem Paul Bouhtalas.

Wir saßen auf ihrer nach hinten hinausliegenden Terrasse und tranken selbstgemachte Limonade. Ich war mir sicher, daß sie die Abschürfungen an meinen Handgelenken bemerkte, doch sie fragte mich nicht, was passiert war – weder an diesem Nachmittag noch an einem anderen. Ja, sie machte nicht einmal eine Andeutung in diese Richtung. Und doch hatte ich das Gefühl, daß sie mir zugehört hätte, wenn ich davon hätte sprechen wollen. Sie hatte mehr als ihr halbes Leben lang mit Tänzern gearbeitet. Sie wußte, wann sie zurücktreten und ihnen Raum geben und wann sie eingreifen mußte.

Das sind die Menschen, die ich am meisten schätzen gelernt habe – Menschen, die so etwas können. Dieses Taktgefühl, dieses feine Gespür, diese Anmut – für mich stellt das eine Art Weisheit dar. Sie sind nicht damit zur Welt gekommen. So etwas wird einem nicht in die Wiege gelegt. Es ist eine Fähigkeit, die man in sich entdecken und ausbilden muß.

An jenem Tag machte Isabel uns ein leichtes Abendessen – Fettucine mit Waldpilzen und Tomatensalat mit frischem Basilikum. Wir tranken eine Flasche gekühlten Weißwein und danach selbstgebrannten Birnenschnaps. Zum Kaffee rauchte sie mehrere von ihren ägyptischen Zigaretten, die nach Holz rochen und auch ein wenig nach Schlagsahne. Sie hatte mit Anfang sechzig zu rauchen begonnen und hielt die Zigarette immer waagerecht zwischen Zeigefinger und Daumen, was ihr in meinen Augen etwas von einer Spielerin gab. Unbekümmerter geworden durch den Alkohol, fragte ich sie nach ihrem früheren Leben, nach der Zeit vor dem Krieg. Man munkelte etwas von einer lesbischen Affäre. Angeblich war sie, als sie noch mit einem holländischen Industriellen verheiratet gewesen war, einer ukrainischen Primaballerina verfallen. Die Einzelheiten waren vage und skandalös.

»Das interessiert dich doch nicht wirklich, oder?« fragte sie und sah mich durch den Rauch prüfend an, der verschlungen vor ihr in die Luft hing wie helles Gestrüpp.

Ich versicherte ihr, daß es mich interessiere.

»Du willst mir nur schmeicheln«, sagte sie.

Ich lächelte. »Das würde ich niemals wagen.«

»Das ist das Schrecklichste am Alter«, sagte sie. »Niemand will mehr deine Geschichten hören!« Sie kicherte. »Und dabei hat man so viele.« Dann hustete sie und klopfte die Asche in das Silberschälchen neben ihrem Ellbogen.

Das hat sich mir von diesem ersten Abend in Bloemendaal am stärksten eingeprägt: der sahnige Geruch von Isabels Zigaretten und dann etwas, was sie mir von der Ballerina erzählte.

»Es war wirklich merkwürdig …« Isabel sprach sehr leise, und in ihrer Stimme lag eine gewisse Verwunderung, als versetze das, was ihr so deutlich in Erinnerung geblieben war, sie noch immer in Staunen. »Dieses Mädchen hatte am Rücken ein Muttermal, ganz unten, am Steißbein. Es war blaßrosa und ungefähr so groß.« Sie hielt Daumen und Zeigefinger in einem Abstand von fünf Zentimetern hoch. »Und stell dir vor: Es sah aus wie ein Seepferdchen …« Sie hielt inne, in die Erinnerung versunken. »Genau wie ein Seepferdchen«, sagte sie, und dann schüttelte sie den Kopf und lehnte sich auf ihrem Stuhl zurück, und ihr Blick wanderte an mir vorbei in die Dunkelheit.

Das Gästezimmer lag am anderen Ende der Wohnung, über dem Arbeitszimmer. Ich mußte über eine schmiedeeiserne Wendeltreppe nach oben steigen, vorbei an chaotisch mit Büchern vollgestopften Regalen, und mich dann durch einen unbeleuchteten Korridor vorantasten, der so eng war, daß ich mit den Schultern an die Wände stieß. Schließlich kam ich zu einer Tür. Ich machte sie vorsichtig auf und tastete rechts nach dem Lichtschalter. Das Zimmer entsprach nicht ganz meiner Erinnerung. Mit seinem Eisengestell und der weißen Tagesdecke wirkte das schmale Bett spartanisch, fast klösterlich – wo war die Bettcouch geblieben, auf der ich mit Brigitte geschlafen hatte? –, doch die Wände waren in einem pudrigen Eierschalenblau gestrichen, und die Truhe am Fußende des Bettes sah aus, als hätte sie einst einem Piratenkapitän als Schatztruhe gedient. Auf dem Nachttisch stand eine Vase mit Schwertlilien. Auf dem Boden lag ein schlichter Teppich, dessen leuchtende, helle Farben mich an die Sahara denken ließen, obwohl ich dort noch nie gewesen war. Der Raum hatte nur ein Fenster, in der schrägen Wand gegenüber dem Bett. Es hatte zwei Flügel, die nach außen zu öffnen waren, wie Fensterläden. In dem Zimmer war es so still, daß man meinte, die Luft zu hören.

An jenem ersten Abend lehnte ich mich, leicht angetrunken, auf das Fensterbrett und sah zu, wie die Schwärze des Waldes strudelte und pulsierte. Ich dachte an das rosarote Seepferdchen am Steißbein der Ballerina und dann an die münzförmige Narbe an der Hüfte einer Frau, die ich Astrid genannt hatte. Dann wurde mein Kopf völlig leer.

Wind strich durch die Bäume. Es roch nach Kiefernnadeln, nach dem salzigen Meer und nach feuchter Erde.

In jener Nacht schlief ich tief und traumlos.

Am nächsten Morgen öffnete ich um zehn Uhr die Augen. Auf dem Boden lag ein dünner Streifen Sonnenlicht wie eine liegengebliebene Stange für einen Treppenläufer. Noch halb schlafend, nahm ich dies als Mahnung, vorsichtig zu sein. Die Welt war voller Knicke und Falten. An manchen Stellen fehlte ein Stück. Wenn ich nicht aufpaßte, konnte ich stolpern und hinfallen.

Vier Tage nach meiner Ankunft fuhr Isabel ab. Sie würde bis Anfang September in Oslo bleiben. Von da an hatte ich die Wohnung für mich allein. Was habe ich in den ersten paar Wochen getan? Dinge, die ich vermutlich als Junge getan hatte. Morgens sonnte ich mich auf der Terrasse, während dicht neben meinem Kopf Isabels Transistorradio lief, oder ich lag auf dem Sofa und las. Später machte ich dann einen langen Spaziergang durch den Wald oder über die Dünen; ich hatte mir die holländische Küste nie genauer angesehen – dazu hatte ich nie die Zeit gehabt –, und ich lernte die weiten, öden Strände, das Fehlen irgendwelcher Markierungen bald lieben. Am Nachmittag lag ich bei offenem Fenster in dem blaßblauen Zimmer und schlief. Geräusche drangen zu mir herauf – ein Auto, das im zweiten Gang den Hügel hinaufkroch, Stimmengemurmel im Garten, ein Flugzeug in der Ferne ... Mindestens einmal am Tag fuhr ich hinunter ans Meer und ging schwimmen – meist vor dem Frühstück oder am Abend, wenn ich dort fast allein war. Denn das hatte ich festgestellt: Mit Menschen wollte ich nichts zu tun haben. Ich wollte nicht gesehen werden, von niemandem.

Seltsamerweise kam ich dennoch auf Paul Bouhtalas Vorschlag zurück. Mit seiner dicken Taille und dem glänzenden schwarzen Schnurrbart sah Bouhtala eher wie ein Mexikaner als wie ein Holländer aus. Er hatte tiefliegende und dennoch große Augen mit schweren Lidern, und er betrachtete mich mit einem gelangweilten, überdrüssigen

Blick, den ich einschüchternd fand. Trotzdem aß ich in jenem Sommer mehrmals mit ihm zu Abend. Er wohnte im Erdgeschoß, in einer Wohnung, die sehr umständlich zu erreichen war: entweder – wenn man durchs Haus ging – über ein verwickeltes System von Treppen und Gängen oder indem man ums Haus herumging, über ein Gemüsebeet, mehrere Beete voll Brennesseln und eine Wiese mit verwilderten Apfelbäumen. In seinen dunklen Räumen, deren Wände mit Lithographien und Gobelins bedeckt waren, erzählte er mir von seinen Reisen, seinen Geschäftsideen, seinen Betrügereien (seine Bereitschaft zu solchen Geständnissen stand in einem merkwürdigen Kontrast zur Umgebung, die einen das Gegenteil hätte erwarten lassen: Geheimniskrämerei und Mystifizierung). Ich saß meist am Fenster auf seinem braunen Samtsofa und hörte ihm stundenlang zufrieden zu, selbstvergessen und völlig in seinem Leben aufgehend. Das Weiße in seinen Augen war fast zu weiß – es erinnerte mich an Porzellan –, und er pflegte sich auf irritierende Art über den Schnurrbart zu streichen: Er legte zuerst zwei Finger an die Oberlippe, und dann teilten sich die Finger langsam und genüßlich zu einem V. Diese Geste wirkte so absichtsvoll, daß ich mich oft fragte, ob sie nicht ein Zeichen war, das ich hätte verstehen sollen, ein Signal, auf das ich hätte reagieren müssen – doch vielleicht las ich auch zuviel in das Ganze hinein. Wie Isabel erwartete auch er nichts weiter von mir als meine Gegenwart, und nach einer Weile kam mir der Gedanke, sie könnte ihn gebeten haben, mir Gesellschaft zu leisten. Manchmal hatte ich das Gefühl, daß alle Menschen angehalten worden waren, nett zu mir zu sein, selbst Leute, die ich nicht kannte, und ich spürte, daß ich das irgendwann leid sein, irgendwann dagegen rebellieren würde …

Es war ein heißer Sommer, der heißeste seit Jahren. Ich sah zu, wie mein Körper in der Sonne langsam braun wurde. Ich sah zu, wie er heilte. An den Abenden saß ich draußen vor den offenen Terrassentüren und ließ auf dem Eichentisch im Wohnzimmer Kerzen brennen. Ich hörte Platten auf Isabels altmodischer Stereoanlage – Mahler, Puccini, Bach –, und die Kerzenflammen tanzten unruhig in der Dunkelheit, und der verwilderte Garten unter mir war von Rascheln und sich bewegenden Schatten erfüllt. Manchmal klingelte das Telefon – ein naives Geräusch, das übereifrig, fast verzweifelt klang. Wenn ich abnahm, war es immer für Isabel. Doch ich kam mir durchaus nicht vernachlässigt vor. Ich war auch nicht unglücklich. Wörter wie »glücklich« schienen auf meine Lage einfach nicht anwendbar zu sein.

Mein dreißigster Geburtstag kam und ging ungefeiert vorbei. Am Abend rief ich meine Eltern in England an. Ich hatte sie zuletzt einen Tag nach meiner Freilassung gesprochen, und die Stimme meiner Mutter hatte zittrig und ängstlich geklungen. Ich hatte ihr gesagt, es sei alles viel Wirbel um nichts gewesen. Ich hätte einfach einmal allein sein wollen, hätte Zeit zum Nachdenken gebraucht (ich dachte, das würde glaubhaft klingen, denn mit dreizehn oder vierzehn war ich oft mitten in der Nacht mit dem Fahrrad zum New Forest hinausgefahren, und wenn ich zurückkam, saß sie immer krank vor Angst in der Küche und wartete auf mich). Doch es war schwer gewesen, sie anzulügen, nicht zuletzt deshalb, weil ich noch vor mir sah, wie sie sich in dem weißen Zimmer mit ihrem Faltenrock unter dem Vollmond drehte. Und noch jetzt fiel es mir schwer, zu glauben, daß sie keine Ahnung hatte, was geschehen war.

»Herzlichen Glückwunsch, mein Schatz«, sagte meine Mutter. »Wie geht es dir?«

»Gut. Mir geht's gut.«

»Machst du heute abend was Besonderes?«

»Nein, eigentlich nicht.«

Ich konnte meine Mutter deutlich vor mir sehen. Wenn sie telefonierte, hielt sie sich den Hörer immer so fest, so entschlossen ans Ohr, daß sie aussah wie jemand, der einen Henkel an einen Krug anklebt.

Sie sagte, sie habe schon versucht, mich anzurufen, doch es sei niemand dagewesen. Ich sei nicht mehr in der Wohnung, erklärte ich ihr. Ich sei für eine Weile ausgezogen. Ich gab ihr Isabels Nummer.

»Bist du sicher, daß es dir gutgeht?« fragte meine Mutter nach.

»Ja, mir geht's bestens.«

Dreißig, dachte ich. Mein Kopf war leer. Ich hatte keinerlei Empfindungen.

Wir unterhielten uns noch fünf Minuten oder zehn, erst über meinen Vater, der offenbar zuviel arbeitete (mein Vater hatte eine Firma, die Großbetriebe mit Industriestaubsaugern belieferte), dann über meinen Bruder, der versprochen hatte, Weihnachten heimzukommen. Sie fragte mich, wann ich wieder einmal nach Hause käme, und ich sagte ihr, bald, obwohl ich das eigentlich nicht glaubte.

Später, nach diesem Telefonat, fuhr ich hinunter zum Strand. Ich marschierte etwa anderthalb Kilometer auf dem flachen harten Sand, dann ging ich landeinwärts durch die Dünen. Ich konnte nicht nach England fahren – noch nicht. Ich würde es einfach nicht durchstehen. Ich liebte meine Eltern, hatte sie immer geliebt, aber hierbei konnten sie mir nicht helfen.

An manchen Abenden in jenem Sommer ließ die sich herabsenkende Dunkelheit die grünen Dielen in Isabels Wohnung fast schwarz aussehen. Die Kerzenflammen schwankten in der kühlen Nachtluft, die im Zimmer kreiste. An solchen Abenden sah ich hinüber zum Telefon, das auf einem kleinen runden Tisch in der Ecke wartete, und dachte daran, Brigitte anzurufen, doch es war seltsam: Noch bevor ich den Gedanken verwarf, stellte ich dann jedesmal fest, daß mir die Nummer entfallen war – eine Nummer, die sieben Jahre lang meine eigene gewesen war.

Von Zeit zu Zeit, immer wenn ich es am wenigsten erwartete, tauchte vor meinen Augen kurz eine weiße Wand auf, die mit Klammern, Ringen und Halterungen versehen war, oder eine Frau, die nur eine scharlachrote Kapuze trug. Es fühlte sich an wie eine Geschichte, die ich um drei Ecken gehört hatte, etwas, was jemand anderem passiert war, einem Menschen, dem ich nie begegnen würde, einem Fremden. Aber wenn diese Bilder so in mir aufschienen, wurde mein Körper ganz heiß, und das Herz schlug mir auf einmal viel zu massiv in der Brust, mit einem Geräusch, wie wenn man einen Schmiedehammer hoch über seinen Kopf hebt und immer wieder auf jemandes Rasen herabsausen läßt.

Als ich eines Abends bei Paul Bouhtala war und die Bilder an seinen Wohnzimmerwänden studierte, fiel mir eine gerahmte Schwarzweiß-Fotografie von einem Japaner auf, der auf einem Sofa lag. Er war nackt bis auf einen Lendenschurz, und sein Körper war mit Tätowierungen bedeckt.

»Gefällt dir das Bild?«

Ich drehte mich abrupt um. Bouhtala sah aus dem Halbdunkel am anderen Ende des Raumes zu mir herüber, wo er sich einen Cocktail mixte.

»Interessant«, sagte ich.

»Ich hab es in Yokohama aufgenommen, vor gut dreißig Jahren ...«

Er begann, mir eine seiner üblichen Geschichten zu erzählen – eine, in der es, wenn ich mich recht erinnere, um einen transsexuellen Koreaner, eine Messerstecherei und eine Bootsladung Rauschgift ging.

»Du bist sicher nicht tätowiert?« sagte er und klang bereits enttäuscht.

Ich schüttelte den Kopf. »Nein.«

Doch dann zuckte ich zusammen: Mir fiel ein, daß ich gelogen hatte.

»Was ist?« fragte Bouhtala, der mich immer noch neugierig ansah, jetzt von seinem braunen Ledersessel am Kamin aus. In der Tiefe seines Glases leuchtete eine Maraschinokirsche wie ein Edelstein.

»Nichts«, sagte ich. »Mir ist nur jemand eingefallen. Ein Freund von mir.«

Als ich später wieder in Isabels Wohnung war, zog ich mich aus und stellte mich im Badezimmer vor den Spiegel. Die Spuren an meinen Hand- und Fußgelenken waren längst verschwunden, doch Maudes Tätowierung, dieses grob in meine Haut geritzte Zeichen ihres Anspruchs auf mich, war noch deutlich zu erkennen.

Am nächsten Morgen fuhr ich zum Bahnhof von Bloemendaal und kaufte eine Fahrkarte nach Amsterdam. Ich stieg in Haarlem um und saß dann am Fenster und sah zu, wie das flache grüne Land vorbeiflog. Ich war zwei Monate fort gewesen. Ja, es kam mir sogar noch länger vor. Mein Magen zog sich zusammen, und ich griff in meine Tasche und nahm das Notizbuch heraus, das ich mitgenommen hatte. Beim Frühstück hatte ich mir den Namen und die Adresse aller Tätowierungsstudios notiert, die im Amsterdamer Telefonbuch verzeichnet waren. Ich schlug das Notizbuch auf, ging die Liste durch und überlegte, welches wohl das beste war. Das konnte ich natürlich nicht wissen. Schließlich traf ich eine mehr oder weniger zufällige Wahl, die sich nur darauf gründete, daß ich die Straße kannte. Dann sah ich vor dem Fenster Wohnblocks vorbeiziehen, deren Fassaden mit einförmigen Quadraten in Gelb, Rot und Blau verziert waren. Die Vororte von Amsterdam.

Ich trat aus dem Hauptbahnhof, ging an den Männern vorbei, die auffällig neben den Telefonzellen herumlungerten, vorbei an der wirren Menge von Fahrrädern in den Ständern und dann über den weiten, öden Platz hinter den Straßenbahnen, in Richtung Zeedijk. Ich hatte den Rotlichtbezirk bei Tag stets gemocht, vor allem bei Sonnenschein – diese matte, verschlafene Stimmung in den Straßen, das wäßrige, blasse Neonlicht und ab und zu ein Mädchen, das mit vollem Make-up und absurd hohen Absätzen zur Arbeit ging –, doch als ich ihn jetzt durchquerte, schien mir, daß mich diese Welt nur darum angezogen hatte, weil sie so weit von meiner eigenen entfernt gewesen war. Mit der Naivität des Unerfahrenen, Ahnungslosen hatte ich mir ein romantisches Bild gemacht. Jetzt dagegen erschien mir der Anblick einer in Latex oder Plastik gekleideten Frau als etwas , das mir nur allzu vertraut war, und ich ging eilig weiter, die Hände in den Taschen vergraben und den Kopf gesenkt.

Als ich schließlich bei dem Tätowierungsstudio ankam, stand ich vor einer halb offenen Tür, durch die laute Musik wummerte. Das Fenster war aus Rauchglas, so daß man nicht hineinsehen konnte. Ich zögerte einen Moment und fragte mich, was für einen Laden ich mir da ausgesucht hatte, dann trat ich ein. Hinter einem Ladentisch saß ein Mann in einer schwarzen Lederweste und las Zeitung. Er beugte sich über die Titelseite, die er mit seinen nackten Unterarmen einrahmte, als würde er sie bewachen; ich sah von seinem Kopf nur den Scheitel, wo sein blondes Haar in einem Wirbel zusammenlief, wie ein Schneckenhaus. Ich glaube kaum, daß er mich bei dem aus den Lautsprechern dröhnenden Lärm hatte hereinkommen hören, aber irgendwie mußte er meine Gegenwart gespürt haben, denn als ich näher kam, hob er den Kopf und stellte die Musik leiser. Ich erklärte ihm, ich hätte eine Tätowierung, die ich gern loswerden würde. Er fragte mich, wo sie sei. Ich zeigte mit dem Finger auf die Stelle. Die Zeitung beiseite schiebend, lehnte er sich auf seinem Stuhl zurück. Lange Zeit habe man eine Tätowierung nicht wieder wegkriegen können, erklärte er mir, außer mit dem Skalpell, indem man die obersten drei oder vier Hautschichten buchstäblich abhob. Ja, sagte er, als er meinen Gesichtsausdruck sah, das war die einzige Möglichkeit. Er griff nach seinen Zigaretten, zündete sich eine an und hielt mir dann die Schachtel hin. Ich schüttelte den Kopf. Eine Tätowierung zu entfernen, fuhr er fort, sei damals ein chirurgischer Eingriff gewesen. In den siebziger Jahren hätten die Leute dann angefangen, Säure zu nehmen. Aber das sei nicht sehr genau und könne auch ziemlich schmerzhaft sein.

»Heutzutage, mit Laser – da ist das wirklich viel leichter geworden ...«

»Laser?« sagte ich. »Wie geht denn das?«

»Die Strahlen brechen die Zellen auf, aus denen die Tätowierung besteht, so daß sich die Tinte verteilt. Natürlich bleibt eine Narbe –« Er brach ab, zuckte die Achseln.

»Könnten Sie das sofort machen?«

Er legte seine Zigarette auf die Einkerbung im Aschenbecher. »Zeigen Sie mal her.«

Ich öffnete meine Hose und zog sie ein Stück herunter, so daß er die Tätowierung sehen konnte.

»Das wollen Sie weghaben?« fragte er.

Ich nickte.

»Das wundert mich nicht.« Er blickte mir ins Gesicht. »Haben Sie das selbst gemacht?«

»Nein. Nicht ich.«

Mich weiterhin fixierend, machte er es sich wieder auf seinem Stuhl bequem.

»Okay«, sagte er. »Ich verstehe.« Ein gedankenverlorenes Lächeln trat auf sein Gesicht, und ich fragte mich, was er wohl zu wissen glaubte.

Als er später an der Tätowierung arbeitete, merkte ich, wie auf einmal der ganze Raum leicht erbebte. Ohne aufzublicken, erklärte er mir, die U-Bahn gehe unter dem Haus hindurch. Er redete weiter, doch ich hörte ihm nicht mehr zu. Ich dachte an den Tag, an dem sie mich hinausgelassen hatten in den Garten, daran, daß ich in der Ferne einen Zug gehört hatte, das zögernde Stampfen der Räder, als würde er die Fahrt verlangsamen, in einen Bahnhof einfahren. Und ich erinnerte ich mich an läutende Kirchenglocken ...

Ein Bahnhof, eine Kirche – mir wurde klar, daß dies zwei Koordinaten waren. Und wenn das zwei Koordinaten waren, dann konnte ich sie, zumindest möglicherweise, benutzen, um das Haus zu finden, in dem ich gefangengehalten worden war.

In den darauffolgenden Wochen durchstreifte ich die Straßen von Amsterdam, systematisch, Stadtteil für Stadtteil. Mit jedem Tag wurde meine Erschöpfung größer und meine Enttäuschung auch. Die Koordinaten waren nicht so hilfreich, wie ich gedacht hatte. Es gab einfach zu viele Stellen auf dem Stadtplan, an denen sich ein Bahnhof und eine Kirche nah beieinander befanden. Die Stadt begann mir auf die Nerven zu gehen. Auf einmal kam es mir vor, als wären die Häuser an den Kanälen gar keine Häuser, sondern nur Fassaden aus buntem Pappkarton; die berühmten buckligen Brücken kamen mir ebenso zweidimensional vor. Ich bräuchte bloß die Hand ausstrecken, um sie alle umzustoßen. Nur ein Stadtteil zog mich mit einem unangenehmen Magnetismus an, den ich mir nicht recht erklären konnte. Es war eine Gegend im Osten, nicht weit von Muiderpoort. Dort wohnten vor allem Einwanderer – Marokkaner, Türken, Surinamer. Leere Bierflaschen waren in die Schiebefenster geklemmt, damit sie offenblieben, und dahinter hingen statt der klassischen holländischen Gardinen Holzperlenvorhänge oder bunte Plastikstreifen. In dem Café, in dem ich etwas trinken ging, standen schwarze Frauen mit Sonnenbrillen und kurzen Lederröcken herum. Davor stand ein Baum, in dessen Zweigen ein halbes Dutzend Kinder hing, wie Obst oder Vögel. Eine der Straßen verlief parallel zu den Gleisen, die erhöht auf einem Bahndamm lagen. Das schwerfällige Rollen der Räder war bis in die Seitenstraßen zu hören. Drei Kirchen gab es in dem Viertel, die alle in Hörweite der Gleise lagen, und ich fand zwei, drei Stellen, an denen die Geräusche sich auf eine Art verbanden, die mir bekannt vorkam. Aber wie sollte es weitergehen, wie sollte ich die Suche weiter eingrenzen?

Ich stand auf dem Gehsteig und versuchte nachzudenken, als sich plötzlich eine Hand um meinen Unterarm schloß. Ich drehte den Kopf und sah neben mir einen Mann stehen, ein Türke anscheinend, mit einem leidenden Zug um den Mund und einem Zweitagebart.

»*Zoeken*?« Er hielt inne und sprach dann auf englisch weiter. »Was suchen?«

Das war natürlich schwer zu erklären. Ich zögerte.

»Das hier ist Javaplein«, sagte er und beschrieb mit der freien Hand einen waagerechten Halbkreis – die Handfläche zeigte nach oben, und die Finger waren leicht gekrümmt.

»Ich weiß«, sagte ich. »Vielen Dank.«

Der Griff des Mannes wurde fester, und er sah mir mit gequälter Miene ins Gesicht. Er wollte mir helfen, und ich ließ ihn nicht.

»Ich suche drei Frauen«, sagte ich auf einmal.

Er wischte sich über den Mund, mit einer seltsamen Abwärtsbewegung der Hand, die an seinem Stoppelbart ein weiches, kratzendes Geräusch erzeugte, wie wenn man ein Streichholz anreißt.

»Frauen?« sagte er.

»Ja.«

Er sah mich noch einen Moment lang an, dann fuhr er mit der Hand durch die Luft – eine Geste, die mir irgendwie wegwerfend vorkam – und wandte sich ab.

Aber vielleicht hat er mir trotzdem geholfen, dachte ich – wenn auch nicht in dem Sinn, den er meinte. Er hatte mich auf eine Idee gebracht, mir einen Weg gewiesen. Ich begann, von Tür zu Tür zu gehen.

Als erstes geriet ich an eine Schwarze, die wohl Mitte sechzig war. Sie öffnete die Haustür etwa dreißig Zentimeter und spähte durch den Spalt heraus. Sie hatte merkwürdig orangegoldenes Haar – vermutlich eine Perücke.

»Ich suche drei Frauen«, erklärte ich ihr. »Drei Frauen, die im selben Haus wohnen.«

Die Frau starrte mich an und wackelte leicht mit dem Kopf.

»Vielleicht leben sie auch nicht zusammen«, fuhr ich fort. »Vielleicht sind sie nur befreundet. Haben Sie so jemanden hier gesehen?«

Die Frau starrte mich immer noch an, doch der Spalt schien schmäler geworden zu sein.

»Drei Frauen«, sagte ich. »Holländerinnen.«

Die Frau schlug mir die Tür vor der Nase zu, wenn auch langsam, als wolle sie nicht unhöflich sein.

Weiter hinten in der Straße sprach ich mit einem alten Mann in einer Strickjacke. Nein, er wisse nichts. Nein, keine Ahnung. Ich hatte das Gefühl, er hatte mir nicht einmal zugehört. In der nächsten Straße öffnete ein Marokkaner. Er verstand nicht, wovon ich sprach, auch nicht als ich zu Französisch überging. Zwei Häuser weiter stand ich vor einer jungen Frau mit einem Baby auf dem Arm. Noch bevor ich ausgeredet hatte, beschuldigte sie mich, ein Polizist in Zivil zu sein. Als ich das bestritt, nannte sie mich einen Lügner. Die Reaktion des Türken erwies sich als beispielhaft für die verschiedenen Formen von Mißtrauen, die ich bei allen, auf die ich traf, erregte.

Die Szene, die meine Nachfragen beendete, spielte sich in einer Straße ab, von der man auf die Gleise hinabsah. Als ich klingelte, stürzte ein bulliger Weißer in einem Seidenhemd und snow-washed Jeans aus dem Haus. Er hatte die Tür aufgerissen, als sei sie ein Ochse, den er zu Boden ringen wolle. Er war rot im Gesicht und außer Atem. Aus dem Innern des Hauses hörte ich laute Stimmen.

»*Wat moet je?*« fragte er.

Ich fragte ihn, ob er drei Holländerinnen gesehen habe.

Er sah die Straße entlang, erst in die eine Richtung, dann in die andere, und kam dann mit seinem roten Gesicht ganz nah an meines heran. »*Rot op.*« Als ich zögerte, lehnte er sich noch weiter vor. »*Ben je doof? Rot op!*«

Mir blieb nichts anderes übrig, als mich umzudrehen und zu gehen. An der Ecke sah ich noch einmal über die Schulter zurück.

Er verfolgte mich noch immer mit den Augen.

Es war merkwürdigerweise in derselben Woche, daß ich Mr. Olsen kennenlernte. Aus Anlaß seines Geburtstages veranstaltete Bouhtala in seiner Wohnung eine kleine Cocktailparty (niemand schien zu wissen, wie alt Bouhtala war, und er zog es vor, uns darüber im unklaren zu lassen), und Olsen war einer der fünfzehn oder zwanzig Gäste. Als er mir zum erstenmal auffiel, stand er in einem grünlichbraunen Wollpullover am Fenster und hielt ein Glas Bier vor seiner Brust. Er hatte ein freundliches, ein wenig zerknittertes Gesicht, und sein welliges Haar, das einmal blond gewesen war, war bereits leicht angegraut. Ich schätzte ihn auf Anfang fünfzig. Die meisten von Bouhtalas Gästen sahen aus wie Kunstliebhaber – einer erschien in einem kastanienbraunen Samtjackett mit einer gelben Rose im Knopfloch, ein anderer lehnte in einem engen schwarzen Anzug und schwarzem Hemd an einem Bücherregal –, und ihr Beruf, soweit sie einen ausübten, war ebenso glamourös und geheimnisvoll wie der Bouhtalas. Olsen fiel auf, weil er so normal aussah. Natürlich hatte ich in dem Moment noch keine Ahnung, daß er bei der *Jeugdpolitie* war, einer Abteilung der holländischen Polizei, die sich mit Delikten wie Kindesmißbrauch und Gewalt gegen Frauen befaßt. Wenn ich hätte raten sollen, was er von Beruf war, hätte ich wahrscheinlich auf Lehrer getippt.

Ich ging zu ihm hin und stellte mich vor. Olsen war Däne, aus Århus, doch er lebte seit zehn Jahren in Holland. Dann hätten wir ja etwas gemeinsam, sagte ich zu ihm. An seinen Augenwinkeln bildeten sich kleine Fältchen; er hob das Glas und trank. Auch Isabel hatten wir gemeinsam. Er war ihr mehrmals begegnet, zusammen mit Paul Bouhtala. Sie habe ihn tief beeindruckt, sagte er, nicht nur durch ihre Eleganz, sondern auch durch ihre Disziplin. Wie wohl den meisten Menschen sei ihm nicht bewußt gewesen, wieviel harte Arbeit in einer Ballettaufführung stecke. Ich fragte ihn, womit er selbst sein Geld verdiene. Die Antwort überraschte mich, und ich begann, ihn interessiert auszufragen. Irgendwann kam er auf unaufgeklärte Verbrechen zu sprechen – insbesondere auf solche, die nicht aufgeklärt werden konnten, weil sie niemals gemeldet worden waren. Er bezeichnete diese Verbrechen als »Dunkelfeld«, ein Ausdruck, der sich mir eingeprägt hat. Vielleicht hatte ich schon zu viele Cocktails getrunken – ich konnte mit Alkohol noch nie sehr gut umgehen –, denn ich entsinne mich, daß ich ihm erzählte, ich wisse von einem solchen Verbrechen. Wenn ihn das neugierig machte, so ließ er es sich nicht anmerken. Er hob nicht etwa den Kopf oder zog die Brauen hoch, wie manche Leute es vielleicht getan hätten. Nein, das war nicht seine Art. Er sah mich bloß über sein Bierglas hinweg an, und seine grauen Augen wirkten ruhig und aufmerksam. Ich erzählte ihm, ein Freund von mir sei von mehreren Frauen entführt und achtzehn Tage lang in einem Raum gefangengehalten worden. Olsen schwieg einen Moment, dann lachte er und sagte: »Wie schrecklich.«

Ich hatte die Geschichte noch keinem Mann erzählt, doch die Reaktion fiel genau aus, wie ich es erwartet hatte. Trotzdem stellte ich fest, daß ich ebenfalls lachte. Doch ein paar Minuten darauf sagte ich zu Olsen, ich bräuchte noch einen Drink – auch er wollte noch etwas trinken –, und verließ mit unseren beiden Gläsern den Raum. Im Flur zögerte ich einen Moment, dann stellte ich die Gläser auf den Tisch, öffnete die Wohnungstür und ging, die Tür hinter mir zuziehend, hinaus.

Es war eine neblige Nacht, eher wie im Oktober als wie im Juli. Ich knöpfte mein Jackett zu, schlug den Kragen hoch und ging in Richtung Obstgarten. Er war seit einigen Jahren nicht mehr gepflegt worden: Es gab keinen Weg, und an vielen Stellen war das Gras hüfthoch. Während ich vorsichtig zwischen den Bäumen hindurchstapfte, trat ich auf einen Apfel; ich spürte, wie er einen Moment lang Widerstand leistete und dann unter meinem Gewicht nachgab, als wäre er zumindest zum Teil verfault.

Als ich zur Straße kam, wandte ich mich nach links und ging den Hügel hinunter. Das verschwommene Licht einer Straßenlaterne, das Ticken eines im Leerlauf vorbeirollenden Fahrrads ... Warum war ich so abrupt gegangen? Hatte ich gehofft, daß Olsen mich überraschen, daß er anders reagieren würde als erwartet? Oder hatte ich einfach alles gesagt, was ich sagen konnte?

Am Fuß des Hügels blieb ich an einem Gatter stehen. Dahinter lag ein schmaler Kanal. Ich starrte auf die ruhige, glatte Wasseroberfläche, während die Stille sich um mich zusammenzog. Ein Ruderboot glitt aus dem Nebel auf mich zu. Ein Mann mit einer spitzen, dunklen Mütze beugte sich über die Riemen. Das nahezu gläserne Tröpfeln des Wassers, das von den Rudern fiel ...

Vielleicht war es der Schock darüber, daß ich es überhaupt erwähnt hatte.

Als ich später im Bett lag, war ich erschüttert, wie nah ich einem Geständnis gekommen war – noch dazu gegenüber einem Kriminalbeamten! Ich hörte sein Lachen und dann mein eigenes. Ich hörte ihn sagen: *Wie schrecklich.* Das Gespräch war von einer Ungezwungenheit gewesen, die ich nie hätte voraussehen können.

Am nächsten Tag bat ich Paul Bouhtala um Entschuldigung dafür, daß ich gegangen sei, ohne mich zu verabschieden. Er lächelte und sagte: »Na ja, es ist ja nicht so, als würden wir einander nie wiedersehen«, eine Aussage, die angesichts dessen, was zwei Wochen darauf geschah, fast etwas von einer Herausforderung des Schicksals hatte.

Der Sommer ging seinem Ende entgegen. An einem warmen Augustabend saß ich in Bouhtalas Wohnung und hörte mir eine seiner Geschichten an. Er erzählte mir, wie er zu seinem Feuerzeug gekommen war. Es war kein gewöhnliches Feuerzeug. Etwa zehn Zentimeter hoch und aus Stahl, stellte es einen schwarzen Panther dar, der auf den Hinterbeinen saß. Die Augen waren echte Brillanten. Bouhtala hatte gerade die Szenerie vor mir entstehen lassen– ein Nachtklub in Durban im Jahr 1962 –, als ich zu lächeln begann. Er brach mitten im Satz ab, zog fragend die eine Braue hoch und griff nach seinem Cocktailglas. In dem dämmrigen Halbdunkel des Raums sah seine Manschette so weiß aus, daß sie wirkte wie ein eigener Gegenstand, der sich unabhängig von ihm bewegte.

»Warum lächelst du?« fragte er mich.

»Ich habe gerade gedacht, ich könnte doch in deine Fußstapfen treten.« Ich spürte, wie mein Lächeln breiter wurde. Warum benutzte ich, wenn ich mit Ausländern Englisch sprach, häufig so altmodische Wendungen? Ich zögerte, und dann sagte ich: »Ich habe beschlossen, auf Reisen zu gehen.«

An jenem Morgen hatte sich etwas Besonderes ereignet. Als ich nach unten kam, war die Post schon da. Zuerst dachte ich, es sei nur eine Karte – das Munch-Gemälde darauf sagte mir, daß sie von Isabel war –, doch als ich in den Kasten griff, merkte ich, daß noch ein Brief darunter lag. Es war die Handschrift meiner Mutter. Das war an sich noch nichts Ungewöhnliches; sie schrieb mir oft, um Neuigkeiten von zu Hause zu berichten. Ich überflog Isabels Karte – *Es gibt hier einfach zuviel Licht*, beklagte sie sich, *wie soll man da schlafen können?* –, dann riß ich den Brief auf. Nachdem ich ihn das erstemal gelesen hatte, war ich nicht sicher, ihn richtig verstanden zu haben. Ich las ihn noch einmal langsamer durch. Dann ging ich hinaus auf die Terrasse, saß lange Zeit da und starrte in den Kiefernwald. Mein Großonkel war Anfang des Monats gestorben und hatte mir etwa sechzigtausend Pfund vermacht.

Das alles erzählte ich jetzt Bouhtala, und er hörte mir

aufmerksam zu, mich mit seinen dunklen Augen fixierend, die gefalteten Hände im Schoß. Bis er angefangen habe, mir von Durban zu erzählen, sagte ich, hätte ich keine Ahnung gehabt, was ich tun würde. Seit der Ankunft des Briefes hätte ich mir darüber den Kopf zerbrochen. Aber jetzt sei es mir dank seiner Hilfe klar.

Weder mein plötzlicher Reichtum noch mein Entschluß, auf Reisen zu gehen, schienen Bouhtala sonderlich zu überraschen, aber irgendwie wirkte er auf einmal bedrückt. Er hatte den Kopf eingezogen und war etwas tiefer in seinen Ledersessel gesunken.

»Hat dein Großonkel dir sehr nahegestanden?« fragte er mich.

»Nein, keineswegs«, sagte ich. »Ich habe ihn nur einmal in meinem Leben gesehen. Ungefähr vor fünf Jahren. Er ist zu einem Auftritt von mir im Sadler's Wells Theatre gekommen.« Ich hielt inne. »Er lebte in Kanada.«

Bouhtala nickte und betrachtete mich. »Du mußt ihn beeindruckt haben.«

»Es ist merkwürdig«, fuhr ich fort, »aber ich hatte mir langsam Sorgen ums Geld gemacht.« Ich hielt wieder inne und fügte dann hinzu: »Jetzt, wo ich nicht mehr tanze –«

Schweigen trat ein. Ich hörte das Haus knarren, das Zischeln des Nieselregens auf den Bäumen vor dem Fenster. Im Zimmer schien es dunkler zu werden. Es war das erstemal, daß ich es laut ausgesprochen hatte, und es klang seltsam plump, ja gekünstelt, wie von einem mittelmäßigen Schauspieler vorgetragen.

Schließlich nahm Bouhtala sein Glas, das neben ihm auf dem Tisch stand. Mit geschürzten Lippen sah er zu, wie die winzigen Ketten aus Bläschen nach oben stiegen und dort verschwanden. Er fragte mich, wohin ich fahren würde. Überallhin, sagte ich. Ich würde um die ganze Welt fahren.

Bouhtala lächelte kurz und trank einen Schluck. »Du wirst es nicht bereuen.«

Er stellte das Glas wieder hin, lehnte sich zurück, hob die rechte Hand und strich sich mit zwei Fingern über den Schnurrbart. Ich hatte mich inzwischen an diese Geste gewöhnt, doch unter den gegeben Umständen schien sie eine besondere Bedeutung anzunehmen. In dem Moment kam sie mir wie sein persönliches Zeichen der Zustimmung vor, wie eine Art stummer Segen.

Ich wußte, daß ich zu meinen Eltern fahren mußte, bevor ich aufbrach. Obwohl ich mich dem eigentlich noch nicht gewachsen fühlte, flog ich daher für ein Wochenende nach England. Graue Wolken sausten an den Fenstern vorbei, als das Flugzeug zitternd und rumpelnd über London hinunterging, und auf den Scheiben hinterließen Regentropfen schräge Kratzer. Obwohl August war, brannte in allen Flughafengebäuden Licht. Der Asphalt glänzte glitschig und schwarz unter einem düsteren Himmel.

Im Zug nach Hampshire dachte ich über meine seltsame Freundschaft mit Bouhtala nach. Ich hatte ihn zwar nicht öfter als ein-, zweimal die Woche gesehen, doch er war fast der einzige, den ich überhaupt sah; er war der Fixpunkt in meinem neuen unsicheren Leben, und ich fühlte mich ihm eigentümlich verpflichtet. Ich sah aus dem Fenster. Es regnete immer noch. Ein Schimmel stand in der Ecke einer Koppel unter einem Baum, mit gesenktem Kopf und verfilzter Mähne. Ich lächelte matt, als mir einfiel, daß Bouhtala einmal gesagt hatte, die Engländer hätten so schöne Haut, wohl zum Ausgleich für das scheußliche Klima.

Als ich ankam, stand niemand auf dem Bahnsteig, um mich abzuholen, doch das wunderte mich nicht weiter. Mein Vater würde noch bei der Arbeit sein, und meine

Mutter kam immer zu spät. Zwanzig Minuten darauf traf sie auf dem Parkplatz ein, wo ich auf einer Bank saß und las. Wir begrüßten einander neben dem Auto. Sie umarmend, küßte ich sie auf die Wange und atmete ihren Duft ein – den wachsigen, leicht theatralischen Geruch ihres Lippenstifts und den regenfeuchten Duft ihrer dunkelbraunen Haare, die sie färbte, damit man die silbernen Strähnen nicht sah. Sie sagte, es tue ihr schrecklich leid, daß sie so spät komme. Ob ich schon lange wartete? Ich lächelte sie von oben an.

»Ich bin gerade erst angekommen«, sagte ich.

»Du bist schon ewig hier.« Sie grinste wissend und schuldbewußt. »Das seh ich doch.«

Ich verstaute meine Tasche im Kofferraum und stieg ein. Bevor sie den Motor anließ, wandte sie sich mir noch einmal zu.

»Du siehst prächtig aus«, sagte sie.

Ihr Ton verriet, daß sie das nicht erwartet hatte, aber ich tat, als hätte ich es nicht gemerkt, und nach einer Weile streckte sie die Hand aus, rieb mir liebevoll die Schulter und sagte, wie gut es sei, mich wieder dazuhaben.

Meine Eltern waren seit fünfunddreißig Jahren verheiratet und hatten ein sehr entspanntes Verhältnis; sie brachten einander noch immer zum Lachen und gingen, so stellte ich mir zumindest gern vor, immer noch miteinander ins Bett. Doch an diesem Wochenende nahm ich eine neue Rastlosigkeit an ihnen wahr. Wie Kinder am Ende eines langen Tages schienen sie nicht zur Ruhe kommen zu können. Mein Vater schlug andauernd irgendwelche Unternehmungen vor – Ausflüge, Picknicks, Spaziergänge –, und das trotz des anhaltenden Regens, der inzwischen noch stärker geworden war. *Es soll später aufhören. Vielleicht können wir dann ...* Meine Mutter lief von Zimmer zu

Zimmer, als hinke sie ständig einem Zeitplan hinterher – einem Zeitplan, den niemand anderes durchschaute. Einmal folgte ich ihr aus reiner Neugier. Sie eilte mit einem feuchten Tuch in die Garage und begann, die Flaschen mit Fruchtsirup abzustauben, die sie auf einem Bord über der Gefriertruhe lagerte. Vierundzwanzig Stunden nach meiner Ankunft kam mir der Verdacht, daß meine Eltern sich vielleicht gar nicht anders benahmen als sonst. Vielleicht war ich derjenige, der sich verändert hatte. Doch sie wirkten so vergnügt dabei, so unermüdlich! Sie schienen unentwegt etwas erreichen zu wollen und es nicht zu schaffen.

Erst am Montag, nach dem Abendessen, kehrte endlich eine gewisse Ruhe ein. Es hatte aufgehört zu regnen, und die Nacht war warm und feucht. Wir stellten Stühle auf die Terrasse hinter dem Haus und tranken dort Tee in dem kalten Neonlicht, das durch das Küchenfenster auf unsere Gesichter fiel. Ich lehnte mich zurück und starrte, die Hände hinter dem Kopf verschränkt, in den Himmel. In neun Tagen würde ich im Flugzeug sitzen ... Ich verspürte keinerlei Aufregung, war nur erfüllt von dem Bewußtsein dessen, was ich tun würde und wie extrem es war.

»Deine Mutter hat mir erzählt, du willst auf Reisen gehen«, sagte mein Vater nach einer Weile.

Ich nickte. »Ja, genau.«

»Ist das denn klug?«

Ich blickte ihn unsicher an.

»An diesem Punkt deiner Laufbahn«, sagte er.

Ich war darauf vorbereitet. Die Geschichte, die ich mir ausgedacht hatte, klang überzeugend, denn sie war nur eine etwas übertriebene Version der Wahrheit.

Ich sei jetzt dreißig Jahre alt, erklärte ich ihm, und müsse mich damit abfinden, daß meine Karriere bald beendet sein würde – zumindest meine Karriere als Tänzer. Seit Jahren hätte ich zwölf Stunden am Tag gearbeitet, Woche für Woche, fast ohne zwischendurch frei zu haben. Außerdem hätte ich Rückenprobleme. Ich lehnte mich vor und erklärte, eingedenk der Vorliebe meines Vaters für alles Fachliche, ich hätte einen unbeweglichen, steifen Rücken. Durch das viele Springen hätte ich mir eine sogenannte Spondylolisthese zugezogen. Allgemeinverständlich ausgedrückt, bedeute dies: Einer der Wirbel unten an meinem Rücken – genauer gesagt L5 – habe sich verschoben. Der Physiotherapeut der Truppe habe mich gewarnt, wenn ich weitertanzen würde, könnte ich nicht nur schwere Schmerzen im unteren Rückenbereich bekommen, sondern würde sogar eine bleibende Behinderung riskieren. Zum Glück bliebe mir ja noch die Arbeit als Choreograph, und die würde auch noch dasein, wenn ich zurückkäme. Es fühlte sich komisch an, das zu sagen, denn ich hatte darüber bis dahin noch gar nicht nachgedacht.

Mein Vater fuhr sich mit der Hand bedächtig über sein schütter werdendes Haar.

»Und Brigitte?« fragte er. »Fährt sie mit?«

Brigitte ... Ich sah sie vor mir, wie ich sie zuletzt gesehen hatte: wie sie sich mit einem einzigen wilden, verzweifelten Blick in der Wohnung umsah. *Ich kann hier nicht mehr leben, nicht so.*

»Sie bleibt in Amsterdam«, sagte ich. »Sie hat schließlich ihre Karriere.«

Ich sah, wie das Kinn meines Vaters sich einen Zentimeter hob, in einer Art Nicken, doch zugleich zog er die Schultern nach vorn, als friere er. Brigitte hatte seine volle Zustimmung gehabt. Zum einen war sie zur Hälfte Französin, und mein Vater hatte Frankreich immer geliebt (in meiner Kindheit fuhren wir fast jeden Sommer mit der

Autofähre hinüber und dann weiter in die Bretagne, die Dordogne oder ins Languedoc). Außerdem war sie hübsch, was ein Pluspunkt war, doch das war nicht alles: Sie verfügte über das, was er »Elan« nannte, und das ließ sie in seinen Augen schön erscheinen. Ich sah zu, wie er nach seiner Tasse griff und an seinem Tee nippte. Er würde sie vermissen, dachte ich.

»Und wo willst du hin?« fragte meine Mutter.

»Nach Mexiko«, sagte ich, »zunächst mal.«

»Mexiko!« Sie lachte kurz und freudig auf, dann sah sie hinunter auf den Schoß ihres Kleides und schüttelte den Kopf.

Die Leute im Haus nebenan hatten alle Fenster geöffnet. Ihr Fernseher lief, ziemlich laut, und ich konnte die Musik hören, die den Beginn der Neun-Uhr-Nachrichten anzeigte.

»Wirst du auch gut auf dich aufpassen?« sagte meine Mutter.

»Natürlich.«

Mein Vater starrte in die Dunkelheit am anderen Ende des Gartens und räusperte sich. »Weißt du, wir machen uns nämlich Sorgen um dich ...«

»Ich habe euch beide sehr gern«, sagte ich.

Als ich wieder in Holland war, ging auf einmal alles sehr schnell. Mir blieb nicht einmal eine Woche, um mich auf meine Abreise vorzubereiten, und plötzlich gab es tausend Dinge zu erledigen. Zum Glück hatte ich mein Leben so eingerichtet, daß ich mich nicht von sehr vielen Leuten verabschieden mußte. Am Mittwoch rief ich Isabel in Oslo an und erzählte ihr von meinen Plänen. Sie würde erst in der zweiten Septemberwoche zurückkommen, sagte sie, wir würden einander also um wenige Tage verpassen. Das Gästezimmer würde mir nach meiner Rückkehr weiter zur Verfügung stehen, wann immer das sei. Ich dankte ihr für ihre Großzügigkeit, doch wie üblich wollte sie davon nichts wissen.

»Das ist in so einem Fall doch selbstverständlich«, sagte sie ungeduldig.

Es war das erstemal, daß sie darauf anspielte – selbst indirekt –, daß ich in Schwierigkeiten gewesen war.

Ich fuhr mehrmals nach Amsterdam, und an einem dieser Tage traf ich Stephan Elmers. Er war ganz aufgeregt, denn er zog in ein Haus in der Prinsengracht, das sein Vater, ein Immobilienspekulant, für ihn gefunden hatte. Die Hälfte des Hauses würde er vermieten, sagte er, und in der anderen würde er umsonst wohnen. Das erinnerte mich an mein letztes Gespräch mit Brigitte, und bevor ich Zeit hatte nachzudenken, war mir die Frage schon herausgeschlüpft.

»Hat Brigitte jemanden gefunden, der mit ihr zusammenwohnt?«

Stefan sah zur Seite und vergrub die Hand in den dunkelbraunen Locken. »Jean-Claude ist bei ihr eingezogen.«

Jean-Claude war ein Tänzer aus der Truppe. Und er war natürlich ebenfalls Franzose, aus Paris. Es war also alles gut ausgegangen. Ich verstand nicht recht, warum Stefan so gequält aussah.

Dann wurde es mir auf einmal klar.

»Oh«, sagte ich. »Verstehe.«

Ich starrte durch das Fenster des Cafés auf die Straße, wo eine Frau ihr Fahrrad an einen Laternenpfahl anschloß, doch in meinem Innern stiegen Bilder von Jean-Claude auf, die sich dazwischenschoben: der Ledermantel, den er immer trug, sein schwarzes Haar, das seine hageren Züge zu betonen schien, wie beim Training einmal bei einer *double tour en l'air* lauter Münzen aus seinen Taschen herausgeflogen und durch den ganzen Raum gerollt waren ...

»Vielleicht hätte ich dir das nicht erzählen sollen«, sagte Stefan.

Ich wandte mich ihm wieder zu. »Was? Nein, ist schon in Ordnung.« Ich lachte, dann schluckte ich plötzlich und sah in die andere Richtung.

Daß es in ihrem Leben einen neuen Mann gab – und ausgerechnet Jean-Claude! Daß ich so leicht zu ersetzen war. Ich dachte an die Stücke, die ich für sie choreographiert hatte, und dachte, daß ich das auch weiterhin getan hätte, nur um ihr Gesicht leuchten zu sehen, wenn ich ihr die Schritte zeigte, nur um zu sehen, wie ihr Körper anfing, das, was ich mir ausgedacht hatte, auszufüllen ... Ich fuhr mit dem Zeigefinger über die Tischkante, hin und her, hin und her. Vielleicht waren Männer für sie einfach zweitrangig, dachte ich. Sie brauchte jemanden, der bei ihr war, jemanden, auf den sie sich verlassen konnte, aber wer das war, spielte keine große Rolle. Ihre Kunst ging vor. Sie war das einzige, was zählte. Ihr Liebhaber mußte sich mit dem begnügen, was übrigblieb.

Ich blickte zu Stefan hinüber – man sah ihm das schlechte Gewissen an.

»Ist schon gut, Stefan.« Ich legte ihm die Hand auf den Arm. »Es ist ja nicht deine Schuld.«

Als wir uns an jenem Nachmittag trennten, versprach ich, mit ihm in Kontakt zu bleiben, egal, wo in der Welt ich mich aufhielt. Als ich mich ein paar Schritte entfernt hatte, hörte ich, wie er meinen Namen rief. Ich blieb stehen, drehte mich um. Er stand auf dem Gehsteig und hatte die Arme über den Kopf erhoben, so daß sein Jackett auf beiden Seiten in der Luft hing. Es sah aus, als hätte er ein Paar schlecht sitzende, nicht sehr brauchbare Flügel bekommen. Er winkte.

»Viel Glück«, rief er. *»Bon voyage!«*

Dann war da noch Paul Bouhtala. An meinem letzten

Abend war ich bei ihm zu einem Abschiedsessen eingeladen. Als er aufstand, um uns Kaffee und Likör zu bringen, griff ich nach dem rechteckigen Paket, das ich unbemerkt hatte hereingeschmuggeln können.

»Zum Dank für die freundliche Aufnahme«, sagte ich.

Er beugte sich mit großen Augen über das Paket und riß das Papier mit einer Gier, ja fast Verzweiflung auf, die ich bei ihm nie erwartet hätte. Ich lehnte mich lächelnd zurück, als seine Hände den Atlas hervorzogen, den ich in der Woche zuvor in London gekauft hatte, den größten, den ich hatte finden können.

»Wunderbar«, jubilierte er, darin blätternd. »Wie detailliert der ist.«

»Wenn ich dir dann Postkarten von exotischen Orten schicke«, sagte ich, »kannst du genau sehen, wo ich mich gerade befinde.«

Er blickte auf, und seine dunklen Augen funkelten verschmitzt. »Wer weiß«, sagte er, »vielleicht komme ich sogar nach ...«

Mein Flugzeug nach Mexico City ging am Mittwoch vormittag um halb elf. Ich hatte den Wecker auf die Zeit der Morgendämmerung gestellt, doch als er klingelte, war ich schon wach. Ich stand am Schlafzimmerfenster und starrte hinaus in den Garten. Jeder Zweig, den ich sah, jedes Blatt, jeder Grashalm wirkte wie gezeichnet, trat überdeutlich hervor. Irgendwo in der Tiefe des Waldes stieß ein Vogel einen Laut aus, den er in regelmäßigen Abständen wiederholte, einen langgezogenen Ton, der genau wie die erste Hälfte eines Pfiffes klang, mit dem man einer Frau hinterherpfeift. Ich hatte ein Gefühl im Magen, das ich nicht kannte – eine Hohlheit, eine Art Trauer –, und ich fragte mich, ob ich wohl je in dieses Haus zurückkehren würde, ob ich noch einmal eine Nacht in diesem Raum mit den pudrig blaßblauen Wänden und dem klösterlichen Bett verbringen würde …

An diesem Punkt in meinem Leben hatte ich kein Ziel, keine wirklichen Pläne. Alles, was ich hatte, war eine vage Reiseroute, und selbst die konnte sich jederzeit ändern. Ich suchte nichts, am allerwenigsten mich selbst. Ich lief auch nicht weg. Ich wußte, daß ich meine Erinnerungen nicht hier zurücklassen konnte; sie würden mich auf meinen Reisen begleiten, ob es mir gefiel oder nicht. Reisen war keine Lösung. Es war nur eine Möglichkeit – die einzige, die mir einfiel. Und ebendas hätte ich gesagt, wenn man mich an jenem Mittwoch morgen gefragt hätte. *Es ist möglich, und darum tue ich es.*

Ich glaube, viel mehr hätte ich nicht sagen können.

Von Mexiko aus fuhr ich über Land nach Guatemala. Und von Guatemala nach Honduras. Von Honduras mit dem Schiff nach Costa Rica. Und dann weiter in Richtung Osten, nach Panama. In Panama arbeitete ich als Fremdenführer und begleitete Touristen auf Wanderungen durch den Regenwald. Der Amerikaner, der mich engagiert hatte, nannte mich aus irgendeinem Grunde Mark, und da mir diese Namensänderung irgendwie passend vorkam, machte ich mir nicht die Mühe, ihn zu korrigieren … Ich blieb etwa drei Monate in Panama City, dann zog ich weiter nach Südamerika. Schließlich hatte ich Geld; ich fuhr einfach immer weiter.

In Venezuela schlief ich mit einer Französin namens Monique, das heißt, ich hatte es vor, doch es kam nicht zum Liebesakt. Als sie sich in dem Hotelzimmer in Caracas auszog, sah ich hinter ihr eine weiße Wand, und auf einmal troff mein ganzer Körper von Schweiß, so stark, daß auf dem Laken dunkle Flecken entstanden. Ich beugte mich vor und übergab mich.

»Was ist los?« Sie stand mit aufgerissenen Augen da. »Stimmt etwas nicht?«

Ich wollte sie nicht verletzen, und so sagte ich, ich hätte am Vormittag einen Caipirinha mit zerstoßenem Eis getrunken. Das Eis müsse wohl verschmutzt gewesen sein, sagte ich. Sie glaubte mir. Doch kaum war sie hinausgegangen, um mir eine Cola zu holen, packte ich meine Sachen und suchte mir ein anderes Hotel.

Von da an mied ich solche Situationen.

Mein neues Leben war nicht frei von Ironie: So war ich etwa trotz meiner totalen, ungewohnten Freiheit reservierter, verschlossener denn je. Ich gab den anderen Rätsel auf. Wo kam ich her? Warum reiste ich allein? Womit verdiente ich mir mein Geld? Oft hatte ich das Gefühl, die Leute dachten sich über mich Geschichten aus, doch ich wußte, ihre Geschichten konnten an die Wahrheit nicht heranreichen, nicht mal entfernt. In meiner Seele gab es einen Winkel, den ich verborgen hielt, auch vor mir selbst, und dort hätten sie niemals hineinsehen können.

Die Wahrheit hätten sie nie erraten.

Dazu hätte ihre Phantasie nicht ausgereicht.

Drei Jahre vergingen. Ich fuhr um die ganze Welt, wie ich es Paul Bouhtala gesagt hatte. Ich saß auf der Dachterrasse eines Restaurants auf Sansibar und aß Fisch *jalfrezi*, während Flughunde wie abgefallenes Laub durch die Dunkelheit wirbelten. Ich saß auf dem Deck eines Frachtschiffs, das von Ujung Pandang nach Surabaya fuhr, und sah die Sonne im Meer versinken. Ich trank Caipirinhas in einer Reggae-Bar mit Lehmboden in São Luís ... Manchmal benutzte ich unwillkürlich den Namen, den mir der Amerikaner gegeben hatte. Es war ein weiteres Mittel, um mich gegen andere abzuschirmen. Vielleicht war ich auch in ihn hineingewachsen. Mein Haar war von Sonne und Salzwasser gebleicht, und zum erstenmal in meinem Leben war ich braungebrannt; nach zahlreichen Durchfallerkrankungen hatte ich mehr als sechs Kilo abgenommen. Hin und wieder dachte ich daran, wie ich an dem Tag meiner Freilassung draußen vor der Bar gestanden und mich nicht erkannt hatte. Im nachhinein kam mir das wie eine Schlüsselszene vor. Damals in dem weißen Zimmer hatte ich angefangen, mich zu verändern. Mein blondes Haar, die braune Haut – das waren nur oberflächliche Veränderungen. Viel bedeutsamer war, daß mein Verhältnis zu meinem Körper sich gewandelt hatte, und zwar radikal. Ich war zwar immer noch ziemlich fit – ich ging soviel wie möglich wandern und schwimmen –, doch ich hatte nicht mehr die totale, eiserne Kondition, die für mich jahrelang normal gewesen war. Mein Körper stand nicht mehr im Mittelpunkt meines Interesses, war nicht mehr das Mittel, mit dem ich mich ausdrückte, und mein Leben war dadurch weitgehend ziellos geworden. Von einem Ort zum andern ziehend, war ich doch stets von einem seltsamen, fast gespenstischen Gefühl der Ruhe erfüllt. Ich dachte an einstige Schlachtfelder, deren Schützengräben von Gras und wilden Blumen überwachsen sind. Ich dachte an stillgelegte Fabriken, von denen der Rost und die Vögel Besitz ergriffen haben. Man wandert in ihnen herum, und da ist nur noch ein sanfter Wind, und irgendwo klappert ein Metallteil, und über einem dehnt sich der blaue Himmel ... Manchmal kam ich mir in meinem eigenen Körper wie ein Fremder vor. Als wäre ich von mir selbst getrennt. Ich ging am hellichten Tag über die Straße, und obwohl ich wußte, daß ich auf dem Boden ging, war mir, als würde ich durch die Luft nach unten fallen. Die Empfindungen stellten sich beide gleichzeitig ein, und sie waren beide wahr. Die Leute, die in solchen Momenten auf der

Straße an mir vorbeigingen, sahen einen Mann, der mit sich selbst redete, in dem verzweifelten Bemühen, nicht zu zerfallen.

Was ist mir also aus diesen Jahren in Erinnerung geblieben, den Jahren, in denen ich fort war? Vor allem die ruhigen Momente – Augenblicke der Kontemplation.

Der Mekong um halb fünf Uhr morgens ...

Ich erinnere mich, daß ich früh erwachte und mich im Dunkeln anzog. Das Gästehaus, in dem ich wohnte, stand an einer rötlichen, ungepflasterten Straße am Rand eines Dorfes. Es hatte zwei Etagen und war ganz aus Bambus, und immer wenn ich mein Gewicht vom einen Fuß auf den anderen verlagerte, schien das ganze Haus zu beben. Überall um mich herum hörte ich die fedrigen Geräusche von Schlafenden. Die Dunkelheit war ganz weich davon. Einmal atmete der Mann auf der Matte neben mir tief ein, als setze er zu einer Erklärung an, doch dann stieß er nur geräuschvoll die Luft aus und drehte sich um, wobei er den einen Arm in einer dramatischen Geste herumwarf, mit der Handfläche nach oben, bis die Hand fast den Boden berührte. Ich schlich mich nach unten, lautlos und verstohlen, wie jemand, der sich davonmacht, ohne zu zahlen.

Am Himmel sickerte bereits das erste Tageslicht durch. Ein fahles, milchiges Licht, von derselben Farbe wie der Papierklebstoff, den es früher einmal gab. Nebelwellen lagen auf den Feldern oder hingen, geisterhaft schwebend, über dem Fluß. Die ersten Bäume begannen sich von der dunklen Masse des Dschungels abzuheben; ich konnte die Stämme erkennen – das Ringmuster darauf, die im Wechsel schwarzen und grauen Streifen. Irgendwo krähte ein Hahn, heiser und drängend. Obwohl ich das Geräusch sicherlich zuerst in England gehört habe, in meiner Kindheit, oder in den Ferien in Frankreich, erinnert es mich jetzt immer an Südostasien, dieser rauhe Schrei, der so wenig zu der träumerischen Trägheit des Morgengrauens zu passen scheint ... Und dann der Geruch, eine Art Süße, die in der Luft lag, doch zugleich schwer und unangenehm, wie der Duft von bestimmten Lilien. Es gibt dort nichts Frisches, nicht einmal um fünf Uhr morgens, nur das Gefühl, daß etwas erneut zum Leben erwacht. Es war, als wäre es immer derselbe Tag – derselbe Tag, der sich endlos wiederholte.

Ich hatte ein seltsames Gefühl. So als würde der Ort zu mir sprechen wollen. *Schau*, sagte er. *Das ist aus dir geworden.* Und die Leute, die auf dem Fahrrad vorbeifuhren und mir lächelnd zunickten ...

Mindestens eine Stunde lang saß ich im Gras und sah zu, wie der Fluß gleichmäßig von links nach rechts strömte. Am anderen Ufer sah ich aus dem Dschungel Rauch aufsteigen. Dort lag Laos. Das Land war in jenem Jahr für Fremde gesperrt, und es strahlte den Reiz des Verbotenen aus – diese Wand aus Büschen und Blättern, der blaue Rauch, der gen Himmel stieg und davontrieb ...

Das bist du.

Unter mir waren Boote ans Land geholt worden und lagen aufgebockt auf den nassen, schwarzen Wurzeln der Bäume. Die Boote waren dünnwandig und geschwungen, wie alte, eingetrocknete Schoten, wie ein Stück Rinde. Die Schönheit dieser Formen, als der Himmel hell wurde und der Tag sich durchzusetzen begann ...

Genau in dem Moment spürte ich, wie die Grenzen meines Fleisches sich auflösten. Ich war eins mit dem Holz der Boote, eins mit dem Wasser des Flusses. Eines ging unmittelbar in das andere über, ohne Grenzen, ohne Unterschied. Ich war so vollkommen gegenwärtig, daß ich vollkommen abwesend war. Aber seltsamerweise konnte ich dabei ein Gefühl der Erleichterung empfinden. Von mir selbst befreit zu sein, wenn auch nur für einen Augenblick ...

Der Mekong, bei Chiang Saen.

Das war einer der Momente, in denen ich das Wesen, die ganze Schwere dessen, was ich mit mir herumtrug, verstand.

Woran erinnere ich mich sonst noch? An alles und nichts. Ich erlebte so viel, daß ich schließlich gar nichts mehr aufnehmen konnte (nach den Postkarten, die ich verschickte, konnte man allerdings leicht einen anderen Eindruck gewinnen, denn ich füllte sie mit kostbaren Details, von denen ich wußte, daß sie meinen Freunden gefallen würden). Wenn ein Mitreisender mich fragte, wie es in Sulawesi oder Bhutan sei, erging ich mich in Superlativen. *Unglaublich, phantastisch. Einfach toll.* Ich wurde einer von den Menschen, die ich nie verstanden hatte – jemand, der schon überall gewesen ist, einem jedoch nichts erzählen kann. Auf meinen Reisen mit Brigitte war ich solchen Leuten begegnet. Wir hatten bestenfalls zwei Wochen Zeit, während sie endlos herumreisten. Und sie hatten nichts zu berichten. Wozu reist man denn, dachte ich damals immer, wenn man seine Erfahrungen dann niemandem mitteilen kann? Während sich meine Zeit in die Länge zog und aus den Monaten Jahre wurden, begann ich allmählich zu begreifen. Man nimmt zuviel auf. Man ist einfach zu voll davon. Was dasselbe ist, wie völlig leer zu sein. Das war anscheinend der Effekt. Als könnte das Gehirn nur eine bestimmte Menge von Informationen verarbeiten ... Doch diese Leere – das war genau der Punkt. Für mich jedenfalls.

Anfangs stellte sich dieser Zustand ganz unbeabsichtigt ein. Dann begann ich, selbst dazu beizutragen. Ich hörte auf, ein Tagebuch zu führen; ich verschenkte meinen Fotoapparat. Ich reiste noch mehr herum, mit noch weniger Gepäck. Ich kaufte mir nichts, behielt nichts. Denn das war genau das, was ich wollte. Ohne Gepäck zu reisen. Jedes Bewußtsein meines Körpers, meiner Seele zu verlieren. Völlig in dem aufzugehen, was ich sah.

Es ging nicht um irgendwelche Reiseziele, nicht um Abenteuer.

Es ging um die reine Bewegung.

Unter mir ein Schiff oder einen Zug oder einen Bus zu spüren, mit ihren jeweiligen Ritualen, ihrem Rhythmus. Ein Reiseziel zu haben war nützlich, denn es ersetzte ein wirkliches Ziel; es beantwortete jede Frage, die man mir stellen würde. Bewegung wurde zu meinem Lebenszweck, meiner Daseinsberechtigung. Bewegung um ihrer selbst willen. Ich weiß nicht mehr, wer gesagt hat, daß dem Nichtstun große Bedeutung zukomme und daß die Kunst des Nichtstuns bei den meisten Menschen anscheinend in Vergessenheit geraten sei. Ich beschloß, diese Kunst wiederzubeleben. Wenn ich nichts tat, würde ich auf das reduziert werden, durch das ich mich hindurchbewegte. Ich würde buchstäblich zu einem Teil der Landschaft werden. Ich würde mich einfügen, in sie eintauchen, mich auflösen.

Und war das nicht letztlich auch eine Art, mit dem Tod umzugehen? Der Tod, der die Wurzel all unserer Ängste ist. Der Tod, der verlangt, daß wir uns rechtfertigen. Der Tod, der uns an Gott glauben läßt.

Auf all das konnte ich damit verzichten.

Nichts tun. Was auch immer geschieht, das geschieht. Laß es auf dich zukommen.

Doch so hätte es vielleicht nicht ewig weitergehen können. Ich weiß es nicht. Vielleicht wäre ich irgendwann an einen Punkt gekommen, an dem ich mich völlig verloren hätte. Schließlich hatte ich keine Ahnung, wo der Weg, den ich beschritt, mich hinführen würde. Andererseits konnte ich mir nicht vorstellen, was mich dazu bringen könnte, heimzufahren – was für ein Gespräch oder Vorfall, was für eine Verkettung von Umständen ...

Nachdem ich etwa drei Jahre herumgereist war, fand ich mich in dem Dorf Lovina an der Nordküste von Bali wieder. Ich hatte mir eine der üblichen Bambushütten gemietet. Sie hatte vorn, zum Meer hin, eine kleine Terrasse und drinnen ein knarzendes Doppelbett. Es roch in ihr nach Kokosmilch und Moskito-Coils und nach den groben Stricken, die hier den Bettrost ersetzten. Nachts raschelten die Palmen in der leichten Brise, die von der Javasee herüberstrich. Mein Frühstück bestand aus Papayas und Nescafé, dann ging ich am Strand entlang, schwamm oder lag in der Hängematte und las. Am Abend traf ich mich mit einem Deutschen, einem Taxifahrer aus München, dessen Namen ich vergessen habe. Wir tranken zusammen Bier, und ich sah zu, wie das Weiße in seinen Augen rot wurde, während er das heimische Gras rauchte. Es war ein ruhiger Ort, einer von vielen ruhigen Orten, an denen ich gewesen war, und ich dachte, ich würde wohl ein, zwei Wochen dort bleiben, bevor ich weiterfahren würde nach Lombok, Flores, Ambon ...

Ich sollte diese Inseln nie zu sehen bekommen. Eines Abends, nach dem Schwimmen, kehrte ich in einer Bar ein. An einem Bambusrohrtisch saßen drei weiße Mädchen in Sarongs. Ich sagte hallo, und wir kamen ins Gespräch. Sie fragten mich, woher ich sei, wie unter Reisenden üblich. Ich sagte, ich sei Engländer, hätte jedoch zehn Jahre lang in Holland gelebt. Es stellte sich heraus, daß sie aus Holland kamen. Zwei von ihnen wohnten in Amsterdam, die andere lebte in Den Haag. Es gab ein Café im Jordaan, das wir alle vier kannten. Es konnte sein, daß wir dort einmal, ohne es zu wissen, alle zur selben Zeit gewesen waren.

»Was für ein Zufall«, sagte die Blondeste von ihnen, die Saskia hieß.

Und plötzlich wurde es mir klar.

Drei Holländerinnen.

Einen Augenblick lang schien die Bar von mir wegzukippen. Mein Körper wurde so leicht wie Luft. Ich konnte meine Beine nicht mehr spüren. Ich weiß nicht, ob die Mädchen irgendeine Veränderung an mir wahrnahmen. Wahrscheinlich nicht. Sie waren erst drei Wochen unterwegs und fanden es noch hochromantisch, so weit weg von zu Hause zu sein.

Als es wieder vorbei war, lächelte ich matt.

»Ja«, sagte ich. »Was für ein Zufall.«

Ich schlief zuerst mit Saskia, der direktesten der drei. Eines Nachmittags standen wir einander in meiner Hütte gegenüber, so nah, daß unsere Hüften sich fast berührten. Durch die schräggestellten Rippen des Fensters drang ein Windhauch herein.

»Ziehst du mich aus?« sagte sie. »Ich mag es, wenn man mich auszieht.«

Als ich das T-Shirt über ihren Kopf hob und ihre Brüste zum Vorschein kamen, dachte ich an die Frauen in dem weißen Zimmer. Mir fielen Einzelheiten ihrer Körper ein, eine nach der anderen, wahllos durcheinander – die münzförmige Narbe, die dunkelroten Schamhaare, das Muttermal ... Ohne Saskia aus den Augen zu lassen, ließ ich ihr T-Shirt aufs Bett fallen. Kein Muttermal. Ich kniete mich vor sie hin und band ihren Sarong auf. Als er zu Boden fiel, fuhr ich mit den Händen außen an ihren Schenkeln hinauf, bis zu den Hüften. Keine münzförmige Narbe. Ich zog sie an mich und vergrub mein Gesicht in ihren Schamhaaren – sie waren dunkelblond ...

Nach dem, was in Caracas geschehen war, hätte man meinen können, ich wäre nervös oder unsicher gewesen. Aber nein, nicht im geringsten. Zu meinem eigenen Erstaunen kam es mir völlig natürlich vor, mit Saskia zu schlafen. Fast wie vorherbestimmt. Es schien gerade dadurch möglich zu werden, daß es gewissermaßen mit den Frauen zu tun hatte, die mich entführt hatten. Es war, als wäre es mir durch das Herstellen dieser Verbindung gelungen, mich zu erden.

In den nächsten zehn Tagen schlief ich mit allen dreien. Ich wußte, daß sie nicht die Frauen aus dem Zimmer waren, doch ich mußte sie dennoch nackt sehen. Ich mußte jede von ihnen genauestens untersuchen. Nur um sicherzugehen.

Alle drei fanden meine Art, Liebe zu machen, sehr ungewöhnlich. Die schüchternste von ihnen – Camiel – sagte, es komme ihr kalt und reizlos vor; es mache sie ganz befangen, so als hätte man sie unter ein Mikroskop gelegt. Die anderen beiden fühlten sich seltsam geschmeichelt, genossen meine gierige Erkundung ihres Körpers, genossen, was sie unweigerlich als Bewunderung empfunden haben mußten ...

Ich reiste schließlich völlig unvermittelt ab. Die drei Mädchen machten an dem Tag einen Ausflug in ein Bergdorf. Ich schob ihnen einen Zettel unter der Tür durch, auf dem so etwas Ähnliches stand wie: *Bis irgendwann mal in Holland, vielleicht*, doch ich hinterließ keine Adresse – ich hatte keine. Dann fuhr ich in Richtung Süden, nach Denpasar, wo ich mir ein einfaches Flugticket nach Amsterdam kaufte ...

Merkwürdigerweise traf ich etwa ein Jahr darauf tatsächlich eine von ihnen wieder. Ich hatte gerade mit Paul Bouhtala im American Hotel zu Mittag gegessen und ging über den Leidseplein, als ich hinter mir jemanden meinen

Namen rufen hörte. Ich drehte mich um, und da stand sie, nicht mehr braun, aber immer noch schlank und blond.

»Saskia«, sagte ich.

Wir küßten einander auf die Wange. Sie schien sich zu freuen, daß ich mich an ihren Namen erinnerte, sie nicht vergessen hatte.

»Seit wann bist du zurück?« fragte sie.

Ich lächelte. »Oh, schon ziemlich lange.«

»Tatsächlich? Ich dachte, du würdest nie zurückkommen.«

Sie stand vor mir in ihrer braunen Wildlederjacke und den Jeans, und das blonde Haar fiel ihr senkrecht auf die Schultern. Mir war, als merke sie in dem Moment, daß zwischen unserer Begegnung in Lovina und meinem Entschluß, nach Amsterdam zurückzukehren, ein Zusammenhang bestand, und ihr Gesicht nahm jenen offenen, empfänglichen Ausdruck an, der bei den Holländerinnen so selbstverständlich wirkt, ein Ausdruck, der sowohl Begierde als auch Bereitschaft signalisiert. Sie schien überrascht zu sein, als ich das Gespräch abrupt abbrach, ohne sie nach ihrer Telefonnummer zu fragen. Doch ich hatte ihren Körper ja schon untersucht und nichts gefunden. Ich brauchte ihn mir nicht noch einmal anzusehen. Sie war unschuldig. Wie hätte ich ihr das erklären sollen? Statt dessen sagte ich ihr, ich würde mit jemandem zusammenleben – was nicht stimmte – und wäre glücklich – was ebenfalls nicht der Wahrheit entsprach. Saskia wurde traurig, ja sie bekam fast feuchte Augen und gestand mir, sie wünschte, sie würde einen Mann finden, der nicht so unreif war, einen, der sie nicht betrog – was wohl heißen sollte, einen Mann wie mich. Wenn du wüßtest, dachte ich.

Als ich mich kurz darauf von ihr verabschiedete, beugte sie sich vor und küßte mich langsam auf den Mund, wobei sie ihre Lippen ganz weich machte, so daß sie auf den meinen anzuschwellen schienen, dann trat sie zurück und wandte sich lächelnd ab, immer noch, ohne zu ahnen, wie wichtig sie und ihre beiden Freundinnen für mich gewesen waren. Ich sah ihr blondes Haar über der braunen Wildlederjacke wippen, während sie in Richtung Leidsestraat davonging. Ich fühlte mich auf einmal alt, wie mit einer schweren Last befrachtet.

Ich war von Bali direkt nach Schiphol geflogen, an einem warmen, grauen Tag Anfang August. Der Flug hatte dreizehn Stunden gedauert, und ich hatte kaum geschlafen. Ich ging durch den sauberen, rationell eingerichteten Flughafen, und egal, wohin mein Blick fiel, sah ich strahlenden Glanz, Ordnung und Zielstrebigkeit. Das war etwas, was mir seit Monaten nicht mehr begegnet war, und mich überkam ein Gefühl von Trostlosigkeit. Ich war froh, daß Stefan mir angeboten hatte, mich abzuholen.

Ich hatte ihn von Denpasar aus angerufen und ihn gefragt, ob er nicht etwas wisse, wo ich nach meiner Rückkehr bleiben könne. Da hätte ich Glück, sagte er. Er wohne immer noch in den unteren beiden Stockwerken des Hauses an der Prinsengracht, doch die Wohnung unter dem Dach sei frei. Sein Vater habe gesagt, er solle einen Mieter suchen, und nun könne er sich die Mühe sparen. Er hatte noch andere Neuigkeiten. Er arbeitete nicht mehr als Theaterfotograf, sondern machte jetzt Porträts für Zeitungen und Zeitschriften. Zu Brigitte, sagte er, habe er keinen Kontakt mehr. Er wollte mich wohl beruhigen, mir sagen, daß ich ihr in dem Haus an der Prinsengracht nicht begegnen würde, was ich tatsächlich beruhigend fand, aber irgendwie war ich auch enttäuscht.

Ich sah ihn, sobald ich durch den Zoll war. Er stand da und studierte die Ankunftszeiten auf dem Bildschirm, die Hakennase in die Luft gestreckt, wie immer mit zerzausten Haaren. Ich ging zu ihm hin und legte ihm die Hand auf die Schulter. Er fuhr zusammen. Dann umarmten wir uns lachend.

»Nett von dir, daß du gekommen bist«, sagte ich.

Er trat einen Schritt zurück. »Du siehst großartig aus.«

»Stefan, ich war einfach weg, das ist alles.«

»Nein, wirklich«, sagte er. »Du siehst aus – ich weiß nicht –, als ob du berühmt wärst.«

Das war natürlich genau das, was ich jetzt nicht mehr war. Er sah weg, als hätte er etwas Taktloses gesagt. Dann griff er nach meinem Rucksack. »Ist das alles, was du hast?«

Ich nickte.

Er schüttelte den Kopf, als wäre ich ein hoffnungsloser Fall, nahm mich am Arm und ging mit mir hinaus zum Bereich für Kurzparker. Obwohl ich nicht wußte, was ich mit ihm reden sollte, war ich doch froh, daß er da war.

Als wir auf der Autobahn waren, sagte er: »Das muß dir jetzt alles sehr seltsam vorkommen.« Er sah hinaus auf das graugrüne Land. »Das alles hier.«

»Seltsamer, als du dir vorstellen kannst«, antwortete ich ihm.

Ich verschlief fast die ganzen nächsten zwei Tage. Am dritten Morgen setzte ich mich nach dem Frühstück an den kleinen Tisch am Fenster. Ich kam mir irgendwie künstlich vor, als sei ich nicht wirklich nach Amsterdam zurückgekehrt, sondern wäre nur in die Stadt hineinkopiert worden wie in einen Film. Das Wetter war inzwischen besser geworden. Die Bäume wiegten sich träge vor einem hellblauen Himmel, und durchs Fenster kam ein warmer Luftstrom herein. Wenn ich mich vorbeugte, sah ich auf dem Kanal glasgedeckte Touristenboote vorbeifahren, die im Wasser eine dicke, milchige Falte aufrissen. Irgendwo in dieser Stadt gab es drei Frauen, die mich gegen meinen Willen achtzehn Tage lang in einem Zimmer festgehalten hatten ...

Damals hatte ich sie mir ganz genau angesehen und sie voneinander unterscheiden können, vor allem, wenn sie nackt waren. Ich hatte ein gutes Gedächtnis, was Körper anging – Körper bildeten schließlich mein Rohmaterial, meine Inspirationsquelle –, doch an was konnte ich mich jetzt, Jahre danach, noch erinnern? Ich beschwor die drei Frauen eine nach der anderen vor meinem inneren Auge herauf. Als erstes stellte sich Gertrude ein, mit Mantel und Kapuze. Ihre Art, sich zu bewegen – aufrecht, gemessen, fast wichtigtuerisch. Wie eine Richterin. Aber als sie sich mir nach dem Bankett erstmals gezeigt hatte, hatte sich herausgestellt, daß ihr Körper weder massig noch fleischig war, sondern fest und wohlgeformt, und ihre Haut unnatürlich weiß, fast durchsichtig – und dann der Augenblick, in dem ein Haar von ihr, ein rotes Haar, durch die Luft gesegelt kam ... Als nächstes erschien Astrid, in spitzen Stiefeln mit Stöckelabsatz. Sie hatte die Art von Körper gehabt, von der die meisten Männer träumen – ihre Brüste, ihre Schenkel, ihre Möse, die wie eine exotische Muschel aussah ... Ich versuchte, mich an ein besonderes Merkmal, irgendeinen Makel zu erinnern, doch mir fiel nur die Narbe an ihrer Hüfte ein, von der Größe eines Guldens, und wenn ich die Augen schloß, sah ich ihre Finger, die stark waren und doch elegant, mit gerade gefeilten Nägeln ... Und was war mit Maude? Tja, sie war wohl die einfachste von den dreien. Ich sah sie fast vollständig vor mir. Sie hatte etwas Schwerfälliges, Anhängliches. Ihre Schultern fielen nach vorn, und ihre Fußspitzen zeigten nach innen. Unmittelbar rechts von ihrem Nabel hatte sie ein kleines Muttermal. Was noch? Sie kaute an den Fingernägeln. Ihre Brüste waren zu klein. Und mir klang noch im Ohr, wie sie mit ihrer stockenden, trotzigen Stimme sagte: *Du findest meinen Körper nicht erregend* –

Ich zitterte auf einmal, trotz der Hitze, und stand auf. Ich lehnte mich aufs Fensterbrett und sah auf den Kanal hinunter. Ein weiteres Touristenboot glitt vorbei, und sein gewölbtes Glasdach funkelte in der Sonne. Letzten Endes hatte ich sehr wenig, worauf ich mich stützen konnte, und in der Zeit, die vergangen war, konnte sich selbst dieses wenige verändert haben. Muttermale etwa konnte man wegmachen lassen. Narben konnten weiter verheilen. Haare konnte man abschneiden und färben. Mir fiel Isabels Geschichte von der Ballerina mit dem Muttermal am Steißbein ein, einem blaßroten Muttermal in der Form eines Seepferdchens. Hätte ich doch nur etwas gehabt, was so einzigartig war, so unverwechselbar... Allmählich wurde mir klar, was für eine schwierige Aufgabe vor mir lag.

Mitte August fuhr ich nach Bloemendaal. Isabel war gerade aus Budapest zurückgekommen, wo sie einen Tanz-Workshop geleitet hatte, und hatte mich zum Abendessen eingeladen. Es war wieder einmal ein grauer Tag, und während der Zug durch die trübe, nasse Landschaft fuhr, hatte ich ein seltsames Wühlen im Bauch, als versuche mein Magen, sich umzustülpen oder eine andere Form anzunehmen. Es war mehr als drei Jahre her, daß ich Isabel zum letztenmal gesehen hatte, doch auf einmal fühlte es sich an wie nichts, und ich fragte mich, was ich in der ganzen Zeit getan hatte.

Als sie mich ins Wohnzimmer führte, sagte sie mir, daß sie auch Paul Bouhtala eingeladen hatte. Sonst würde niemand kommen. Sie hoffe, ich würde mich nicht langweilen.

»Isabel«, sagte ich vorwurfsvoll.

Sie sah aus wie immer, mit ihrem gebieterisch erhobenen Kinn und dem zum Knoten aufgerollten Haar, aber irgendwie war sie anders als sonst, weniger geduldig, als ich sie in Erinnerung hatte, anspruchsvoller – beinahe quengelig. Sie hatte sich nur um eine Kleinigkeit verändert und war doch fast nicht wiederzuerkennen, so wie man beim Navigieren durch eine Abweichung von einem Bruchteil eines Grades Hunderte von Meilen vom Kurs abkommen kann.

Es war überhaupt ein merkwürdiger Abend, und er endete mit einem Streit. Isabel fand, ich sollte wieder tanzen – oder wenn ich meinte, daß es dafür zu spät sei, dann sollte ich zumindest wieder als Choreograph arbeiten. Ich erklärte ihr, ich sei noch nicht soweit. Dafür schien sie nicht viel mehr als Verachtung übrigzuhaben. Du verschwendest dein Leben, sagte sie, dein Talent ... Sie sah mich von der Seite an und zog dabei die eine Braue hoch, dann wandte sie sich ab und zündete sich eine ihrer ägyptischen Zigaretten an. Das Gespräch bewegte sich im Kreis. Wir kamen zu keinem Ergebnis. Mir tat Bouhtala leid, der sich das alles anhören mußte. Ich bemerkte, daß er das Gespräch genau verfolgte, aber eher wie jemand, der einen kostbaren Gegenstand oben in einem Regal schwanken sieht und sich bereit hält, ihn aufzufangen.

Um halb zwölf warf Isabel schließlich die Serviette auf den Tisch und stand auf. »Ich bin ziemlich müde. Ich glaube, ich geh jetzt ins Bett.«

Als Bouhtala sich ebenfalls erheben wollte, legte sie ihm die Hand auf die Schulter.

»Bleib noch ein Weilchen«, sagte sie, »und sieh zu, ob du ihn zur Vernunft bringen kannst.«

Ich wartete, bis ich mit Bouhtala allein war, dann sah ich ihn an. Er schenkte mir ein mitfühlendes Lächeln und griff nach seinem Glas.

»Sie hält einfach so viel von dir«, sagte er. »Sie hat so große Hoffnungen in dich gesetzt.«

»Ich weiß.« Ich seufzte. »Aber sie scheint nicht zu merken, wie weit ich mich von jener Welt entfernt habe.« Ich blickte an Bouhtala vorbei, in die dunkle Ecke des Zimmers. »In der ganzen Zeit, in der ich weg war, habe ich nur einmal getanzt.«

Der Diamantenhändler wartete, und seine traurigen Augen mit den schweren Lidern schienen die Worte aus mir herauszuziehen.

»Es war im Norden von Brasilien«, sagte ich. »In Belém. Kennst du die Stadt?«

»Ich bin mal dagewesen«, sagte er ruhig.

Und auf einmal kehrte unser früheres Verhältnis sich um, und ich erzählte Paul Bouhtala eine Geschichte. Eines Nachts, nicht lange nach meiner Ankunft in Belém, sei ich in die Innenstadt gegangen, um etwas zu trinken. Es war eine Bar im Freien, an einem Park, mit alten, übellaunigen Kellnern und schmiedeeisernen Tischen, die grün gestrichen waren. Ich saß allein an einem Tisch und trank ein Bier, als ein Junge von etwa fünfzehn Jahren zu mir kam. Er stellte sich vor mich hin und lächelte. Er hatte lockiges Haar, spitze weiße Zähne und dunkle Wimpern, die so lang waren, daß sie fast seine Augenbrauen berührten. Ich erinnere mich, daß ich dachte, er sah aus, als hätte man das Gesicht eines Teufels über ein Kindergesicht gelegt. Trotzdem lächelte ich zurück. Er setzte sich zu mir an den Tisch und zeigte auf mein Bier. Ich nickte. Er machte dem Kellner ein Zeichen, bat ihn, uns noch zwei Gläser zu bringen. Als der Kellner mit den Gläsern kam, hatte sich ein Mädchen, das ungefähr im selben Alter war, zu uns gesetzt. Der Junge goß erst dem Mädchen einen Schluck Bier ein und dann sich selbst, woraufhin er die Flasche wieder auf den Tisch stellte. Er begann sich auf englisch mit mir zu unterhalten. Er war sehr stolz auf sein Englisch. Er hatte es in Fortaleza gelernt, einem Ort an der Küste weiter im Süden. Hübsche Gegend, sagte er. Strände. Viele Touristen. Von Zeit zu Zeit beugte er sich zu dem Mädchen und sagte etwas zu ihr auf portugiesisch. Ich betrachtete sie, während sie dem Jungen zuhörte, das Gesicht halb abgewandt, das eine Ohr zu seinem Mund geneigt. Ihre Haut schimmerte satt, und das Weiße in ihren Augen strahlte wie ihr weißes T-Shirt. Sie blickte mich immer wieder an, sah weg, sah mich wieder an. Ihr Blick wirkte nicht belustigt und auch nicht neugierig, es war einfach nur ein fester Blick. Ich hatte keine Ahnung, was sie dachte.

»Du bist Tänzer?« sagte der Junge irgendwann.

Erstaunt sah ich ihn an. »Das war ich mal.«

»Ich wußte es.« Er wandte sich wieder an das Mädchen und übersetzte es ihm. Es hörte aufmerksam zu, den Kopf leicht zur Seite geneigt, dann sah es mich wieder an.

»Woher wußtest du das?« fragte ich den Jungen.

»Die Art, wie du sitzt.« Er zuckte die Achseln, als wäre das ganz offensichtlich. »Du sitzt sehr –« und er blickte hinüber zu den dunklen Bäumen des Parks und suchte nach dem richtigen Ausdruck. Doch er fand ihn nicht. Statt dessen hob er die auf die Seite gedrehte Hand und bewegte sie dann langsam und hackend auf und ab. Ich begriff, daß er von meiner Haltung sprach.

»Kennst du denn irgendwelche Tänzer?« fragte ich ihn.

»Ja, in Fortaleza. Er hieß Peter.« Der Junge lächelte mich verstohlen an. »Aber du hast aufgehört? Wie kann man damit aufhören? Tänzer sein –« und er fuhr mit dem Arm durch die weiche Nachtluft und sah mich dann wieder mit seinem betörenden Lächeln an, das irgendwie zu jung für ihn wirkte, zu naiv.

»Das ist eine lange Geschichte«, sagte ich.

»Erzähl sie uns.«

»Nein, sie ist zu lang.«

Der Junge redete wieder mit dem Mädchen, und es nickte, aber diesmal sah es mich nicht an. Statt dessen starrte sie auf ihre Hände, die in ihrem Schoß lagen. Auf ihren hellblauen Jeans sahen sie sehr dunkel aus.

»Wir könnten uns Kokain besorgen«, sagte der Junge.

Ich sah ihn an, blieb jedoch stumm.

Er rutschte auf seinem Stuhl hin und her. »Aber ich habe kein Geld ...«

Ich fragte ihn, wieviel Geld er bräuchte. Er zuckte die Achseln und meinte dann: »Dreißigtausend.« Ich sagte, ich könne ihm zwanzig geben. Ich wollte nichts davon haben – es war für ihn gedacht und vielleicht für das Mädchen –, doch als er zehn Minuten darauf zurückkam, nahm er mich bei der Hand und führte mich hinüber zu den Bäumen. Und der Himmel war ganz weich und das Laub über unseren Köpfen tiefschwarz, und die Haut des Mädchens schimmerte ...

Als wir ein Stück weit von der Bar entfernt waren und im Dunkeln standen, öffnete der Junge einen kleinen Umschlag, eine zusammengefaltete Seite aus einem Comic-Heft. Er steckte den Nagel seines kleinen Fingers in das Pulver und hielt ihn mir unter die Nase. Dann sah er mir in die Augen und hob einmal schnell das Kinn.

Als wir wieder am Tisch waren, grinste er und fragte: »Ist es gut?«

»Ausgezeichnet«, sagte ich.

Ich rief nach dem Kellner und bestellte uns noch eine Flasche Bier. Der Junge nahm das Mädchen mit zu den Bäumen. Als sie zurückkamen, schenkte ich ihnen noch einmal ein. Ich hatte so vieles zu sagen, doch ich konnte mich für nichts entscheiden, denn es war alles gleich interessant.

»Kommst du noch mit?« fragte der Junge nach einer Weile.

»Wo geht ihr hin?«

»In die Disco. Kommst du mit?«

»Na klar.«

Es war ein Open-air-Club, nicht weit vom Fluß entfernt, mit einem Betonboden und einer Bar, die aus einem Schuppen mit Wellblechdach bestand. Um Mitternacht spielte auf einer kleinen Bühne unter den Mangobäumen eine Live-Band. Ich erinnere mich, gesehen zu haben, wie zwei Mädchen in pfirsichfarbenen Hot-pants aus Satin und Schuhen mit klobigen Absätzen auf einer Mauer zusammen tanzten, während hinter ihnen am Himmel ein schief hängender Mond nach unten sank. Dann tanzten auf einmal alle. Der Geruch von heißer Haut, Marihuana und verrottenden Pflanzen und diese tiefen, wunden Farben ... Die Musik war zugleich außerhalb von mir und in mir, ein Teil von mir, wie meine Muskeln und mein Blut. Ich konnte ihr nicht widerstehen. Ich tanzte zuerst allein, dann mit einer großen Schwarzen in einem Minirock und einem gelben Trägerhemd. Manchmal tanzten wir eng aneinandergepreßt, Körper an Körper. Dann trennten wir uns wieder, mit zur Seite ausgestreckten, von der Luft getragenen Armen. Ich hatte das Gefühl, keine Knochen und keine Gelenke mehr zu haben oder irgend etwas in der Art. Es war, als bestünde ich nur noch aus einem einzigen Material. Diese Bewegung von der Taille abwärts, Hüften wie Wasser. Alles wirbelte und floß, einzig die Musik hielt es zusammen ... Ich wischte mir mit dem Handgelenk über die Stirn, dann mit dem Unterarm, doch sie waren ebenfalls naß. Ich holte mir ein Bier, leerte in einem Zug die halbe Flasche. Ich tanzte, bis mir mein T-Shirt an der Brust klebte und die Haare mir tropfnaß in die Augen hingen. Die große Schwarze war verschwunden, und ich war wieder allein inmitten der Menge. Einmal hielt ich Ausschau nach dem Mädchen mit dem weißen T-Shirt und dem Jungen, doch ich konnte sie nirgends entdecken. Wahrscheinlich sollte ich ihnen nur den Eintritt bezahlen. Zwei Tage darauf verließ ich die Stadt, mit einem Schiff, das nach Manaus fuhr ...

Als ich mit meiner Erzählung fertig war, blickte ich Paul Bouhtala an. Er starrte zu mir herüber.

»Deine Geschichten sind natürlich ganz anders«, sagte ich. »Meine hat kein richtiges Ende.«

Bouhtala nahm sich ein Zigarillo aus der flachen, hellgelben Blechdose, die neben ihm auf dem Tisch lag. »Scheint ja ein interessanter Junge gewesen zu sein.«

»Ja.« Ich lächelte sanft, ohne Hintersinn. »Er hätte dir gefallen.«

»Und das Tanzen«, sagte Bouhtala, »hast du das genossen?«

»Ja. Mein Gott, ja. Und wie.«

Bouhtala lächelte und nickte. »Das Kokain.« Er lehnte sich zurück, zündete sein Zigarillo an und rauchte einige Züge. »Interessant«, sagte er schließlich, »wie du die eine Geschichte in der anderen verpackt hast. Die Geschichte, die du erzählst, und die, die du nicht erzählst ...«

Als ich eines Abends Ende August in Stefans Küche saß, sagte er, seine Freundin Madeleine gebe eine Party, in ihrer Wohnung gleich hinter dem Concertgebouw – ob ich nicht auch kommen wolle. Sie würden auf der Dachterrasse grillen. Madeleine teile sich die Wohnung mit einer Frau, die Krankenschwester oder so etwas sei. Dieses letzte, scheinbar harmlose Detail hatte auf mich eine dramatische Wirkung. Auf einmal fiel mir der Streit ein, zu dem es in dem weißen Zimmer gekommen war, nachdem Maude mich mit so groben Mitteln tätowiert hatte – vor allem, was Maude gesagt hatte, als sie die Beherrschung verlor. Sie hatte das Wort *ziekenhuis* gebraucht, das holländische Wort für »Krankenhaus«, und dann war sie mitten im Satz verstummt und hatte den Kopf gesenkt. Die anderen beiden hatten sich abrupt zu mir umgewandt, eine Reaktion, die ich damals nicht verstand. Und wenn Maude nun mit diesem Wort ein wichtiger Hinweis herausgerutscht war? Wenn das Krankenhaus, von dem sie sprach, der Ort war, wo die drei arbeiteten? *Wenn die Frauen Krankenschwestern waren?*

Das alles schoß mir in Sekundenschnelle durch den Kopf, doch es reichte, um mich aufstehen und zum Fenster gehen zu lassen, wo ich stehenblieb und in die Dunkelheit hinausblickte. Die Beziehung zwischen den drei Frauen mochte ja auf dem beruhen, was ihnen angetan worden war. Aber sie hatten noch etwas anderes gemein, etwas, das so offensichtlich war, daß ich noch gar nicht daran gedacht hatte: den Beruf. Wenn meine neue Hypothese zutraf, würde das erklären, warum sie mich in dem Moment so anstarrten. Sie hofften, daß ich Maude nicht verstanden hatte. Es würde auch erklären, warum sie mich so überraschend freiließen. Sie glaubten, sich auf Maude nicht mehr verlassen zu können. Plötzlich hatte ich die Antwort auf Fragen, die ich mir noch nicht einmal gestellt hatte. Wie waren sie an das Betäubungsmittel herangekommen? Woher wußten sie, wieviel sie mir davon spritzen mußten? Und wie hatten sie es geschafft, die Nadel anzusetzen, ohne daß ich etwas merkte? Kein Laie hätte so geschickt damit umgehen können. Und das ganze Ambiente, diese fast surreale Atmosphäre der Fürsorglichkeit in dem Raum …? Außerdem hatte sich Astrid, um mich zu erregen, einmal als Krankenschwester verkleidet … Ein doppelter Bluff, der von atemberaubender Kühnheit war.

Ich drehte mich um und sah, daß Stefan mich anstarrte.

»Und, hast du Lust zu kommen?« fragte er.

»Ja, ich komme sehr gern.« Ich lächelte ihn an. »Wann, hast du gesagt, soll das sein?«

Der Gedanke, daß die Frauen Krankenschwestern waren, lieferte mir einen völlig neuen Ansatzpunkt. Am nächsten Morgen kaufte ich mir einen Falkplan von Amsterdam. Ich schlug die Liste der Krankenhäuser auf. Es waren nicht weniger als neunzehn, doch nach genauerer Durchsicht konnte ich ihre Zahl auf elf reduzieren, denn es handelte sich zum Teil um Einrichtungen mit verschiedenen Namen, aber derselben Adresse. Man stelle sich meine Aufregung vor, als ich sah, daß es in der Nähe der Muiderpoortstation, jener Gegend, die ich drei Jahre zuvor vergeblich durchforscht hatte, ein großes allgemeines Krankenhaus gab! Die Tatsache, daß Krankenschwestern wegen der Nachtschichten meist in der Nähe ihres Arbeitsplatzes wohnen, schien meine intuitive Annahme zu stützen, daß sie irgendwo in dieser Gegend wohnten. Das Krankenhaus, der Bahnhof und mehrere Kirchen lagen auf dem Stadtplan alle in einem Kreis von zehn Zentimetern Durchmesser. Obwohl ich mich auf nichts Solideres stützte als auf meine Intuition und den Zufall, schien dies doch eine vielversprechende Basis für meine ersten Sondierungen zu sein.

Am nächsten Abend duschte ich und zog dann das schlichte, weiße Baumwollhemd und die weiße Hose an, die ich in Indien gekauft hatte. Ich war noch sehr braun, und mein Haar war von der Sonne ausgebleicht. Auch wenn ich nie wieder so fit werden würde wie in meiner Zeit als Tänzer, war ich doch dank meiner sportlichen Betätigung auf meinen Reisen immer noch gut in Form. Ich studierte mich beim Anziehen im Spiegel und kam zu dem Schluß, daß ich gut aussah – was bei dem, was ich vorhatte, nichts schaden konnte.

Stefan war schon am Nachmittag zu Madeleine gegangen, um ihr bei den Vorbereitungen zu helfen, so daß ich mich allein auf den Weg machte. Ich fuhr mit dem Fahrrad an der Spiegelgracht entlang und dann durch die kühle, schwach beleuchtete Unterführung unter dem Rijksmuseum. In dem Halbdunkel am Rand des Gewölbes stand ein Mann mit einem Filzhut und spielte Saxophon. Ich fuhr an ihm vorbei und in die Nacht hinaus, fort von den gespenstisch in dem höhlenartigen Dämmerlicht schwebenden Tönen. Im Südwesten war der Mond aufgegangen. In ein paar Tagen würde er voll sein, und er hatte bereits einen tiefen, buttrigen Farbton, ähnlich wie das Saxophon, an dem ich gerade vorbeigefahren war.

Als ich schließlich bei dem Haus ankam, schlug es zehn. Ich schloß mein Fahrrad an das hohe schwarze Gitter und drückte auf die Klingel für den obersten Stock. Es war ein altes Haus mit einem kühlen, hohen Hausflur, der mich an eine Botschaft oder an ein Museum denken ließ. Plötzlich begann mein Herz zu flattern, als wäre in meiner Brust ein Tier mit Flügeln aufgeschreckt worden und ergreife die Flucht. Ich merkte, daß ich versuchte, nicht an die Krankenschwester zu denken. Es ist eine Party, sagte ich mir. Eine Party, sonst nichts.

Langsam stieg ich die Marmortreppe hinauf und las im Vorbeigehen die Namensschilder der anderen Mieter – Korzelius, Camacho, D'Amore ... Die Tür zu Madeleines Wohnung stand offen. Ich ging hinein. Drinnen wirkte auf einmal alles sehr geräumig. Das Wohnzimmer schien endlos tief zu sein, die Wände sahen aus, als wären sie erst kürzlich geweißt worden, und der fleckige Holzfußboden hatte die Farbe von Karamel. Vierzig bis fünfzig Leute standen herum und tranken und unterhielten sich. Es war niemand dabei, den ich kannte.

Stefan stand vor den Glastüren zur Dachterrasse. Er hatte ein wenig glasige Augen, und sein Mund war zu einem schelmischen, schiefen Lächeln erstarrt. Seine ohnehin stark geschwungenen Nasenlöcher waren jetzt so kunstvoll, ja fast lächerlich geschweift wie die Spitzen von türkischen Pantoffeln. Er sagte, er habe schon drei oder vier Cocktails getrunken und außerdem ein paar Joints geraucht. In dem Moment tauchte aus der Dunkelheit hinter ihm ein Mädchen mit kurzem, schwarzem Haar und rotem Mund auf. Sie legte den Unterarm auf Stefans Schulter und blickte mir mit ihren dunkelbraunen Augen fest ins Gesicht.

»Du bist bestimmt Madeleine«, sagte ich.

Sie lächelte. »Ich hab schon viel von dir gehört. Du bist Tänzer.«

»Das war ich mal.«

»Was ist passiert?«

»Die Frage kannst du dir sparen«, sagte Stefan. »Er wird es dir nicht erzählen.«

Madeleine zündete sich eine Zigarette an und stieß langsam eine dünne Rauchfahne aus.

»Das ist eine schöne Wohnung«, sagte ich. »Du teilst sie dir mit jemandem, nicht wahr?«

»Ja, mit Jeannine.« Madeleine blickte an mir vorbei ins Zimmer. »Ich weiß nicht genau, wo sie steckt ...«

So hieß sie also. Jeannine.

Nach einer Weile ließ ich die beiden mit der Bemerkung stehen, ich müsse mir etwas zu trinken holen. Ich ging durch den Raum und fragte mich, wer wohl Jeannine war und ob ich sie schon bemerkt hatte, ohne zu wissen, wer sie war. Ich trank ein Glas Früchtebowle und redete mit ein paar Leuten, doch es war niemand namens Jeannine dabei.

Zwei Stunden vergingen. Um Mitternacht traf ich wieder auf Stefan. Diesmal stand er draußen auf der Terrasse. Als ich zu ihm trat, legte er den Kopf in den Nacken und sah in den Himmel. »Was für eine Nacht«, sagte er. Er setzte sein Glas an und trank. »Weißt du, du hast es wirklich gut.«

»Gut?« fragte ich.

»Du bist rumgekommen. Du hast die Welt gesehen ...« Er fuhr mit der Hand durch die Luft, beschrieb einen vagen Halbkreis: die Welt.

Dies war ein Gespräch, das ich an dem Abend schon mindestens einmal geführt hatte, und ich wollte es nicht schon wieder führen. Da Stefan offensichtlich betrunken und bekifft war, glaubte ich, direkt sein zu können.

»Hast du Jeannine gesehen?« fragte ich ihn.

»Jeannine? Die steht da drüben.« Er drückte das Kreuz durch, schwankte ein wenig und zeigte dann zur anderen Seite der Terrasse, auf eine kleine Gruppe von Leuten, die sich unterhielt.

»Welche von ihnen ist es?«

»Die mit den roten Haaren.«

Auf einmal schien die Luft zu erschaudern. Ich wandte mich ab. Unter mir lag die Stadt. Ich starrte hinab auf ein Gebiet, in dem es kaum Lichter gab. Der Vondelpark. Benannt nach einem Dramatiker des siebzehnten Jahrhunderts, dessen Stück *Luzifer* verboten worden war, weil er sich erdreistet hatte, den Himmel und die Engel auf die Bühne zu bringen. Dahinter war als heller Streifen eine Schnellstraße zu sehen – eine Umgehungstraße, die nach Rotterdam und Den Haag führte.

Eine Krankenschwester mit roten Haaren ...

Ich atmete tief durch und drehte mich wieder um. Stefan redete wieder davon, wie gut ich es hätte. Nur noch mit einem Ohr zuhörend, lehnte ich mich ans Geländer und beobachtete Jeannine. Sie hatte langes, feines Haar, das glatt herabhing, als wäre es naß, so daß sich die Kopfform darunter abzeichnete, und ganz weiße Haut, wie rothaarige Menschen sie oft haben. Konnte das wirklich die Anführerin der drei Frauen sein? Konnte das Gertrude sein? Ich ging näher heran und sah, wie sie eine Zigarette zum Mund führte. Als sie daran zog, glühte die Spitze wie ein Stück Kohle. Sie trug keinen Nagellack. Aber solche Dinge können sich ändern.

In der nächsten halben Stunde folgte ich ihr, wie sie von Gruppe zu Gruppe ging. Sie trank und rauchte. Sie lachte. Sie war selbstbewußt. Ich hatte nicht den Eindruck, daß sie mich bemerkt hatte, doch dann kam mir der Gedanke, daß, wenn dies durch einen absurden Zufall tatsächlich Gertrude war, sie schließlich *so tun* müßte, als wäre ich ihr nicht aufgefallen, *so tun* müßte, als würde sie mich nicht kennen. In dem Fall hätten wir einander beide beobachtet, aber möglichst unauffällig ... Was würde sie tun, wenn ich sie ansprach? Wahrscheinlich würde sie sich verhalten, als hätte sie mich nie gesehen. Schließlich waren die Frauen Spielernaturen. Sie waren es gewohnt, Risiken einzugehen. Sie hatten starke Nerven. Dennoch konnte ich mir nicht vorstellen, wie es nach den ersten paar Minuten weitergehen würde ...

Ich hatte mir den Kopf zerbrochen, was ich zu ihr sagen, wie ich eine Begegnung herbeiführen sollte, aber am Ende nahm sie es mir ab. Etwa um ein Uhr morgens folgte ich ihr zum zweitenmal nach unten, als sie auf einmal stehenblieb und kehrt machte. Sie mußte wohl etwas vergessen haben, oder ihr war irgend etwas eingefallen. Jedenfalls geschah es so abrupt, daß wir zusammenstießen. Sie entschuldigte sich bei mir auf holländisch.

»Nichts passiert«, sagte ich. »Du bist Jeannine, stimmt's?«

Erstaunt lehnte sie den Oberkörper leicht zurück und

drehte den Kopf kurz zur Seite, während sie ihre Zigarette auf Schulterhöhe von sich weg hielt.

»Du bist Krankenschwester«, sagte ich.

»Du scheinst ja bestens über mich Bescheid zu wissen.« Es klang ein wenig skeptisch, als hätte sie sich noch nicht entschieden, ob das gut war oder schlecht.

Ich stellte mich vor. »Ich wohne mit Stefan zusammen.«

»Ah, ja«, sagte sie. »Warst du nicht gerade auf Reisen?«

»Genau, das bin ich.«

Um Zeit zu gewinnen, fragte ich sie, wo sie arbeite. Sie sei eigentlich keine Krankenschwester, erklärte sie mir – jedenfalls nicht mehr. Sie arbeite in einer psychiatrischen Klinik, an einem Forschungsprojekt zur Behandlung von Depressionen. Während sie ganz unbefangen von ihrer Arbeit sprach, versuchte ich mir ein Bild von ihrem Körper zu machen. Sie trug eine durchsichtige, türkisgrüne Bluse über einem schwarzen BH und eine leicht ausgestellte Hüfthose. Obwohl sie ziemlich freizügig gekleidet war, sah man letztlich doch erstaunlich wenig. Ich konnte ihr Schlüsselbein erkennen und den Brustansatz, die mir nicht bekannt vorkamen – ebensowenig wie ihre Handgelenke, ihre Hände, ihre Finger ... Doch erst wenn sie alles ausziehen würde, was sie anhatte, würde ich Gewißheit erlangen. Irgendeine primitive Regung würde mich durchzucken. Mein Körper würde sich erinnern. Wenn ich sie nackt sähe, würde ich es wissen.

»Du hörst mir nicht zu«, sagte sie.

»Entschuldige«, sagte ich. »Ich hab dich angesehen.«

Ihr Gesicht nahm einen merkwürdigen Ausdruck an, eine Mischung aus Belustigung und Verwirrung. Sie wurde nicht schlau aus mir. Sie ließ die Zigarette in das leere Glas fallen, das sie in der Hand hielt. Die Glut erlosch mit einem kurzen Zischen. Unten spielten sie den

Club-Re-mix eines Liedes, das in dem Sommer ein Hit gewesen war.

»Hast du Lust zu tanzen?« fragte sie.

Ich schüttelte den Kopf. »Nein, eigentlich nicht.« Dann beugte ich mich, ohne zu überlegen, hinab und küßte sie. Sie war überrascht, doch sie ließ es geschehen.

»Können wir uns irgendwohin zurückziehen?« fragte ich sie.

»Du verschwendest wohl nicht gern viel Zeit, was?« Auch jetzt wirkte sie vor allem amüsiert, als ob sie jemandem wie mir noch nie begegnet sei.

Sie nahm mich an der Hand und führte mich in das untere Stockwerk. Während unseres Gesprächs auf der Treppe hatte ich meine Meinung mindestens ein dutzendmal geändert. Mal war ich enttäuscht, daß sie offensichtlich keine der Frauen war, die ich suchte; die Art, wie sie sich benahm – halb vorsichtig und halb provozierend –, kam mir völlig natürlich vor. Dann wieder bildete ich mir ein, sie sei Gertrude, und gratulierte ihr innerlich zu ihren Verstellungskünsten. Sie hätte Schauspielerin werden sollen, nicht Krankenschwester ...

Ich folgte ihr einen von Bücherregalen gesäumten Flur entlang, durch einen unbeleuchteten Gang und dann durch einen weiteren, kleineren Korridor in ein hohes, längliches Zimmer. Sie trat zur Seite, um mich vorzulassen, dann schloß sie hinter uns die Tür ab. In dem Raum befand sich an einer Wand ein Waschbecken und in der Ecke ein Klo. Sollte das eine Anspielung sein, ein Bekenntnis ihrer Schuld? Ich drehte mich um. In der Dunkelheit konnte ich sie kaum erkennen – nur den Umriß ihres Kopfes und der Schultern und den fast metallischen Glanz ihrer Zähne, wenn sie sprach.

»Das Licht ist kaputt«, sagte sie. »Stört dich das?«

»Nein«, sagte ich.

Sie kam auf mich zu, bis sie nur noch eine Handbreit entfernt war. Bei jedem Schlag meines Herzens schien die Luft hinter ihr sich zusammenzuziehen. Ich legte ihr die Hände auf die Hüften. Wir küßten uns zwei-, dreimal schnell, so als berührten wir etwas, das heiß sein könnte, dann küßten wir uns langsamer und länger. Ihr Mund war süß vom Alkohol, auch wenn ich dahinter den brandigen Geschmack von Zigarettenrauch wahrnahm. Ich führte sie ans Fenster, das hoch war und tief in die Wand eingelassen. Lichter schimmerten von draußen durch das altmodische Milchglas wie ein mitten in der Explosion erstarrtes Feuerwerk. Sie schien zu wissen, was ich wollte. Als sie hinter sich die Nische spürte, schwang sie sich auf das Fensterbrett. So, wie sie jetzt saß, mit dem Rücken zum Licht, konnte ich sie noch schlechter erkennen. Ich wußte, daß sie kein hübsches Gesicht hatte – nicht häßlich, aber auch nichts Besonderes –, und seltsamerweise stellte ich fest, daß mich das erregte. Ich knöpfte ihre türkisgrüne Bluse auf und sah zu, wie sie ihr von den Schultern glitt, dann öffnete ich ihren BH. Ihre Brüste waren rund und fest und die Brustwarzen sehr klein. Ich küßte sie sanft. Sie warf den Kopf zurück, und er schlug dumpf gegen die Scheibe. Ein Raunen entstieg ihrer Kehle, fast als würde sie vor sich hin summen.

Ich streifte ihr Hose und Slip bis zu den Knien herab, dann zog ich sie zu mir heran, bis sie mit dem Oberschenkelansatz auf der dicken Kante des Fensterbretts saß. Wieder schien sie zu ahnen, was ich vorhatte, denn sie griff über ihren Kopf nach hinten und hielt sich mit beiden Händen am oberen Teil des Schiebefensters fest. Sie sah auf mich herab, durch die Haare, die ihr ins Gesicht hingen. Ihre Brüste glänzten, wo ich sie mit der Zunge berührt hatte.

Ihr Slip und ihre Hose hingen ihr jetzt in einem unordentlichen Wust um die Knöchel. Ich konnte ihre Schamhaare sehen, die noch dunkler waren als die Dunkelheit. Doch die Farbe konnte ich nicht erkennen. Während ich dachte, daß ich noch mindestens einmal mit ihr würde schlafen müssen, steckte ich meine Zunge in ihren Bauchnabel und fuhr dann langsam nach unten bis zu den ersten festen Haarlocken und dann weiter zu dem Punkt, wo das Fleisch sich teilte, wo es sich öffnete und überging in Feuchtigkeit ...

Als sie später die Tür zum Bad zuzog, sagte sie: »Ich hoffe, du bist nicht –« Dann brach sie ab.

»Was?« fragte ich.

Sie schüttelte den Kopf. »Nichts.«

Ich sagte ihr, ich müsse gehen. Im Hinausgehen hörte ich mich eine Entschuldigung murmeln – ich müsse früh aufstehen, sagte ich, was natürlich nicht stimmte –, doch ich versprach, sie im Lauf der Woche anzurufen. Stefan hätte ja ihre Nummer. Als ich mit dem Fahrrad davonfuhr, sah ich über die Schulter zurück. Sie stand auf der obersten Stufe und winkte.

In den fünf Tagen zwischen Madeleines Party und meinem nächsten Zusammentreffen mit Jeannine schlief ich mit drei weiteren Krankenschwestern. Am Sonntag abend sprach ich in einer Bar eine Frau an, deren hängende Schultern mich an Maude erinnerten. Im Bett wandte sie sich von mir ab, wie von einer hellen Lichtquelle. Ganz leise, wie von sehr weit weg, hörte ich eine Stimme sagen: *Keine Angst. Das ist nur ein Traum ...* Ich stützte mich auf beide Ellbogen und blickte auf die Frau hinab. Ich konnte die Rundung ihrer linken Pobacke sehen und ein paar drahtige braune Haarbüschel. Die Haut in ihrem Nacken war milchig, fast grünlich weiß, wie Schimmel. Sie zitterte am ganzen Körper, als würde sie weinen. Ich versuchte, sie zu beruhigen, doch es war zwecklos.

»Möchtest du gehen?« fragte ich sie.

Sie gab keine Antwort. Sie lag einfach auf dem Bett, nackt, mit dem Rücken zu mir, und zitterte.

»Vielleicht solltest du einfach schlafen«, sagte ich.

Ich deckte sie zu und machte das Licht aus.

Am nächsten Morgen kamen wir draußen vor dem Haus an Stefan vorbei, der gerade sein Fahrrad aufschloß. Er schielte durch den leichten Regen zu uns herüber und zog überrascht die Brauen hoch. Wahrscheinlich hatte Madeleine ihm erzählt, daß zwischen mir und Jeannine etwas war. Oder vielleicht waren wir auch nur ein so seltsames Paar.

Am Dienstag schlief ich mit zwei Krankenschwestern, die in dem Krankenhaus in der Nähe der Muiderpoortstation arbeiteten. Ich hatte die beiden im Oosterpark kennengelernt, der gleich gegenüber lag. Sie sagten, sie würden dort in ihren Pausen oft spazierengehen oder sich, wenn es warm war, ins Gras legen, um sich zu sonnen. Als wir alle drei nackt in ihrer Zweizimmerwohnung in De Pijp standen, mixten sie Martinis, schalteten MTV ein und drehten einen Joint. Sie schienen sich nicht weniger füreinander zu interessieren als für mich, was mir nur recht war: So konnte ich die beiden genau studieren. Nichts an ihren Körpern kam mir auch nur im geringsten bekannt vor, und während ich neben ihnen lag und die Unterschiede zwischen ihnen registrierte –im Körperbau, in der Farbe und Beschaffenheit der Haut –, dachte ich an Julia, die Kostümbildnerin unserer Truppe. Als ich einmal zur Anprobe bei ihr war, hatte sie mir ihr Notizbuch gezeigt. Es enthielt ein Verzeichnis der Hautfarbe sämtlicher Tänzer und Tänzerinnen der Truppe. Die Unterschiede waren zum Teil dramatisch – etwa zwischen Tyrone, einem schwarzen Amerikaner, und Suitsugu, der Japaner war –, doch am interessantesten fand ich den Unterschied zwischen Leuten, die für mich immer mehr oder weniger gleich ausgesehen hatten. Julia zeigte mir das Farbmuster für meine eigene Haut, dann blätterte sie um zu Marcel, einem französischen Tänzer. *Ihr seid zwar beide Weiße,* sagte sie, *aber schau nur, wie verschieden ihr seid! Marcels Haut hat viel mehr rotes Pigment. Und das hier* – sie blätterte wieder um – *das ist Jorg. Seine Haut hat fast etwas Gelbes* ... Damals hatte ich dieses Notizbuch beinahe als eine Metapher gesehen, als ein Zeugnis unserer Individualität, als einen Beleg für die Einzigartigkeit jedes Menschen – und die Art, wie es den einen vom anderen unterschied, war so einfach und prägnant. Doch als ich neben den beiden Krankenschwestern im Bett lag, sah ich das Büchlein unter einem neuen Aspekt. So ein Notizbuch könnte praktisch sein, dachte ich. Es könnte einem helfen, jemanden zu finden. Es war ein Mittel zur Identifizierung.

Als ich mich dann am Donnerstag schließlich mit Jeannine traf, fühlte ich mich ziemlich unwohl. Ich schlief zwar mit den Frauen, mußte jedoch jede persönliche Verwicklung vermeiden, und anders als die meisten Männer, denen ich begegnet bin, fiel mir das keineswegs leicht. Es lag eine gewisse Ironie darin, daß ich nun diesen Männern zu gleichen begann. So saß ich in jener Woche einmal in einem Café und beobachtete die Studentinnen, die das gegenüberliegende Gebäude der medizinischen Fakultät verließen oder betraten, als mir zwei Bauarbeiter am Nebentisch auffielen, die genau dasselbe taten. Auf einmal wurde mir klar, daß ich mich für einen unbeteiligten Beobachter, für jemanden, der nicht Bescheid wußte, durch nichts von diesen Männern mit den schlottrigen, schmutzigen Jeans und dem Zementstaub im Haar unterschied. Ich war einfach ein Mann, der den Frauen nachsah. Und wie die Bauarbeiter wollte ich natürlich mehr. Doch was Jeannine betraf, kam ich mir im nachhinein ziemlich plump vor. Unsere Begegnung auf der Party hatte den Reiz des Verbotenen gehabt. Das Ganze war viel zu stark aufgeladen gewesen. Und womöglich hatte ich bei ihr den Eindruck erweckt, daß ich etwas für sie empfand. Doch ich konnte es mir nicht leisten, eine Beziehung mit ihr anzufangen. Ich durfte mit keiner Frau eine Beziehung eingehen. Es gab in meinem Leben keinen Raum dafür, keine Zeit. Als ich auf das Restaurant zuging, war mir bewußt, daß der Abend nicht leicht werden würde.

Ich sah sie, bevor sie mich sah. Sie saß im rechten Winkel zu mir, vor einer dunkelgelben Wand. Sie trug ein langärmeliges, braunes T-Shirt und Jeans. Ihr Gesicht war blaß, schlicht und unscheinbar, und ihre Haare hatte sie zu einem Knoten hochgesteckt. Sie kam mir vor wie jemand, dem ich noch nie begegnet war. Ich hatte nichts mit ihr gemein. Meine Anwesenheit in dem Lokal erschien mir absurd, unerklärlich.

Ich setzte mich hin. Sie lächelte mich unbestimmt an. Wir gaben uns keinen Kuß. Ich bestellte eine Karaffe Rotwein und Oliven. Es war laut in dem Restaurant, und die Kellner schrien und gestikulierten und bahnten sich mühsam einen Weg durch den Raum, in dem die Luft vor lauter Rauch fast ockerfarben war. Am Nebentisch saß ein spanisches Paar: eine schwarzhaarige, würdevolle Frau mittleren Alters und ein Mann in einem knapp geschnittenen, hellgrauen Anzug. Der Mann saß vorgebeugt da, als erzähle er ihr etwas sehr Intimes oder Wichtiges, und ab und zu verstummte er abrupt, senkte den Blick und drehte mit hochgezogenen Brauen den Siegelring an seinem kleinen Finger. Ich trank einen Schluck von dem sauren Wein und sah zu Jeannine hinüber. Sie rauchte. Ich wußte nicht, was ich mit ihr reden sollte.

Dann streckte sie die Hand aus, um die Zigarette auszudrücken, und fragte mich, wie Südamerika sei.

»Was?« fragte ich. »Der ganze Kontinent?«

Und plötzlich lachten wir beide.

Von da an war es eigentlich ganz nett. Sie hatte eine trockene, selbstkritische Art von Humor, die mir in Amsterdam selten begegnet war. Sie erzählte Geschichten, in denen sie selbst schlecht wegkam, und wirkte dabei doch nicht wie ein Pechvogel. Statt dessen gewann man den Eindruck, daß sie nicht unterzukriegen war. Vielleicht lag es am Wein, jedenfalls wurde sie im Verlauf des Abends immer selbstsicherer, so daß sie mich, als wir draußen vor dem Restaurant unsere Fahrräder aufschlossen, halb belustigt fragen konnte: »Zu mir oder zu dir?«

Wir fuhren zur Prinsengracht, was näher war. Es war eine kühle Nacht, und von den Kanälen stieg Nebel auf, der die Bäume zu verschwommenen grauen Formen werden ließ. Als wir bei mir ankamen, war es schon nach ein Uhr, und obwohl wir unter Stefans Schlafzimmertür noch einen schmalen Streifen Licht sahen, beschlossen wir, ihn nicht mehr zu stören. Stumm stiegen wir zu meiner Dachwohnung hinauf. Während Jeannine im Bad war, zog ich mich aus und schlüpfte unter die Decke. Ein paar Minuten darauf kam sie in Slip und weißem Unterhemd zu mir. Sie fragte mich, ob sie das Licht löschen solle. Ich schüttelte den Kopf.

»Ich möchte dich sehen«, sagte ich.

Sie stieg zu mir ins Bett. Ihre Haut fühlte sich kalt an. Sie küßte mich auf den Mund, dann richtete sie sich auf einem Ellbogen auf, stützte den Kopf auf die Hand und sah mich von oben an.

»Dein Körper«, sagte sie. »Er sieht aus wie der Körper eines Samurai.«

Ich lachte kurz auf. »Ach ja?«

Ihr Gesicht hatte etwas Dickköpfiges, Selbstzufriedenes, und in dem Moment wurde mir klar, daß ich es niemals so weit hätte kommen lassen dürfen.

»Breite Schultern«, fuhr sie fort, »schmale Taille ... lange Oberschenkel – du bist sehr schön ...«

Unten auf der Straße hustete ein Mann. Es war mir unangenehm, ja fast peinlich, als wäre der Mann mit uns im Raum. Jeannine küßte mich auf die Schulter, dann auf den Hals. Ihr Haar, das jetzt offen war, strich mir über die Brust.

Ich fuhr mit der Hand zu der Einbuchtung ihrer Taille und dann weiter über ihre linke Hüfte und schob ihren Slip bis zur Hälfte der Schenkel hinab. Ein Blick genügte, um mir zu sagen, daß sie keinerlei Narben hatte und daß ihr Schamhaar braun war. Doch im Grunde hatte ich das wohl längst gewußt. Ich konnte sie in die Liste der Frauen aufnehmen, deren Unschuld bewiesen war. Mir fiel auf, daß die Liste noch ziemlich kurz war, und der Gedanke ließ mich auf einmal todmüde werden.

»Was ist?« fragte sie.

»Nichts.« Ich legte mich zurück. »Hast du dir mal das Schamhaar gefärbt?«

Sie lachte. »Was für eine komische Frage.« Dann sah sie, daß ich es ernst meinte. »Nein«, sagte sie, »noch nie.« Sie zögerte. »Würde dir das gefallen?«

Ich schüttelte den Kopf. Ich wußte nicht einmal, wozu ich sie das noch gefragt hatte. Vielleicht nur, um etwas zu sagen.

Sie streckte die Hand aus und berührte meinen Penis. Er reagierte nicht. Sie begann, daran zu ziehen, doch das machte es nur noch schlimmer. Ich griff nach ihrer Hand und schob sie weg.

»Hast du keine Lust?« fragte sie.

Ich seufzte. »Ich weiß nicht.«

»Du weißt nicht?« Sie lachte leise, dann legte sie sich zurück und starrte hinauf an die Decke. »Wenn du nichts dagegen hast, werde ich jetzt schlafen.«

Am frühen Morgen merkte ich, wie sie aufwachte und aus dem Bett schlüpfte. Mit halb geschlossenen Augen sah ich zu, wie sie sich am Fenster anzog – der helle Bogen ihres Rückgrats, ihr Haar, das in der Dämmerung schwarz aussah und das senkrecht herabhing, als sie in ihre Strumpfhose stieg.

Bevor sie hinausging, beugte sie sich über mich und gab mir einen Kuß. Ich öffnete die Augen.

»Du gehst?« fragte ich.

Sie lächelte matt und traurig, als wisse sie, daß ich ihr etwas vorgemacht hatte.

»Ich arbeite heute«, sagte sie, »und davor muß ich noch mal nach Hause.«

Ich nickte.

»Mach's gut«, sagte sie.

Wenn Stefan etwas davon wußte, was zwischen mir und Jeannine gewesen war, so ging er mit Stillschweigen darüber hinweg. Obwohl wir noch oft von der Party sprachen, davon, wie gelungen sie gewesen sei, wurde Jeannine mit keinem Wort erwähnt. Vielleicht hatte sie es niemandem erzählt. Oder Stefan hatte es einfach nicht mitbekommen. Inzwischen hatte ich, als ich eines Nachmittags im Vondelpark spazierenging, ein großes dunkelhaariges Mädchen kennengelernt, das in der Alexander van der Leeuwkliniek am Overtoom arbeitete ...

Ich fing an, sehr viel Zeit in Krankenhäusern zu verbringen oder in ihrer Umgebung. Anfangs gab ich vor, einen kranken Verwandten zu besuchen, was mir erlaubte, mich auf verschiedenen Stationen aufzuhalten und ein Gespräch mit den Schwestern zu beginnen, doch ich merkte, daß ich auf diese Weise bald entdeckt werden würde. Ich brauchte einen rechtmäßigen Grund. Und ich hatte Glück. Eines Morgens sah ich an einem Anschlagbrett einen Zettel hängen, der für ein Krankenbesuchsprojekt warb. Warum hatte ich daran nicht schon eher gedacht? In den darauffolgenden Wochen schrieb ich mich in ganz Amsterdam als Teilnehmer an solchen Projekten ein, und von da an war meine Gegenwart in den Krankenhäusern gerechtfertigt. Ja, nicht nur das: Sie wurde sogar aktiv unterstützt. Schließlich leistete ich einen Beitrag zum Gemeinwohl. Es war eine gute Tat. Als Stefan mich fragte, was ich eigentlich den ganzen Tag lang treibe, antwortete ich ihm, ich hätte angefangen, mich karitativ zu betätigen. Und das war nicht gelogen! Ich saß stundenlang bei alten Leuten oder Menschen ohne Familie und hörte mir ihre Klagen, ihre Träume, ihre Erinnerungen an – manchmal war es ein wenig wie damals, als ich bei Paul Bouhtala auf dem braunen Samtsofa saß –, doch währenddessen sah ich mir das Pflegepersonal an, auf der Suche nach Eigenschaften oder Merkmalen, die mir bekannt vorkamen.

In jenem Winter fand ich mich oft in peinlichen Situationen wieder. Vor allem eine Schwester ist mir in Erinnerung geblieben. Sie war mir in einer Krankenhausabteilung aufgefallen, als sie einen Servierwagen mit Essen herumschob, und ich war stehengeblieben und hatte sie angesprochen. Sie hatte eingewilligt, sich nach der Arbeit mit mir in einer Bar zu treffen. Als sie zur Tür hereinkam, trug sie einen eng gegürteten schwarzen Plastik-Regenmantel, und ihre Nägel waren kobaltblau lackiert. Sie hatte zwar feine Gesichtszüge, doch ihr Blick wirkte irgendwie abgestumpft, als sei ihr nichts mehr fremd. Es war dieser Blick, durch den ich auf sie aufmerksam geworden war. Wir tranken ein paar Wodkas, dann nahm sie mich mit zu sich. Sie wohnte im obersten Stock eines besetzten Hauses, eines ehemaligen Container-Terminals im Osten von Amsterdam. Ich folgte ihr durch tropfnasse Gänge zu einem Zimmer, das auf einen Werkkanal hinausging. Ich erinnere mich noch an das Wasser, das ganz zähflüssig aussah und nach Rost und Öl roch, und ich erinnere mich an die gelben Gräser, die vor ihrem Fenster wippten. Sie bot mir Tabletten an, die sie aus dem Krankenhaus gestohlen hatte. Ich lehnte ab, doch sie selbst nahm drei, die sie sich mit der flachen Hand in den Mund warf und mit einem Rest Cola aus einer Dose hinunterspülte. Als wir auf ihrer Matratze miteinander schliefen, kauerte sie unter mir und zerrte mit ihren kleinen blauen Nägeln an meiner Haut, als wolle sie sie aufreißen, um in mich hineinzusehen. Später erzählte sie mir nuschelnd und mit Hohn in der Stimme, daß sie von ihrem Vater mißbraucht worden sei, aber das habe ihr niemand geglaubt, weil er doch so ein netter Mann war, so beliebt, er sei bei der Feuerwehr gewesen, und auf einmal wurde mir klar, daß ich nicht allein war: Es gab noch andere Menschen wie mich, Menschen, die in der vierten Dimension lebten, in einer Welt, die parallel zu dieser war, einer Art Fegefeuer. Seltsamerweise hatte auch sie eine kleine runde Narbe, jedoch auf dem Arm, genau in der Mitte zwischen Ellbogen und Schulter. Dennoch zog ich erschrocken die Luft ein, als ich sie sah. Das Mädchen fragte, was los sei, doch ich schüttelte nur den Kopf und sagte, es sei nichts.

Als ich eines Abends kurz vor Weihnachten nach Hause kam, saß Stefan am Küchentisch und machte seinen Jahresabschluß. Ich stand in der Tür und sah den Haufen von Rechnungen und Quittungen, und auf einmal wurde mir klar, daß ich mir bald eine Arbeit würde suchen müssen. Das Erbe meines Onkels war zwar noch nicht aufgebraucht, doch es würde nicht ewig reichen.

Stefan lehnte sich auf seinem Stuhl zurück, die Hände im Nacken verschränkt, und musterte mich einen Moment, dann lächelte er und schüttelte den Kopf. »Du bist mir schon einer.«

Ich konnte nicht ganz folgen. »Was meinst du damit?«

»Ich meine deinen Erfolg bei den Frauen«, sagte er. »Immer wenn ich dich sehe, hast du eine andere dabei.«

Ich runzelte die Stirn. Seit meiner Rückkehr nach Amsterdam hatte ich zwar mit vielen Frauen geschlafen, aber ich hatte nicht das Gefühl, besonders erfolgreich zu sein. Ganz im Gegenteil. Ich hätte eher gesagt, daß ich elend versagt hatte.

»Du bist fast so etwas wie ein Playboy«, fügte Stefan hinzu.

»Stefan«, sagte ich.

»Im Ernst«, sagte er. »Es ist wirklich erstaunlich.«

Sein Gesicht drückte Bewunderung und ungläubiges Staunen aus, doch es schimmerte auch eine gewisse Verstörung hindurch, als würde ihm etwas dämmern, und ich meinte zu wissen, was. Ihm war soeben der Gedanke gekommen, Brigitte könnte mich vielleicht zu Recht verdächtigt haben. Ihm war der Gedanke gekommen, ich könnte ihr vielleicht wirklich untreu gewesen sein. Nun, dazu konnte ich nicht viel sagen. Ich blickte hinüber zum Fenster und sah zu, wie der Regen an der Scheibe hinabrann.

»Eigentlich«, sagte ich, »suche ich jemanden.«

Stefan kicherte. »Tut das nicht jeder von uns?«

»Stefan«, sagte ich.

Immer noch belustigt, blickte er zu mir auf. »Was?«

»Es ist nicht so, wie du denkst.«

Ich wohnte vierzehn Monate lang in dem Haus an der Prinsengracht, und in dieser Zeit schlief ich mit einhundertzweiundsechzig Frauen. Die meisten von ihnen arbeiteten in Krankenhäusern oder Kliniken, doch es gab auch einige, die nichts mit diesem Berufszweig zu tun hatten. Vielleicht hatte ich sie aus einem bestimmten Blickwinkel gesehen oder in einem bestimmten Licht, oder vielleicht lag es an meiner Stimmung, jedenfalls schienen sie mir alle im Besitz eines Geheimnisses zu sein oder eine Schuld mit sich herumzutragen. Diese Eigenschaft war ihnen allen gemein – daß sie etwas vor mir zu verbergen schienen, daß sie undurchschaubar, unergründlich waren.

Inzwischen sah ich die Aufgabe, die ich mir gestellt hatte, unter einem neuen Aspekt: als eine Art Ausschlußverfahren. Mit je mehr Frauen ich schlief, desto größer wurde die Wahrscheinlichkeit, daß ich diejenigen fand, die ich suchte. Mit anderen Worten: Je länger ich damit fortfuhr, um so schlechter stand es für sie. Es war weniger eine Suche als eine Art Demontage. Die drei Frauen waren wie Soldaten, deren Deckung langsam, aber systematisch abgetragen wurde. Irgendwann würden sie zum Vorschein kommen. Das hielt ich mir immer wieder vor Augen. Es war bloß eine Frage der Zeit.

Hundertzweiundsechzig Frauen in vierzehn Monaten ... Ich kann mich an keine von ihnen mehr erinnern. Doch halt, das stimmt nicht ganz. An eine erinnere ich mich noch sehr gut.

Daphne.

Weil sie in dem Dämmerlicht ihres Schlafzimmers auf meinen Penis starrte und mich dann ansah und sagte: *Du hast doch nicht etwa Syphilis, oder?*

An einem sonnigen, kalten Oktobernachmittag zog ich in eine Wohnung im Kinkerbuurt ein, nicht weit von dort entfernt, wo ich vor der Zeit mit Brigitte gelebt hatte. Die Wohnung war zwar eher klein, doch sie befand sich in einem Eckhaus im dritten Stock, so daß sie sehr hell war, und mit weniger als achthundert Gulden im Monat war die Miete nicht allzu hoch. Von einem der Fenster im Wohnzimmer aus war ein Stück vom Jacob van Lennep Kanaal zu sehen; ich konnte zuschauen, wie sich die schweren, plumpen Lastkähne vorbeischoben, tief ins Wasser gedrückt von ihrer Fracht, die mit Planen bedeckt und mit Seilen verzurrt war ... Als ich am ersten Morgen nach einer Bäckerei suchte, sah ich im Fenster einer Bar einen Zettel hängen. Sie suchten jemanden für den Ausschank. Während meiner Zeit in Stefans Haus war mein Holländisch besser geworden, so daß ich jetzt glaubte, mich um die Stelle bewerben zu können. Vor der Bar stand eine Reihe von Tischen, gegenüber einem ruhigen Kanal, und im Hof hatten sie einen Biergarten mit Holzbänken und einer alten Linde. Zu meiner Wohnung war es so nah, daß ich zu Fuß gehen konnte. Am Abend hatte ich ein Gespräch mit der Besitzerin, einer blonden Frau Mitte fünfzig namens Gusta. Sie trug malvenfarbenen Lidschatten, und ihre Handgelenke waren so dicklich wie die eines Babys. Sie war in den sechziger und siebziger Jahren Jazzsängerin gewesen. Sie hatte Chet Baker gekannt und hatte noch wenige Stunden, bevor er aus jenem Hotelfenster in den Tod gestürzt war – war es nicht das Prins Hendrik gewesen? –, einen Joint mit ihm geraucht. Ich ließ sie von damals erzählen, und als die Bar schloß, war ich engagiert.

Eine Woche darauf, als ich mich eingerichtet hatte, rief ich Isabel an, um ihr meine neue Adresse und Telefonnummer zu geben. Zu meiner Überraschung meldete sich jedoch statt ihrer Paul Bouhtala.

»Du hast Glück, daß du mich erwischst«, sagte er. »Ich bin nur kurz hochgegangen, um Isabel ein paar Sachen zu holen.«

»Warum?« fragte ich. »Wo ist sie denn?«

»Sie ist in Haarlem im Krankenhaus. Sie hat Krebs.« Er schwieg einen Moment. »Hast du das nicht gewußt?«

Nach dem Gespräch legte ich den Hörer auf und starrte aus dem Fenster. Die Sonne schien. Weiße Wolken hingen an einem blauen Himmel, reglos und zweidimensional. Sie sahen aus wie die Zielscheiben in einer Schießbude auf dem Rummelplatz. Unter den Wolken stand eine Häuserzeile. Ein Laden für Badezimmer-Armaturen. Ein Baum.

Nichts schien sich zu bewegen. Nichts schien real zu sein.

Erst als ich am nächsten Nachmittag in dem Krankenhaus in Haarlem eintraf, fiel mir auf, was für eine boshafte Karikatur meines Lebens das war: Es war eine Parodie auf die Zeit, in der ich dringend nach einer Ausrede gesucht hatte, um mich möglichst viel in Krankenhäusern aufzuhalten.

Jetzt hatte ich eine.

Unvermittelt blieb ich in der Eingangshalle stehen. Ich starrte zu Boden, und eine Welle der Scham stieg in mir auf.

Als ich an jenem Tag Isabels Einzelzimmer betrat, war ich entsetzt darüber, wie sie sich verändert hatte. Ihr Gesicht war zusammengeschrumpft, faltig geworden und alt. Man konnte durch die Haut hindurchsehen auf das, was darunter lag: Ich konnte die Schädelnähte erkennen. Ich legte die Blumen ans Fußende des Bettes und setzte mich zu ihr. Meine Kehle fühlte sich an, als könnte ich nicht mehr schlucken.

»So schöne Blumen«, wisperte sie. »Ich danke dir.«

Sie lächelte nur mit den Augen. Anscheinend tat ihr der Mund innen weh.

Ich wußte nicht, was ich sagen sollte.

Mein Blick fiel auf ihre Arme, die auf der Decke lagen. Ihr linker Arm war unglaublich dünn, nur noch Haut und Knochen. Die Chemotherapie hatte ihr alle Muskelspannung, die ganze Kraft geraubt. Ihr rechter Arm war bis zum Ellbogen eingegipst.

»Wie ist das passiert?« fragte ich.

Isabel blickte dahin, wo ich hinsah. »Ich hab mich an der Wand abgestützt, um nicht umzufallen«, sagte sie, »und da ist er einfach gebrochen.« Sie hielt inne, um Atem zu holen. »Ist das nicht lächerlich?«

»O Isabel.«

»Ich muß furchtbar aussehen. Wie einer dieser Schrumpfköpfe, die du in Südostasien gesehen hast.« Sie versuchte zu lachen, doch es kam kein Ton heraus. »Du hast mir eine Postkarte geschickt, erinnerst du dich?«

Ihre Hand bewegte sich auf der Decke ein winziges Stück auf mich zu. Ich nahm sie in beide Hände und blickte auf Isabels Haut hinab, die so dünn wie Oblaten war, auf ihre Adern, die drahtig waren, fast schwarz.

»Ich spüre deine Kraft«, flüsterte sie. »Seltsam, wie stark sich die Leute anfühlen ...« Sie schloß für einen Moment die Augen, dann riß sie sie auf und sah sich um, als wisse sie nicht, wo sie sei.

»Ist schon gut, Isabel«, sagte ich. »Hab keine Angst.«

Sie lächelte mich von unten an. Mir war, als versuche sie, fester zuzufassen, doch es war fast kein Unterschied wahrzunehmen.

»Paul hat gesagt, du bist umgezogen ...«

Ich beschrieb ihr meine neue Wohnung, in allen Einzelheiten. Ich erklärte ihr, das Wohnzimmer sei zwar klein, doch es habe ein Süd- und ein Westfenster, so daß es im Sommer von Licht durchflutet sein würde. Von dem Westfenster aus sähe ich einen Laden für Badezimmer-Armaturen, der nie geöffnet zu sein schien. Von dem Südfenster aus könne ich ein Stückchen Kanal sehen. Ich erzählte ihr, daß meine Küche ganz und gar grün gestrichen war, in einem Grünton, den ich noch nie gesehen hätte, zwischen nilgrün und salatfarben. Doch für zwei Uhr morgens sei es genau das richtige, denn um diese Zeit säße ich immer an meinem einfachen Holztisch, tränke einen Kräutertee und läse die Zeitung. Ich erzählte ihr von den Abflußrohren, wie es darin jedesmal knackte und knirschte, wenn Wasser hindurchrann – so als säße in der Wand ein Hund und nage an einem Knochen. Ich erzählte ihr, irgend jemand in dem Haus spiele jeden Tag um dieselbe Zeit Klavier. Es sei ziemlich quälend, denn bei allem technischen Können spiele diese Person ohne jedes Gefühl. Ich erzählte ihr von der Bar um die Ecke und daß die Besitzerin Handgelenke habe wie ein Baby und auf dem Kopf ein Nest von messingfarbenen Haaren und daß sie um zehn Uhr morgens Crème de menthe trank.

Was ich ihr nicht erzählte, war, daß ich dort arbeitete.

Nach einer Weile schloß sie erneut die Augen, und diesmal machte sie sie nicht wieder auf. Ich dachte, sie mußte wohl eingeschlafen sein, obwohl man das bei Schwerkranken nie so recht sagen kann: Der Abstand zwischen den beiden Zuständen verringert sich, und sie können von dem einen in den anderen hinübergleiten und wieder zurück, ohne daß man es merkt.

Draußen war es dunkler geworden, obwohl es noch nicht einmal vier war. Von meinem Platz am Bett aus konnte ich aus dem Fenster sehen, auf die Hauptstraße und den Feierabendverkehr. Sie führte am Krankenhaus vorbei und machte dann einen langen Bogen, bis sie sich in der Ferne, im Unbekannten verlor. Die meisten Autos hatten die Scheinwerfer an, als kämen sie von einem Ort, wo es stark regnete oder schon dunkel war.

Ich stand vor dem Krankenhaus und spürte die Welt nicht mehr. Der kalte Wind, der Parkplatz. Die Häuser. Es war alles unverändert wie zuvor, und doch nahm ich es anders wahr. Es schien alles weit von mir entfernt zu sein und völlig bedeutungslos. Ähnlich ging es mir in dem Taxi, mit dem ich zum Bahnhof fuhr. Der Fahrer redete die ganze Zeit auf mich ein, wobei er abwechselnd auf die Straße und in den Rückspiegel sah und wiederholt die Hand vom Lenkrad nahm, um den einen oder anderen Punkt zu betonen. Ich hatte den deutlichen Eindruck, daß er einen einstudierten Text vortrug und seine an Selbstgefälligkeit grenzende Zufriedenheit sich nur darauf bezog, daß er ihn so perfekt konnte.

Auch im Zug nach Amsterdam wurde ich dieses Gefühl des Weitwegseins nicht los, ja ich merkte nicht einmal, daß die junge Schwarze, die auf der anderen Seite des Ganges saß, mit mir redete, bis sie den Arm ausstreckte und mich an der Schulter berührte.

»Ist dir nicht gut?« fragte sie.

Ich sah sie mit leeren Augen an. »Doch, mir geht's gut. Warum?«

»Du hast mit dir selbst geredet.«

»Tatsächlich?« Ich starrte vor mich hin. Es war mir nicht bewußt gewesen. »Was habe ich gesagt?«

»Ich weiß nicht. Nur einzelne Wörter. Wie jemand, der im Schlaf spricht.«

Ich blickte wieder zu ihr hin und sah, daß sie schön war. Ihre Brauen wölbten sich verächtlich über den ovalen, dunkelbraunen Augen. Ihre Lippen waren weich und voll. Sie hatte glattes Haar, das genau die Farbe von Lakritze hatte. Sie trug es zu einem kurzen Pferdeschwanz zurückgebunden, der ein paar Zentimeter über ihrem Kragen endete. Irgend etwas an ihrer Schönheit ließ die Wahrheit aus mir herausbrechen.

»Eine Freundin wird bald sterben. Ich war gerade bei ihr.«

»Das tut mir leid.« Sie senkte den Blick zu dem Buch, das sie in ihrem Schoß hielt. Ihre Finger waren lang und dünn und die Fingernägel dunkelrosa. »Ist sie eine gute Freundin von dir?«

»In gewissem Sinn wohl meine beste.«

Ich sah zum Fenster hinaus. Es war jetzt dunkel, doch ich konnte gerade noch erkennen, wie sich das Land zum Horizont hin erstreckte – Land, das eigentlich nicht hätte sichtbar sein, von Wasser hätte bedeckt sein sollen. Irgendwie machte mich das wütend, doch nur für einen Moment.

»Sie hat sich vor ein paar Jahren um mich gekümmert«, sagte ich. »Als ich eine schwierige Zeit hatte.«

»Solche Freunde sind selten«, sagte das Mädchen.

»Ja.«

»Was hat sie denn?«

»Krebs.«

»Oh, das tut mir leid.«

Irgendwann knackte die Lautsprecheranlage, und die Stimme des Schaffners erklang, teilnahmslos und monoton: »Sehr geehrte Fahrgäste, in Kürze erreichen wir den Hauptbahnhof von Amsterdam ...« Das Mädchen warf mir einen resignierten Blick zu und schloß ihr Buch.

»Wie heißt du?« fragte ich sie.

»Juliette«, sagte sie. »Juliette Voerman.«

Ich nannte meinen Namen, und wir gaben uns über den Gang hinweg die Hand. »Würdest du es komisch finden, wenn ich dich um deine Telefonnummer bitte?« fragte ich.

Sie lächelte kurz. »Nein, keineswegs.«

Sie schrieb ihren Namen und ihre Nummer auf einen Zettel und gab ihn mir. Ich sah ihn kurz an, um sicherzugehen, daß ich ihn lesen konnte, dann steckte ich ihn tief in meine Hosentasche.

»Wir könnten ja mal etwas trinken gehen«, sagte ich.

Sie nickte.

Schließlich fuhr der Zug in den Bahnhof ein, bremste und blieb stehen. Wir standen auf.

»Danke, daß du mit mir geredet hast«, sagte ich. »Das hat mir gutgetan.«

Sie lächelte erneut, aber ohne etwas zu sagen.

Einmal entdeckte ich sie noch im Bahnhof. Ihr kurzer dunkler Pferdeschwanz wippte etwa zwanzig Meter vor mir. Dann verlor ich sie in der Menge.

Später stand ich zu Hause am Fenster und sah mir noch einmal den kleinen Notizettel an. Ihre Handschrift war sauber und elegant. Eine Telefonnummer. Wie zig andere, die ich mir in den letzten achtzehn Monaten hatte geben lassen. Und doch schien diese etwas Besonderes zu sein ...

Ich starrte hinunter auf die leere Straße – Laternen in regelmäßigen Abständen und, wo sie aufhörten, ein Stück Kanal. Eine kalte Nacht. Nirgends die geringste Bewegung. Als läge die Stadt unter einer Glaskuppel.

Im Winter war es in Amsterdam nachts manchmal so still, daß man, wenn man durch die Stadt ging, die Räder eines Fahrrads in der nächsten Straße ticken hören konnte oder wie sich ein Ehepaar in seinem Schlafzimmer im dritten Stock unterhielt. Diese Stille erinnerte mich immer an die Märchen aus meiner Kindheit.

Juliette.

Ich wußte natürlich, was an ihr anders war. Wahrscheinlich war es mir in dem Moment klar gewesen, in dem ich sie ansah. Sie konnte keine von den Frauen aus dem Zimmer sein. Mit anderen Worten, sie war unschuldig. Und daran gab es nicht den geringsten Zweifel.

Ihre Hautfarbe bezeugte ihre Unschuld.

Ihre Hautfarbe.

Mitte November kam ich eines Nachts um halb zwei nach Hause und fand auf meinem Anrufbeantworter eine Nachricht vor von einer Frau namens Else. Sie rufe an, um mir zu sagen, daß Isabels Symptome vorübergehend nachgelassen hätten. Sie sei jetzt wieder zu Hause in Bloemendaal und würde mich gern sehen. Als ich zwei Tage darauf, mitten am Nachmittag, an ihre Tür klopfte, machte Else mir auf.

»Isabel ist im Wohnzimmer«, sagte sie.

Isabel lag auf dem Diwan, mit einem halben Dutzend Kissen im Rücken, unter einer Wolldecke aus Guatemala. Sie trug einen Turban aus bernsteinfarbener Seide, und an ihren Fingern funkelten wertvolle Ringe (*der einzige Glanz, der alten Frauen noch bleibt*, hatte sie mir einmal erklärt – und ich hatte ihr natürlich widersprochen).

»Isabel«, sagte ich.

Ich ging zu ihr hin und küßte sie auf die Wange, dann setzte ich mich auf den Stuhl, der neben dem Diwan bereitstand. Die letzten Sonnenstrahlen des Tages fielen schräg über die Bücherwand hinter ihr.

»Du siehst viel besser aus«, sagte ich.

Isabel zog grimassierend die Mundwinkel herab, zu einer ungläubigen, hochmütigen Miene.

»Wirklich«, sagte ich, »im Ernst.«

»Ich bin schon halb tot«, sagte sie. »Aber was ist mit dir?«

Ich erzählte ihr, wie es mit meiner Wohnung voranging, und dann erzählte ich ihr, daß ich in einer Bar jobbte, um Geld zu verdienen, und auf einmal wußte ich nichts mehr zu sagen. Verlegen senkte ich den Blick. Isabel legte mir die Hand auf den Arm. Ihre Hand fühlte sich ganz immateriell an, fast schwerelos. Ich sah zu ihr auf.

»Was tust du dir nur an?« sagte sie.

Ich lachte nervös. »Wie meinst du das?«

Sie wiederholte die Frage: »Was tust du dir nur an?«

»Gar nichts tu ich mir an«, murmelte ich.

Isabel überlegte einen Moment, dann griff sie nach ihrem Wasserglas. Sie schluckte eine Tablette und lehnte sich gegen die Kissen.

»Ich weiß, du hast etwas Schlimmes erlebt«, sagte sie.

Ich brachte kein Wort hervor. Ich konnte nichts tun als sie anstarren.

»Ich weiß es«, sagte sie, »weil dieser Mann von der Kripo es mal erwähnt hat. Wie heißt er noch? Olsen.«

»Aber ich habe ihm doch gar nichts erzählt – nicht wirklich ...« Ich dachte an unser Gespräch auf Paul Bouhtalas Geburtstagsparty. Ich sah Olsens verständnisvolles Gesicht noch vor mir, wie er das Bierglas vor seiner Brust hielt ...

Isabel zuckte kurz mit den Achseln. »Tja, irgendwas mußt du ihm gesagt haben.«

Das Bücherregal hinter ihrem Kopf war jetzt in Dunkel gehüllt. Draußen, hinter der Terrasse, war die Sonne so tief herabgesunken, daß sie nur noch die Spitzen der Kiefern beschien, deren Nadeln sie in ein leuchtendes, brennendes Orange tauchte – fast dieselbe Farbe wie Isabels Turban. Als ich mich ihr wieder zudrehte, sah ich, wie Isabel mit ihrem dünnen Arm nach oben griff und an der Schnur aus kleinen Metallperlen zog, mit der man die Lampe einschaltete.

»Ich hab das schon einmal gesagt«, fuhr sie langsam fort, »aber ich werde es noch einmal wiederholen, und wenn es hart klingt, verzeih mir. Für Feinheiten hab ich weder die Zeit noch die Energie. Was immer da war, du hast es hinter dir. Du mußt nach vorne schauen. Ich kann verstehen, wenn du meinst, nicht mehr tanzen zu können, aber was ist mit deiner Tätigkeit als Choreograph? Du warst so begabt dafür. Noch sehr jung, natürlich, aber sehr begabt.« Ihr Lächeln wirkte verschmitzt, als behielte sie es zur Hälfte im Mund. Schwach, wie sie war, konnte sie mich doch noch aufziehen. »Alle suchen jemanden, der die Fähigkeit hat –« Sie brach ab, überlegte einen Moment. Dann sagte sie: »Jemanden, der wirklich etwas kann. Begreifst du das denn nicht?«

Ich nickte und blieb eine Weile stumm.

»Ich weiß nicht, ob ich es wirklich hinter mir habe«, sagte ich schließlich. »Manchmal fühlt es sich nicht so an.«

Wir saßen schweigend da, jeder in seine Gedanken versunken. Ich stellte mir vor, wie Paul Bouhtala in seinem Arbeitszimmer saß, wie die Brillantenaugen seines Feuerzeugs neben ihm auf dem Tisch funkelten ...

Die Tür ging auf, und Elses blasses Gesicht erschien in der Dunkelheit am anderen Ende des Raumes. Isabel müsse sich jetzt ausruhen, sagte sie. Ich stand auf, um zu gehen, aber Isabel hielt mich am Handgelenk fest.

»Schlaf doch heute nacht hier«, sagte sie, »in deinem alten Zimmer. Dann können wir morgen weiterreden.«

Zu manchen Stimmungen paßt die holländische Landschaft sehr gut. Als ich am nächsten Nachmittag mit dem Zug nach Amsterdam zurückfuhr, saß ich am Fenster und sah zu, wie das schmucke, flache Land vorbeiflog, und der Anblick hatte für mich etwas Tröstliches. Von ihrem Erscheinungsbild her war diese Landschaft durchaus nichts Besonderes. Das Besondere an ihr war, daß es sie überhaupt gab. Einmal sah ich in der Ferne ein Wäldchen, das wie ein Stück wilde Natur aussah, wie durch Zufall entstanden, doch als der Zug daran vorbeifuhr, lösten sich die Bäume in gerade Linien, ja in ein Raster auf. Die Ordnung war die ganze Zeit dagewesen. Es war wie ein holländischer Witz, und ich merkte, daß ich lächelte.

Am Vormittag hatte Isabel von meinen Choreographien gesprochen, hatte meine Phantasie, meinen Einfallsreichtum, meinen Witz gelobt. Das war untypisch für sie, und ich merkte, daß sie mich, indem sie mich an die Vergangenheit erinnerte, zu mir selbst bringen wollte. Doch sie erreichte damit keineswegs, was sie bezweckte. Während ich ihr zuhörte, wurde mir klar, um wie vieles man mich beraubt hatte: Ich hatte höchstens noch eine flüchtige Ähnlichkeit mit dem Menschen, von dem sie sprach. Sie beharrte darauf, daß ich den Tanz benutzen könne, die Geister, die mich quälten, zu vertreiben. Ich erwiderte, daß diese Geister es mir unmöglich machten, auch nur an Tanz zu denken. Du mußt daran arbeiten, sagte sie. Du mußt nach vorn schauen. Ich erzählte ihr nicht, daß ich genau das tat, daß ich daran arbeitete und auch vorankam. Jede Frau, mit der ich schlief, brachte mich der Wahrheit einen Schritt näher. Zumindest glaubte ich das. Ich hatte immer noch das Gefühl, die Kluft zwischen mir selbst und dem, was ich erlebt hatte, schließen zu müssen. Was würde ich tun, wenn ich wirklich einer der Frauen aus dem Zimmer gegenüberstand? Ich wußte es nicht. Vielleicht überhaupt nichts. Es ging nicht darum, etwas erklärt zu bekommen, ja es ging nicht einmal darum, Fragen zu stellen. Es ging nur um das Wiedergewinnen der Nähe.

In den letzten Monaten hatte ich das Netz weiter gespannt. Ich suchte nicht mehr speziell nach Krankenschwestern. Ich suchte einfach ganz allgemein. Schließlich war es nach all der Zeit denkbar, daß die Frauen nicht mehr als Krankenschwestern arbeiteten – falls sie das überhaupt je getan hatten. Meine Deutung jener Szene in dem Raum war schließlich nur eine von vielen Interpretationsmöglichkeiten. Was, wenn die Frauen in ein Krankenhaus eingebrochen waren und das Betäubungsmittel gestohlen hatten? Wenn sie gar keine Krankenschwestern waren, sondern Diebinnen? Das Netz war also grobmaschiger geworden, und ich verließ mich jetzt ganz auf meinen Instinkt. Wenn mein Bauch auf eine Frau reagierte, folgte ich diesem Impuls. Ich war mit allen möglichen Frauen ins Bett gegangen – dicken und dünnen, alten und jungen. Sie glaubten, ich wollte mit ihnen schlafen. Doch da täuschten sie sich. Sobald sie sich ausgezogen hatten und ich sah, daß sie nicht die waren, für die ich sie gehalten hatte, verlor ich oft jedes Interesse. Da lagen sie dann, auf einem Sofa oder einem Bett, in einem billigen Hotel während der Mittagszeit oder mitten in der Nacht in einer Wohnung – mit Mondschein auf dem Boden und erkalteten Heizkörpern – oder auf der Rückbank eines in einer Seitenstraße geparkten Autos, auf einer Wolldecke unter einem Baum, in den Dünen oder direkt am Wasser – ein Kanal oder ein Haff –, da lagen sie, nackt, fremd und vor allem unschuldig. Ein schwieriger Moment. Meistens wandten sie sich gegen mich. Sie beschuldigten mich, ich wolle sie demütigen. Sie behaupteten, es gehe mir nur um Macht. Sie fragten mich, was ich damit beweisen wolle (endlich eine Frage, die angebracht war). Sie meinten, ich sei impotent, bemitleidenswert, feige – und viele schimpften mich natürlich einen Frauenfeind. Manchmal wurden sie auch gewalttätig. Eine griff sogar zum Messer. Ich sehe sie noch vor mir, wie sie nackt in ihrem Schlafzimmer stand, mit verzerrtem Gesicht, zuckend vor Wut. Ich sehe noch die gegen das Tageslicht geschlossenen Vorhänge hinter ihr mit den braunen und orangeroten Blumen, die irgendwie verbrannt aussahen. Ich sehe noch die fünfzehn Zentimeter lange Klinge in ihrer Faust. Ich brauchte eine Stunde, um sie zu beruhigen. Manchmal jedoch – und das war entschieden schlimmer – überkam die Frauen eine tiefe Traurigkeit, als ob die Tatsache, daß ich sie zurückwies – denn so faßten sie es alle auf –, das Bild bestätigte, das sie bereits von sich gehabt hatten. Ich kam mir so grausam vor, während ich zusah, wie sie ihre Kleider einsammelten, wobei ihr Körper auf einmal dürr und spitz wirkte – fast bedeutungslos. Aber was hätte ich tun sollen? Sagen, daß es mir leid tat? Daß es allein mein Fehler war? Ich fürchte, das hätte nichts geändert.

Der Zug verlangsamte die Fahrt und fuhr in einen Amsterdamer Vorortbahnhof ein. Manchmal war ich nahe daran gewesen, aufzugeben, hatte geglaubt, ich könne die Wut, die Tränen, die stumme Resignation nicht mehr ertragen. Doch ich schien keine andere Wahl zu haben. Ich wußte nicht, wie ich sonst hätte leben sollen. Es war, als wäre ich verwandelt worden. Ich war genauso ein Monster geworden wie die Frauen, nach denen ich suchte. Das war die Wirkung, die sie hatten, ihr Vermächtnis. Gleich Vampiren hatten sie aus mir ein weiteres Exemplar ihrer Gattung gemacht.

Als ich am Hauptbahnhof ausstieg, ging mir plötzlich noch etwas anderes auf, und ich war erstaunt, daß ich daran noch nicht gedacht hatte. Ich stand auf dem Bahnsteig, unter dem hohen, gewölbten Dach, und die Leute strömten an mir vorbei. Wie genau, fragte ich mich auf einmal, konnte ich mich nach fast fünf Jahren überhaupt noch an die Körper der drei Frauen erinnern? Ich hatte mich an einige Details geklammert, wie ein Schiffbrüchiger an ein paar lose Planken, aber was war mir sonst noch im Gedächtnis geblieben? Denn von einem bin ich fest überzeugt: daß es uns fast unmöglich ist, uns an die Körper derer, mit denen wir einstmals geschlafen haben, zu erinnern, egal, wie lange wir mit ihnen zusammen waren. Sobald man sich trennt, legt der Körper des anderen alle Einzelheiten ab. Er wird unvollständig. Er nimmt ein abstraktes, fast geisterhaftes Aussehen an. Man hat zwar noch eine allgemeine Vorstellung davon, wie der andere aussah, aber kann man ihn noch voll und ganz vor sich sehen? Ich glaube kaum. Zum einen gibt es also den Verfall, der in der Erinnerung stattfindet. Und dann gibt es natürlich noch den sichtbaren Verfall, den Verfall des Körpers, der im wirklichen Leben und in der realen Zeit vor sich geht. In einem Zeitraum von fünf Jahren verändert sich der Körper. So konnte Maude zum Beispiel dicker geworden sein. Astrids Haut konnte etwas von ihrer Spannkraft, von ihrem Schimmer verloren haben. Die Frage war: Konnte ich angesichts all dieser Veränderungen überhaupt sicher sein, daß ich die Frauen erkennen würde, wenn ich sie sah? Wenn sie bei einer Gegenüberstellung auf dem Revier in der Reihe stünden, nackt und mit Kapuzen über dem Kopf, würde ich die richtigen herausfinden können? Oder würde ich in dem aufgeladenen Dunkel hinter dem Einwegspiegel stehen und zögern?

Ich begann, den Bahnsteig entlangzugehen, der jetzt völlig leer war unter den Eisenstreben, auf denen sich die Tauben zankten. Einen Moment lang stach mir der bittere Geruch von Urin in die Nase. Genauer betrachtet, gab es noch eine dritte Form von Verfall: Die Körper der Frauen, die ich vor fünf Jahren in dem weißen Raum gesehen hatte, begannen mit den Körpern der Frauen, mit denen ich seither geschlafen hatte, zu verschmelzen. Sie schoben sich übereinander, einer über den anderen, und die Konturen verschwammen. Es war, als hätte ich von jeder Frau, mit der ich schlief, ein Dia aufgenommen, die Dias in chronologischer Reihenfolge aufeinandergelegt und dann versucht, die zuunterst liegenden drei Frauen zu sehen, indem ich den ganzen Stapel auf einmal durchleuchtete.

Völlig unmöglich.

Mitten in der düsteren, gekachelten Unterführung, durch die man in die Bahnhofshalle gelangt, blieb ich erneut abrupt stehen. Mir wurde klar, daß ich ein Verfahren angewandt hatte, daß seinem eigenen Zweck zuwiderlief. Immer wenn ich eine Frau nackt sah, wirkte dies wie eine Säure, die die Körper der von mir gesuchten Frauen zersetzte. Weit entfernt davon, zu ihrer Entdeckung zu führen, wie ich bis dahin gedacht hatte, schützte dieses Verfahren sie eher noch vor Entdeckung. Oder anders gesagt: Mein Vorstoß trug den Keim zu seinem eigenen, unausweichlichen Scheitern in sich. Mir fiel ein, was Isabel gesagt hatte. Sie hatte keine Ahnung von meiner wirklichen Situation, und doch hatte sie mir mit ihrer Mahnung, ich müsse nach vorne schauen, einen Rat gegeben, der mir jetzt auf eigentümliche Weise zu passen schien. Ich war kurz davor, einen Punkt der Sättigung zu erreichen, einen Punkt, über den hinauszugehen sinnlos, ja absurd war, wenn nicht sogar gefährlich.

Wenn ich »gefährlich« sage, so tue ich das nicht ohne Grund. Im September hatte ich mir eine unspezifische Urethritis zugezogen. Ich hatte noch nie eine Geschlechtskrankheit gehabt, und meine Reaktion darauf war ganz typisch: Ich fühlte mich schmutzig und schämte mich.

Ich ließ mich in einer Klinik im Zentrum behandeln, nicht weit vom Muziektheater. Die Ärztin, die mich untersuchte, war Ende vierzig. Sie trug einen weißen Kittel, nicht zugeknöpft, und eine Brille mit kleinen, länglichen Gläsern. Sie stellte mir eine Reihe von persönlichen Fragen, unter anderem, wie viele Sexualpartner ich in den letzten sechs Monaten gehabt hätte. Ich zögerte einen Moment und sagte dann, das wisse ich nicht so genau.

»Das wissen Sie nicht so genau?« Sie schielte mich über die Brille hinweg mit einem undurchschaubaren Blick an.

»Ziemlich viele«, sagte ich.

»Mehr als zehn?«

Ich nickte. »Ja. Mehr als zehn.«

»Verwenden Sie Präservative?«

Ich sah sie an, blieb jedoch stumm.

»Dann haben Sie aber Glück«, sagte sie. »Ich meine, wenn das alles ist, was Sie haben.«

So unglaublich es klingen mag: An die Gefahr, daß ich mir eine ernste Krankheit zuziehen könnte, hatte ich bis dahin nie gedacht. Ich hatte dafür nur eine Erklärung, nämlich daß ich wie mit Scheuklappen herumgelaufen war, völlig fixiert auf mein Ziel, die drei Frauen aufzuspüren.

»Wirklich«, sagte die Ärztin ruhig, »Sie sollten da ein bißchen mehr aufpassen.«

Daß mir jemand sagte, ich solle auf mich aufpassen, nach allem, was ich durchgemacht hatte – das amüsierte mich, und ich muß wohl gelächelt haben.

Die Ärztin beugte sich vor. »Ich denke dabei nicht an Sie«, fuhr sie genauso ruhig fort. »Es geht um die, die mit Ihnen in Kontakt kommen ...«

Ich schluckte schnell, dann sah ich weg.

Sie verschrieb mir ein Antibiotikum. In weniger als zwei Wochen waren alle Symptome der Krankheit verschwunden. Ich hatte auch keinen Rückfall mehr. Doch die Worte der Ärztin blieben mir im Gedächtnis, und ich verhielt mich von da an verantwortungsvoller.

Abgesehen davon mußte ich jetzt an Juliette denken. Ich war zu der Überzeugung gelangt, daß Juliette – oder besser gesagt, die Vorstellung, daß es sie gab – einen direkten Einfluß auf meine Situation hatte, ja auf meinen gesamten Geisteszustand. Drei Tage, nachdem wir uns im Zug begegnet waren, rief ich sie zu Hause an. Es sei gut, sagte sie, daß ich mich meldete. Sie sei Schauspielschülerin und würde bald wegfahren, zu einem Seminar. Sie hätte nicht gewollt, daß ich dachte, sie hätte mir ihre Nummer gegeben und wäre dann einfach verschwunden. Sie lachte kurz in den Hörer hinein. Wir verabredeten uns für den nächsten Tag im Café Luxembourg. Wir hatten uns beide erinnert, daß es nachmittags oft ziemlich leer war.

Als ich kam, saß sie bereits an einem Tisch im hinteren Teil des Cafés. Sie hatte sich auf ihrem Stuhl zurückgelehnt und las ein Buch, mit ausgestreckten, an den Knöcheln gekreuzten Beinen. Als ich auf sie zukam, lächelte sie mich von unten an. »Und?« sagte sie heiter. »Führst du immer noch Selbstgespräche?«

»Woher soll ich das wissen? Wenn du nicht da bist und es mir sagst.«

»Ich«, sagte sie, »oder jemand anderes.«

Ich lächelte. »Es gibt niemand anderen.«

Ich weiß nicht mehr, was wir an jenem Nachmittag noch alles geredet haben. Ich weiß nur noch, daß ich – zum erstenmal seit Jahren, wie mir schien – völlig entspannt war. Da saß ich, mit einem Mädchen, und hatte nichts Bestimmtes vor. Ich brauchte sie nicht nackt zu sehen – die Farbe ihre Gesichts reichte aus. Der einzige Moment, der hervorstach, war der – und ich fand es sehr bewegend, denn es bestätigte eine bereits einwandfrei erwiesene Unschuld –, als mir die Narbe an ihrer linken Hand auffiel, wohl eine Brandwunde, denn es sah aus, als sei die Haut geschmolzen und wieder fest geworden. Ich beschloß, sie nicht danach zu fragen. Ich wollte die Stimmung nicht zerstören, die so unbeschwert war und so ruhig und für mich etwas völlig Neues.

Als sie einen Monat darauf von der Côte d'Azur zurückkam, lud ich sie in ein italienisches Restaurant im Jordaan, das ich kannte, zum Abendessen ein. Die Nacht war kalt, und sie hatte einen schwarzen Rippenpulli an, der ihr in Verbindung mit ihrem kurzen Pferdeschwanz treffenderweise etwas von einer Französin gab. Ihr Lippenstift war violett – ein satter, wunder Farbton. Am Mittelfinger der Hand mit der Narbe trug sie sechs dünne Silberringe. Sie sah noch hübscher aus, als ich sie in Erinnerung hatte, doch sie schien sich ihrer Schönheit nicht bewußt zu sein – oder wenn, dann behandelte sie sie mit einer Art amüsierter Nachsicht, so wie man mit Kindern umgeht, die zu viele Fragen stellen. Das kam mir ungewöhnlich vor, besonders angesichts ihres Alters. Ich schätzte sie auf höchstens fünfundzwanzig, ja wahrscheinlich war sie kaum über zwanzig.

Ihr Seminar, erzählte sie, habe in einem umgebauten Bauernhaus stattgefunden, in den Hügeln bei Nizza. Manchmal seien sie abends mit einem alten amerikanischen Kombi, der einem der Schauspiellehrer gehörte, in die Stadt gefahren. Sie hätten im Negresco Cocktails getrunken. Sie seien in Cap d'Antibes in die Disko gegangen. Am letzten Abend hätte ein Mann sie eingeladen, auf seiner Segeljacht mit ihm zu den griechischen Inseln zu fahren. Sie hätte abgelehnt. Er sah zu gut aus, sagte sie. Er habe keinen Charakter gehabt. Er sei ihr vorgekommen wie eine Schaufensterpuppe.

»Immerhin – eine Schaufensterpuppe mit Geld«, sagte ich.

Sie zuckte die Achseln, aber ohne etwas zu sagen, und erneut staunte ich über ihre selbstsichere Art. Sie wirkte sehr selbständig und unabhängig, schien sich keine Illusionen zu machen. Sie sah alles mit solcher Klarheit.

Wir sprachen über Südfrankreich, wo ich natürlich auch gewesen war, während der Zeit mit Brigitte. Als sie uns einmal Wein nachschenkte, merkte sie, daß ich auf ihre Hand sah.

»Findest du das häßlich?« fragte sie.

»Nein, überhaupt nicht. Es war reine Neugier.«

»Es macht immer alle Leute neugierig, aber fragen tun sie mich fast nie.«

Sie besah sich leidenschaftslos ihre Hand, die sie erst in die eine Richtung neigte und dann in die andere, so als betrachte sie nicht ihre Hand, sondern die Ringe an ihrem Finger.

»Wie ist das passiert?« fragte ich.

»Das war meine ältere Schwester.«

»Es war wohl ein Unfall –«

»Nein. Sie hat es mit Absicht getan. Sie war eifersüchtig.« Juliette sah zu mir auf. »Mein Vater war ein holländischer Geschäftsmann, und meine Mutter kam aus Surinam. Ich glaube, ich war« – sie zögerte einen Moment – »nicht eingeplant.« Sie lächelte sarkastisch. »Jedenfalls wurde ich noch als Baby zur Adoption freigegeben. Die Leute, die mich adoptierten, hatten bereits ein Kind, ein Mädchen namens Taiana. Sie ist wohl eifersüchtig geworden wegen der Aufmerksamkeit, die sie mir schenkten. Eines Tages, als ich fünf oder sechs war, steckte sie meine Hand in einen Topf mit kochendem Wasser und hielt sie fest –«

»Hielt sie fest?«

»Na ja, nur ein paar Sekunden. Ich schrie so laut, daß sie Angst bekam.« Juliette lächelte erneut und trank einen Schluck Mineralwasser. »Inzwischen verstehen wir uns sehr gut. Sie erinnert sich nicht, daß sie das getan hat. Manchmal sehe ich, wie sie verwundert auf meine Hand starrt, als ob sie sich fragen würde, wie das passiert ist ...«

Auch wenn Juliette inzwischen darüber hinweggekommen war, blieb in ihr doch eine Spur von Traurigkeit, und als sie die Geschichte erzählte, war ihre Stimme unwillkürlich ein wenig brüchig geworden. Ich legte meine Hand auf ihre. Ich spürte die glatte, glänzende Haut innen an meinen Fingern.

»Auf den Fotos aus meiner Kindheit«, sagte sie, in den Raum blickend, »habe ich immer eine Hand in der Tasche. Oder es ist Sommer, und ich habe Handschuhe an.« Sie lachte leise und schüttelte den Kopf.

Nach dem Essen ging ich mit ihr in eine Bar, wo sie sich einen Amaretto bestellte. Wir saßen am Fenster und starrten hinaus auf die kalte, farblose Straße; die Ritzen zwischen den Pflastersteinen waren mit Eis gefüllt. In den letzten Tagen war die Temperatur unter null Grad gesunken, und die Kanäle waren alle zugefroren. Als ich sie später zur Straßenbahn brachte, kamen wir an einer Treppe vorbei, wie sie normalerweise Leute mit kleinen Booten benutzen. Wir stiegen hinunter bis zu dem Punkt, wo die dunklen Ziegelsteine unter dem Eis verschwanden. Ich griff in meine Tasche und zog eine Münze heraus.

»Hör mal«, sagte ich.

Ich ließ das Geldstück über die Eisfläche flitzen. Ich hatte dieses scheppernde Geräusch stets geliebt, dieses Mittelding aus Musik und metallischem Klirren, das ein wenig dem elektrischen Peitschenknall glich, den die Stromabnehmer der Straßenbahnen an den Oberleitungen erzeugen.

»Hast du es gehört?« fragte ich.

Juliette lächelte. Dann ging sie an mir vorbei auf das Eis.

»Vorsicht«, sagte ich. »An manchen Stellen ist es sicher noch sehr dünn.«

»Ich hatte so eine Idee«, sagte sie.

Ich sah sie an, wie sie in ihrem langen schwarzen Mantel dastand.

»Ich dachte, wir könnten rübergehen und dein Geld suchen«, sagte sie. »Ich habe gesehen, wo es liegengeblieben ist.«

»Du bist ja verrückt«, sagte ich. »Und wenn das Eis bricht?«

»Dann wird es kalt und naß für uns«, sagte sie mit einer Art unterdrückter Begeisterung, »und dann müssen wir in eine Bar gehen und noch was trinken, um wieder warm zu werden.«

»Du bist verrückt«, sagte ich.

Doch ich machte bereits einen Schritt aufs Eis.

Juliette nahm mich bei der Hand. »Hier entlang. Komm.«

Wir begannen, schräg über das Eis zu gehen, in die Richtung, in die die Münze geschliddert war. Die Leute hatten schon alles mögliche auf den frisch zugefrorenen Kanal geworfen. Wir kamen an einem Kasten für Milchflaschen und einem Mülltonnendeckel vorbei. Dann an einem Fahrrad ohne Vorderrad. Das Eis ächzte und knackte, aber es hielt. Normalerweise war ich nicht abergläubisch, aber jetzt ging mir immer wieder durch den Kopf: Wenn wir die Münze finden, dann hat sich etwas entschieden. Wenn wir die Münze finden ...

»Bist du sicher, daß du gesehen hast, wo sie liegengeblieben ist?« Ich wollte es eigentlich nicht wissen. Ich mußte nur irgend etwas sagen, einfach reden. Wahrscheinlich waren das die Nerven.

Juliette schien das zu verstehen, denn sie lächelte mich nur an und machte sich nicht die Mühe zu antworten.

Und dann, nach etwa Zweidrittel der Strecke bis zur anderen Seite, machte sie ein paar Schritte nach links und bückte sich schnell. Sie drehte sich zu mir um und hielt die behandschuhte Hand hoch. Zwischen Zeigefinger und Daumen glänzte es silbern. Ich nahm ihr die Münze aus der Hand und starrte darauf.

»Das ist sie«, sagte ich.

»Natürlich«, sagte sie. Und dann sagte sie: »Du darfst sie nicht ausgeben.«

»Nein, ich werde sie behalten. Als Beweis.«

»Wofür?«

»Ich weiß nicht. Für irgend etwas.«

Es war gespenstisch hell dort mitten auf dem Kanal. Die Lichter der Stadt wurden von der niedrigen Wolkendecke und der Eisfläche um uns herum reflektiert, so daß sich die Helligkeit dort konzentrierte, am intensivsten war. Als ich den Kopf wieder senkte, sah ich, daß Juliette mich anblickte.

»Findest du mich attraktiv?« fragte sie.

Ich lachte. »Ja, natürlich.«

Sie blieb ernst. »Als Frau?«

»Als Frau«, sagte ich.

»Möchtest du mich küssen?«

Sie sah zu, wie ich mich zu ihr vorbeugte, und kam mir entgegen, indem sie den Kopf zu mir hob. Als ich sie küßte, spürte ich durch die Sohlen meiner Schuhe hindurch das Eis, das einen seltsamen Gegensatz zu ihrem heißen Mund bildete. Ich trat zurück und sah sie an.

»Und, wie war's?« fragte sie. »Hat es dir gefallen?«

Ich lächelte, gab jedoch keine Antwort. Mir pochte das Herz – fast so laut, daß ich dachte, das Eis unter uns könnte zerspringen. Fast so laut, daß es gefährlich war.

Hinter ihr sah ich einen Mann auf einem Fahrrad über den Höcker der Brücke fahren. Er sang mit einer schönen, tiefen Baritonstimme vor sich hin. Irgendwie erinnerte mich das daran, wie spät es war. Ich nahm Juliette bei der Hand und wandte mich der Treppe zu.

»Wir sollten gehen«, sagte ich, »sonst verpaßt du noch deine Straßenbahn.«

Es war eine Zeit in meinem Leben, in der ich gleichsam den Atem anhielt. Ich lebte ganz in meinem Innern und harrte des Kommenden. An den meisten Tagen sprach ich entweder mit Isabel oder mit Juliette. Ich hatte den Eindruck, daß sie jede auf ihre Art versuchten, mir zu zeigen, was für Wege mir offenstanden, und ich hörte ihnen zwar zu, blieb jedoch vorsichtig. Ich mußte immer wieder daran denken, wie wir über das Eis gegangen waren. Ich durfte mich nur ganz behutsam bewegen, denn es bestand stets die Gefahr, daß irgendeine Stelle nachgab, doch zugleich spürte ich, daß mein Zutrauen belohnt werden würde.

Eines Abends trank ich, nachdem wir die Bar geschlossen hatten, mit Gusta und einer Freundin von ihr noch ein Bier, einer Frau namens Renate, die gerade aus Indien zurückgekehrt war.

»Du bist auch viel gereist, nicht wahr?« fragte Renate mich gierig, auf der Suche nach einer Gemeinsamkeit.

Wir gingen zu dritt zu Renates Hausboot, das voller Räucherkerzen, goldener Buddhas und mit winzigen Spiegeln bestickter Kissen war. Wir tranken noch ein paar Gläser Bier. Ich fragte sie, was das für ein seltsamer Geruch sei. Sie erklärte mir, das sei ein Parfüm, das sie in Varanasi gekauft habe. Sie zeigte mir diverse kleine Glasfläschchen mit verschiedenen, grellfarbigen Flüssigkeiten. Wir rauchten Gras in ihrer selbstgebastelten Marihuanapfeife, und auf einmal war ich mit Renate allein. Anscheinend war Gusta gegangen. Ich hatte es nicht mitbekommen.

»Tja« – Renate kicherte heiser – »das ist gut, das Zeug.«

Sie räkelte sich auf der Couch und sah mich mit halbgeschlossenen Augen an.

»Du kannst mich vögeln, wenn du willst«, sagte sie.

»Ich weiß nicht ...«

»Du vögelst doch sonst alle«, sagte sie. »Stimmt was nicht mit mir?«

Ich schüttelte den Kopf. »Ich bin zu bekifft ...«

»Na, dann. Ich dachte nur, fragen kostet ja nichts.«

Und es gab eine Zeit, in der ich wahrscheinlich nicht nein gesagt hätte. Denn, genau besehen, erinnerte sie mich ein wenig an Maude. Sie hatte dieselben starken Fesseln, dasselbe drahtige Haar ... Doch ich hatte das Ende von etwas erreicht. Ich war erschöpft. Sobald ich mir vorstellen konnte, zu Fuß nach Hause zu gehen – es waren nur ein paar hundert Meter –, stand ich auf und verabschiedete mich. Renate blieb auf den Kissen liegen und ließ mich mit einem spöttischen Lächeln gehen.

Etwa drei Tage darauf traf ich Juliette zum Mittagessen. Das war ungewöhnlich, denn Juliette hatte den ganzen Tag Schauspielunterricht, während ich an den meisten Abenden in der Bar arbeitete und bis ein oder zwei Uhr mittags schlief. Zudem hatte ich mich seit unserem Kuß auf dem Eis bemüht, Juliette zu entmutigen – oder zumindest zu bremsen, um mir mehr Zeit zum Nachdenken zu geben. Vielleicht war es wegen der Last, die ich zu tragen hatte, der Vorstellung, ich müsse ihr das alles erklären (sie wußte fast nichts von mir; sie wußte nicht einmal, daß ich früher Tänzer gewesen war). Oder vielleicht war Sex für mich so lange nur ein Mittel zum Zweck gewesen, daß ich ihn einfach nicht mehr mit Nähe oder Liebe zusammenbringen konnte. Ich weiß es nicht. Jedenfalls benahm ich mich, als würde sie in einem anderen Land leben, obwohl es von mir zu ihr nur fünfundzwanzig Minuten mit der Straßenbahn waren. Wir führten stundenlange Telefongespräche. Unser Verhältnis war von derselben gesteigerten Intimität wie das von Menschen, die Tausende von Kilometern trennen. Doch daß ich sie so auf Distanz hielt, machte die Sache nur noch interessanter für sie. Ich war ihr ein Rätsel. Einmal sagte sie sogar, ich sei grausam. Sie brauchte mir das nicht zu erklären. Ich verstand es sehr gut. Mir war klar, daß meine Taktik, wenn man es so bezeichnen konnte, Juliette nur um so fester an mich band. Indem ich ihr widerstand, machte ich mich unwiderstehlich. In einem gewissen Sinn schob ich nur etwas auf, das irgendwann passieren mußte.

Bei jenem Mittagessen erzählte ich Juliette gerade, daß es Isabel besser ging, als ich spürte, daß jemand schräg hinter mir stand. Ich drehte mich um. Es war ein Mädchen, wohl um die fünfundzwanzig, mit kurzem blondem Haar. Ihr verächtlicher Gesichtsausdruck sagte mir, daß sie eine der Frauen war, mit denen ich geschlafen hatte, doch ich konnte mich absolut nicht erinnern.

»Also darum hört man nichts von dir«, sagte sie. »Du stehst jetzt auf Schwarze.«

»Das ist Juliette«, sagte ich. »Nur eine Freundin von mir.«

»Juliette.« Das Mädchen spuckte das Wort aus wie etwas Verfaultes, das sie versehentlich in den Mund genommen hatte. »Kein Wunder, daß du dich so lange nicht gemeldet hast. Kein Wunder, daß du mich einfach hast fallenlassen ...« Sie faßte sich ins Gesicht. Sie sah auf einmal aus, als sei sie kurz vorm Weinen. »Bist du denn völlig gefühllos?«

»So war es doch nicht –«

»Ich wette, du weißt nicht mal mehr meinen Namen. Wie heiße ich?«

Sie hatte natürlich recht. Und sie sah, daß dem so war.

»Arschloch«, sagte sie und verließ das Lokal, wobei sie die Tür hinter sich zuknallte.

Ich starrte auf den Tisch. Als ich schließlich die Augen hob, sah Juliette mich verwirrt an.

»Tut mir leid«, sagte ich.

Sie versuchte, mit einem Lachen darüber hinwegzugehen, doch es blieb ihr im Halse stecken. Entgeistert fragte sie: »Was hast du mit ihr gemacht?«

»Ich kann es dir nicht erklären.«

»Aber du warst mal mit ihr zusammen?«

»Nein, so würde ich es nicht nennen.«

Juliette sah mich an, dann schüttelte sie langsam den Kopf.

»Juliette«, sagte ich und ergriff ihre Hand, »du mußt mir glauben. Zwischen uns ist nichts gewesen. Überhaupt nichts.«

Wahrscheinlich hätte ich das plötzliche Auftauchen des blonden Mädchens dazu benutzen können, Juliette endgültig abzuschrecken, doch dieser Vorfall machte mir, noch während er sich ereignete, klar, daß ich das gar nicht wollte. Ich merkte, daß Juliette mir näherstand als irgend jemand anderes, den ich kannte, und ich konnte es mir nicht leisten, sie zu verlieren.

Als wir das Café verließen, war es mir gelungen, sie zu überzeugen, daß ich nichts Böses getan hatte, obwohl der Blick, den sie mir im Fortgehen zuwarf – nur ein einziger Blick, über die Schulter –, mir sagte, daß ich ihr mehr denn je ein Rätsel war.

In derselben Woche fuhr ich an meinem freien Tag zu Isabel nach Bloemendaal. Wie üblich machte Else mir auf. Isabel gehe es immer noch relativ gut, sagte sie, und sie werde von Tag zu Tag kräftiger. Die Ärzte äußerten sich vorsichtig optimistisch.

Doch während der ersten halben Stunde erging sich Isabel nur in Klagen. Diese Chemotherapie sei einfach barbarisch. Bei all den Fortschritten der Medizin in jüngster Zeit sei es unglaublich, was für primitive Behandlungsmethoden sie hätten. Sie wünschte, Else würde nicht so ein Theater machen. Ständig rege Else sich auf. Und die Ärzte seien die reinsten Tyrannen, denn sie hätten ihr das Rauchen untersagt. Als es draußen zu dämmern begann, fragte sie mich, ob ich schon einmal von Nowaja Semlja gehört hätte. Ich schüttelte den Kopf.

Wenn man im Mittelalter nach China reisen wollte, sagte sie, mußte man zunächst nach Süden segeln und dann am Kap der Guten Hoffnung vorbei. Es sei eine lange, gefährliche Reise gewesen. Doch gegen Ende des sechzehnten Jahrhunderts habe ein holländischer Entdecker das ändern wollen. Er sei statt dessen nach Norden gesegelt, in der Hoffnung, einen kürzeren, ungefährlicheren Weg zu finden. Sein Name war Willem Barentsz, und in Amsterdam gab es eine Straße, die nach ihm benannt war. Eine andere Straße war nach seinem Kapitän Van Heemskerck benannt und eine nach Nowaja Semlja, der Insel, die in beider Geschichte eine so große Rolle spielte.

Am 18. Mai 1596 brach Barentsz in Amsterdam zu seiner letzten Expedition auf. Einige Wochen darauf blieb sein Schiff vor der Nordküste von Rußland im Eis stecken, und Barentsz und seine Crew saßen auf Nowaja Semlja fest. Nach den Bildern, die sie gesehen habe, sei die Insel von einer kargen Schönheit. Das Eis, das sie die meiste Zeit des Jahres umgab, war hellblau, ja fast türkis, und die Elemente hätten ihm die seltsamsten Formen verliehen. Die Sonnenuntergänge konnten atemberaubend sein – hochrote Streifen, eingebettet in Tiefschwarz. Doch Barentsz mußte die Insel vorgekommen sein wie das Ende der Welt. Es gab dort keine Bäume, sondern nur Steine, und ab August war es fast den ganzen Tag dunkel. Mit Material, das sie sich vom Schiff geholt hatten, bauten sich die Männer eine Notunterkunft. Sie nannten sie »Het Behouden Huys«, was soviel heißt wie »Das geschützte Haus« oder »Das Haus, das erhalten bleibt«. Dort verbrachten sie den ganzen Winter, sich von Polarfüchsen und Eisbären ernährend, die sie mit den Musketen, die sie mitgenommen hatten, schossen. Im Juni des darauffolgenden Jahres gelang es ihnen endlich, ans Festland zu rudern. Erst am 1. November 1597 erreichten sie Amsterdam. Nur zwölf Mitglieder der Besatzung überlebten.

Im Jahr 1871 entdeckte eine norwegische Expedition die Überreste der Notunterkunft, in der Barentsz und seine

Männer mehr als ein Jahr lang gelebt hatten. Der Boden war übersät mit Büchern, Werkzeug, Kleidungsstücken, Munition, Besteck und Navigationsinstrumenten, die dort seit fast dreihundert Jahren unangetastet herumlagen. Doch das Schiff, das Kapitän Van Heemskerck befehligt hatte, und das Grab von Willem Barentsz, der auf der Heimreise starb, hat man bis heute nicht gefunden.

Als Isabel mit dem Erzählen fertig war, blieb ich reglos sitzen und starrte ins Feuer. Während der Zeit in dem weißen Zimmer hatte ich immer gedacht, es gäbe in meinem Körper einen Ort, den die Frauen nicht erreichen konnten. Ich stellte ihn mir immer vor wie ein Haus. Ein Haus in meinem Körper, in dem ich wohnte. Wo ich in Sicherheit war. Durch sein Fenster sah ich auf ein flaches, nichtssagendes Land hinaus. Ich sah die Frauen, doch als winzige Gestalten, sehr weit weg. Sie waren immer da, aber immer nur in der Ferne, und sie kamen nie näher heran. Und selbst wenn sie näher herangekommen wären, hätten sie doch nicht hereinkommen können. Ich weiß nicht, woher ich das wußte, aber ich wußte es. Und jetzt, nachdem ich gehört hatte, wie es dem holländischen Entdecker und seiner Crew ergangen war, wurde mir klar, daß ich auf diese Weise überlebt hatte ...

Schließlich wandte ich den Blick wieder vom Feuer ab, und mir war, als würden meine Augen glühen, als würden sie helle, fahle Lichtstrahlen in den Raum werfen.

»Was hältst du von der Geschichte?« fragte Isabel mich.

»Daraus könnte man ein grandioses Ballett machen«, sagte ich zu meinem eigenen Erstaunen. Der Gedanke schien im selben Moment Gestalt anzunehmen wie die Worte.

Isabel jedoch lächelte, als habe ich ihr genau die Antwort gegeben, die sie gesucht hatte.

»Das glaube ich auch«, sagte sie.

Als Else kurz darauf hereinkam, um Isabel zu bewegen, sich auszuruhen, lächelten wir uns immer noch an.

»Sie zwei sollten sich mal sehen«, sagte Else. »Sie sehen aus wie Verschwörer.«

Genau das waren wir. Die Schicksalsschläge, die Isabel und mich getroffen hatten, stellten ein unauflösliches Band dar, und in den nächsten Wochen, der Vorweihnachtszeit, begannen wir über ein Projekt zu sprechen, das uns einander noch näher bringen würde. Das Ballett würde auf Barentsz' Geschichte basieren, aber nur in den Grundzügen; es würde sich auch stark auf meine eigenen Erfahrungen gründen. Ich wollte mit nur vier Tänzern arbeiten – einem Mann, der für den Entdecker und seine Crew stand, und drei Frauen, die die verschiedenen Nöte repräsentierten, denen sie ausgesetzt waren –, und Isabel war damit einverstanden. Ich hatte sogar schon die Musik: Ich hatte zu Hause Jean Barraqués Klaviersonate gehört, die mit ihren dramatischen Klangstürmen und den langen, öden Pausen an sich schon wie eine Landschaft war. Obwohl wir weder Auftrag noch Termin hatten, obwohl die Welt von unserer Zusammenarbeit nichts ahnte, gingen wir mit großem Eifer an die Arbeit. Isabel machte sich mit Hilfe von Labans Tanzschrift Notizen, einem altmodischen Verfahren zur Aufzeichnung von Bewegungen, das sie mir vor Jahren beigebracht hatte. Ich schuf mir um den Diwan herum Platz, um meine Ideen vor ihren Augen entwickeln zu können. Ich wollte Schritte erfinden, die den Schock eines Menschen darstellten, der auf einmal ins Unbekannte gestoßen wird. Es würden Schritte im Dunkeln sein, oder anders gesagt: Schritte, die nach Erleuchtung suchten. Sie würden zeigen, wie fremd wir einander sind. Sie würden das Paradoxon veranschaulichen, daß unsere Nacktheit das gegenseitige Erkennen noch erschwert und daß unsere Haut das größte Rätsel überhaupt ist.

Es war ein seltsames Gefühl, nach so langer Zeit wieder ein Stück zu choreographieren, und manchmal ertappte ich Isabel dabei, wie sie mir einen eigentümlich befriedigten und zugleich durchdringenden Blick zuwarf, den zu enträtseln ich eine Weile brauchte. Ich dachte, sie beglückwünschte sich wohl dazu, mich wieder zur Arbeit verführt zu haben. Das war das eine. Doch sie mochte sich wohl auch fragen, ob sie die Fertigstellung des Stückes noch erleben würde. Oder vielleicht war ihr das auch egal. Sie hatte den Anstoß dazu gegeben, war der Auslöser gewesen, und das reichte ihr; sie erwartete von mir, daß ich es um ihretwillen – oder sogar ihr zu Ehren – zu Ende führte. Denn obwohl es ihr besser ging als im November, ermüdete sie noch immer rasch. Wenn sie sich ausruhen mußte, zog ich meinen Mantel an und machte einen Spaziergang durch die Gegend, die ich lieben gelernt hatte, durch den Kiefernwald, der hinter dem Haus begann, oder über die Dünen, und wenn ich nach einer Stunde zurückkam, sauste es mir in den Ohren vom Wind, und ich hatte nichts mehr im Kopf als die Kargheit der Gegend und die Reinheit des Lichts – den Frieden.

In jenem Jahr flog ich über Weihnachten nach Hause zu meinen Eltern. Wir hatten ein paar entspannte, angenehme Tage miteinander. Ich konnte ihnen von meiner Zusammenarbeit mit Isabel berichten, die immerhin eine der bekanntesten Choreographinnen Europas war. Ich erzählte ihnen von Barentsz und Nowaja Semlja, und während ich noch dabei war, merkte ich, daß ich ihnen damit in verschlüsselter Form meine eigene Geschichte vortrug. Wieder einmal wurde mir klar, wieviel ich Isabel verdankte. In meiner Umsetzung von Barentsz' Geschichte konnte ich ihm Emotionen unterschieben, die ich selbst erlebt hatte – Schock, Verwirrung, Angst, Hoffnung, Scham. Mehr würde ich meiner Familie wohl nie erzählen können von dem, was mir widerfahren war, und vielleicht war das letztlich auch genug.

Am zweiten Weihnachtstag traf ich mich mit Philip, einem Cousin von mir, den ich seit Jahren nicht gesehen hatte. Philip war schon betrunken, als er in den Pub kam. Kaum hatte er sich hingesetzt, fing er an, mir zu erzählen, daß er keine Freundin fand. Das sei alles, was er wolle, sagte er, heiraten und Kinder bekommen, doch es würde sich einfach keine für ihn interessieren. Er kippte ein Drittel seines Biers hinunter, seufzte tief und fragte dann: »Und wie steht's bei dir?« Zu meinem eigenen Erstaunen redete ich plötzlich von Juliette. Ich erzählte ihm, wie wir uns im Zug nach Amsterdam getroffen hatten und wie mitfühlend und spontan sie reagiert hatte. Ich erzählte ihm, wie unabhängig sie wirke, was vielleicht damit zu tun habe, daß sie ein adoptiertes Kind sei. Ich erzählte ihm, wie schön sie sei und wie gelassen sie ihre Schönheit hinnähme, als hätte ihr damit bloß jemand einen Streich gespielt. Ich hatte noch nie von ihr gesprochen, und obwohl das unter den Umständen ziemlich taktlos war, hörte ich gar nicht mehr auf, von ihr zu reden, denn ich merkte, daß mir dabei einiges klar wurde. Als ich schließlich verstummte, sah mich Philip einen Moment lang an, mit unbewegtem Gesicht, und sagte dann: »Tja, bei manchen klappt's eben« und hielt sich wieder verzweifelt an sein Bier. Als ich an jenem Abend zu Bett ging, stützte ich mich aufs Waschbecken und blickte tief in den Spiegel hinein, durch mein eigenes Gesicht hindurch, in den Raum dahinter. In den Raum, in dem wir Geheimnisse aufbewahren, verborgen auch vor uns selbst. Bei manchen klappt's eben, dachte ich. Und dann sprach ich es laut vor mich hin: »Bei manchen klappt's eben.« In dem Moment hatte sich etwas entschieden – in gewisser Weise war es, als hätte es jemand anderes für mich entschieden –, und als ich zwei Tage darauf wieder nach Amsterdam flog, platzte ich fast vor Ungeduld. Endlich setzte das Flugzeug zur Landung an, und die Wolken teilten sich, und ich sah ein Stück von der Nordsee, die kalt und träge dalag, und einen hauchzarten, gelblichen Streifen – die Küste von Holland. Dann schoß die Rollbahn unter dem Flügel vorbei ...

Sobald ich im Flughafengebäude war, ging ich zu einem Telefon und wählte Juliettes Nummer. Sie war nicht zu Hause, doch ich hinterließ ihr eine Nachricht. *Ich bin wieder da. Ich muß dich sehen. Ruf mich an.* Als ich in meiner Wohnung ankam, versuchte ich es erneut, und diesmal war sie daheim. Sie fragte mich, wie es Weihnachten daheim gewesen sei. Ich erzählte ihr, meine Eltern hätten mir ein Handtuch, eine Krawatte und drei Paar Socken geschenkt. Was Geschenke anging, seien sie ein hoffnungsloser Fall. Sie lachte.

»Vielleicht bist du auch ihnen ein Rätsel«, sagte sie.

»Vielleicht.« Ich schluckte schnell. »Genau darum rufe ich an. Ich wollte es dir sagen. Das ist jetzt vorbei.«

Juliette schwieg, und ich sah ihr Gesicht vor mir, wie sie mit gesenktem Blick meine Worte abwog.

Ich fragte sie, was sie Silvester vorhabe.

»Ach«, sagte sie, »da gibt's mehrere Partys –«

»Ich hatte so eine Idee«, sagte ich. »Ich dachte, wir könnten zusammen zum Nieuwmarkt gehen, nur wir beide. Da gibt's ein Feuerwerk, soviel ich weiß.«

»Das habe ich noch nie gemacht«, sagte sie, »in all den Jahren nicht, die ich hier jetzt schon wohne. Nicht mal als Kind.«

»Und, hättest du Lust?«

»Ja.«

»Und was ist mit den Partys?«

»Welche Partys?« sagte sie und lachte.

Am Silvesterabend ging ich um kurz nach halb neun aus dem Haus. Die Kanäle waren ein paar Tage zuvor wieder aufgetaut, und alles, was die Leute auf das Eis geworfen hatten, war rasch auf den Grund gesunken und damit für immer verschwunden. Das schien mir ein gutes Zeichen zu sein. Es war seltsam. Zum erstenmal in meinem Leben war ich abergläubisch. Überall sah ich Vorzeichen.

Ich hatte mich mit Juliette in einer Bar in der Nähe des Rotlichtbezirks verabredet, und ich ging schnell, um als erster da zu sein. Als ich die Marnixstraat überquerte, sah ich, wie jemand in einem vorbeifahrenden Auto eine Rakete aus dem Fenster hielt und das Zündpapier anzündete. Einen Moment lang schien das Auto durch ein ausgefranstes, orangerotes Seil mit einem Baum an der Straße verbunden zu sein, dann jagte der Wagen davon, in Richtung Leidseplein, und ich stand da und sah zu, wie der Baum in alle Richtungen Funken sprühte, wie ein Hund, der sich das Wasser aus dem Fell schüttelt.

Als ich ankam, saß Juliette bereits auf einem Hocker an der Bar. Sie trug eine neue schwarze Lederjacke, einen knappen roten Minirock und schwarze Wollstrumpfhosen. Sie saß sehr aufrecht da, was ihr ein hochmütiges, fast majestätisches Aussehen gab.

»Ich dachte, ich komme zu früh«, sagte ich, als ich zu ihr trat.

Sie sah auf die Uhr, dann lächelte sie. »Stimmt«, sagte sie, »aber ich war noch früher da.«

Ich beugte mich vor, und statt der üblichen drei Küsse auf die Wange küßte ich sie auf den Mund. Ihre Lippen waren weicher, als ich sie in Erinnerung hatte, und süß von der heißen Schokolade, die sie trank. Ich trat einen Schritt zurück. Sie wirkte sowohl überrascht als auch neugierig, doch auf ihrem Gesicht lag noch der Hauch eines Lächelns.

»Ich hab dich vermißt«, sagte ich. »Wirklich. Es ist so lange her.«

»Hab ich mich verändert?«

»Wenn, dann bist du noch schöner geworden.«

Ich bestellte mir einen Whisky und blieb neben ihr stehen, wobei ich merkte, daß sich unsere Beine berührten. Die Gesichter der Menschen um mich herum strahlten, als wären sie von innen beleuchtet. Der letzte Abend des Jahres.

»Was hast du da in der Tasche?« fragte Juliette, meinen kleinen Rucksack berührend.

Ich gab ihn ihr. »Hier, schau ruhig nach.«

Sie band die Kordel auf, griff hinein und zog eine Flasche Champagner heraus. »Für uns?«

Ich nickte. »Für nachher. Um Mitternacht.«

Sie langte noch einmal hinein. Diesmal fand sie ein kleines weißes Päckchen mit einer silbernen Schleife.

»Das ist für dich«, sagte ich. »Ein Geschenk.«

Das hatte sie nicht erwartet. Ich sah zu, wie sie die Schleife aufmachte und dann das Einpackpapier. Darin war eine quadratische Schachtel. Sie öffnete den Deckel, und da lag, auf Watte gebettet, eine Silberkette mit einem Zweieinhalb-Gulden-Stück als Anhänger. Es war die Münze, die ich über den Kanal hatte flitzen lassen, die Münze, die zu suchen sie mit mir aufs Eis gegangen war. Ich fragte mich, ob sie wohl verstand, was ich meinte. Ich hoffte es. Ich beobachtete sie, wie sie das Geschenk betrachtete, das jetzt eingerollt und funkelnd auf ihrer Handfläche lag.

»Du vertraust mir«, sagte sie.

Obwohl es zum Nieuwmarkt nicht weit war, brauchten wir zwanzig Minuten, denn je näher wir ihm kamen, um so dichter wurde das Gedränge. Einmal zündete jemand einen mindestens vier Meter langen Knallfrosch, und die Leute sprangen in alle Richtungen davon. Ich spürte, wie Juliette meine Hand fester hielt, als wir uns an eine Hauswand drückten. Wir sahen aus sicherem Abstand zu, wie der Knallfrosch sich drehte und wand und herumwarf, wobei er in der engen Straße Lärm machte wie ein Maschinengewehr, dann strömte die Menge weiter, lachend, trinkend und Witze reißend, und auf einmal waren wir auf dem Platz ...

Dort herrschte eine ausgelassene, chaotische Atmosphäre. Die Leute hatten auf dem Kopfsteinpflaster Freudenfeuer angezündet, mit allem, was gerade verfügbar war: Pappkartons, zerbrochene Stühle, Obstkisten – sogar ein Ruderboot war dabei. Wir kamen an zwei Männern mit riesigen, bemalten Pappmachéköpfen vorbei. Wir sahen ein Mädchen, das auf Stelzen durch helle, wallende Rauchwolken ging. Feuerwerkskörper zischten waagerecht durch die Dunkelheit, nur wenige Zentimeter an den Leuten vorbei, und die Luft erbebte ständig von Explosionen.

Wir setzten uns an den Brunnen und machten den Champagner auf.

»Ich hab was zu rauchen«, sagte Juliette.

Sie zog einen Joint aus der Tasche, zündete ihn an und reichte ihn mir. Ich sog den Rauch tief in die Lungen und hielt die Luft an.

»Schau mal«, sagte ich.

Von unserem Platz auf dem Sockel des Brunnens aus konnten wir zwei Transvestiten sehen, von denen der eine ein bodenlanges schwarzes Ballkleid trug, während der andere ganz in Weiß gekleidet war. Sie trugen extravagante Perücken aus dem achtzehnten Jahrhundert mit schweren Korkenzieherlocken, die ihnen weit über den Rücken hinabhingen, und nach ihren wackligen Schritten auf dem Kopfsteinpflaster zu urteilen, waren ihre Absätze wohl fünfzehn Zentimeter hoch. Sie riefen einander mit rauher Stimme obszöne Bemerkungen zu und schnitten unter ihren Make-up-Schichten theatralische Grimassen. In einem großen Kreis aufgestellte kleine Petroleumlampen markierten ihr Areal.

Juliette lächelte. »Sie sind großartig.«

Wir standen auf und gingen hinüber. Der Transvestit in dem schwarzen Kleid nahm einen Schluck aus einer Champagnerflasche. Der in Weiß gekleidete blies Rauchringe in die Luft und zwinkerte den Männern zu, sooft er sie dabei ertappte, daß sie ihn ansahen. Sie zündeten abwechselnd die Feuerwerkskörper an, die wahllos um sie herum aufgestellt waren.

Als ich Juliette die Champagnerflasche gab, schlenderte der Transvestit in Schwarz zu ihr herüber. Aus der Nähe betrachtet, sah sein Kleid wie verkohltes Zeitungspapier aus. Ich hatte das Gefühl, wenn ich den Stoff berührte, würde es zu Staub zerfallen.

Der Transvestit hob seine Flasche und stieß mit Juliette an. Das schwere Klirren des dicken grünen Glases.

»Und? Mit wem bist du heut nacht unterwegs?« fragte er.

Juliette grinste, blieb jedoch stumm.

Der Transvestit wandte sich mir zu. Er hatte halb verfaulte Zähne und lauter Zahnlücken, und seine tiefliegenden Augen schienen von einem unterirdischen Licht zu funkeln. Er sprach mich auf holländisch an und hielt seinen Mund dicht an mein Ohr, so dicht, daß ich den Alkohol und den Tabak in seinem Atem roch und den süßlichen, schwammigen Duft seiner Haut.

»Sie ist sehr schön«, sagte er. »Paß auf sie auf.«

Dann wankte er über das Kopfsteinpflaster davon, wobei er sich einmal bückte, um mit seiner Zigarette eine Rakete zu zünden.

»Was hat er gesagt?« fragte Juliette.

Ich lächelte. »Das kann ich dir nicht sagen.«

»Ging es um mich?«

Ich nickte.

»War es was Nettes?«

Ich sah zu dem Transvestiten hinüber. Er stand zwanzig Meter von uns entfernt und flirtete mit einer Gruppe von Jungen mit Bierdosen in der Hand. Seine Champagnerflasche war jetzt leer, und er hielt sie an ihrem Hals wie ein Jongleur eine Keule. Mein Blick wanderte an ihm vorbei. Der Himmel über den Dächern war lila, weiß und hochrot erleuchtet von Raketen, die in den Seitenstraßen abgefeuert wurden.

»Es hat genau gepaßt«, sagte ich.

Genau in dem Moment begannen alle Uhren zu schlagen. Es war Mitternacht, und wir hatten es gar nicht gemerkt. Ich lachte und nahm Juliette in die Arme, und als der letzte Schlag erklang, brach auf dem Platz ein Getöse los, als öffne man die Klappe eines Hochofens oder als hätte sich ein starker Wind erhoben, und wir hielten einander umklammert und küßten uns so lange – Zunge an Zunge –, daß ich, als ich die Augen öffnete, ganz geblendet war von dem gespenstischen, silbrigen Licht, das uns zu umgeben schien. Ich trat zurück und sah Juliette an, und obwohl ich inzwischen bekifft und betrunken war, hatte ich noch dasselbe Gefühl absoluter Sicherheit wie fünf Tage zuvor, als ich daheim bei meinen Eltern vor dem Spiegel stand.

Um halb eins verließen wir den Platz und gingen zu mir ins Kinkerbuurt. Die Straßen waren mit Resten von Feuerwerkskörpern übersät, Fetzen von mattrotem Papier, das in Häufchen herumlag wie Herbstblätter. Wir kamen an einem jungen Paar vorbei, das in langsamem Rhythmus auf einer Brücke tanzte. Das Mädchen summte eine mir unbekannte Melodie und hatte die Augen geschlossen. Der Ledermantel des Jungen glänzte wie Chrom.

»Ich war früher mal Tänzer«, sagte ich plötzlich.

Juliette drehte den Kopf und starrte mich an.

»Und Choreograph. Ich war sogar ziemlich berühmt.« Bei dem Gedanken daran mußte ich lächeln.

Sie fragte mich, was für Stücke ich gemacht hätte, und ich nannte ihr die Titel.

»Ich glaube, ich habe eines davon gesehen.« Sie stand mitten auf der Straße zwischen den Straßenbahnschienen und nickte vor sich hin. »Mit meinem Vater. Ich muß wohl so um die fünfzehn gewesen sein.«

Sie begann ein Ballett zu beschreiben, das ich fast nicht wiedererkannte.

»Komisch«, sagte sie, »als ich dich damals im Zug gesehen hab, dachte ich, daß du mir irgendwie bekannt vorkommst. Das hat es mir leichter gemacht, dich anzusprechen.«

Ich mußte lächeln. Mich hatte an ihr gerade die Tatsache angezogen, daß sie mir nicht bekannt vorkam. Daß ich mir restlos sicher war, sie noch nie gesehen zu haben.

»Aber jetzt arbeitest du in einer Bar...« Sie ließ den Satz auf eine Weise unbeendet, daß er wie eine Frage klang.

»Nur vorübergehend«, sagte ich.

»Wirst du wieder tanzen?«

»Nein, das nicht. Aber vielleicht werde ich ein Stück choreographieren. In den letzten Wochen hat es mich wieder gepackt – das Bedürfnis, etwas zu machen ...«

Am Jacob van Lennep Kanaal waren fast alle Wohnungen hell erleuchtet, doch das Wasser lag ruhig und reglos da. Wir bogen in die Straße ein, in der ich wohnte. Als ich den Schlüssel herauszog, legte Juliette mir die Hand auf den Arm.

»Laß mich«, sagte sie.

Sie nahm mir den Schlüssel aus der Hand und öffnete die Tür. Dann tastete sie nach dem Lichtschalter. Links war eine dunkelgrüne Tür, und dahinter führte eine schmale Treppe steil nach oben.

»Welcher Stock?« fragte sie.

»Im dritten.«

Schweigend gingen wir die Treppe hinauf. Im dritten Stock zögerte sie, sah von einer Tür zur anderen.

»Es ist die rechte«, sagte ich.

Als sie den Schlüssel im Schloß drehte, ging im Treppenhaus das Licht aus. Sie öffnete behutsam die Tür und trat ein. Hinter ihr in der Dunkelheit tauchte ein gespenstisches Rechteck auf, wie bei einem Foto im Entwicklungsbad. Das Wohnzimmerfenster. Vor dem Fenster stand eine Platane, und das komplizierte Schattenmuster ihrer nackten Zweige zog sich über eine ganze Wand und die Möbel in der einen Hälfte des Zimmers.

Ich folgte Juliette hinein und schloß die Tür. Es roch nach den Jutematten, die ich auf den Boden gelegt hatte, und ein wenig nach getrockneten Blumen. In der Mitte des Wohnzimmers drehte sich Juliette zu mir um, mit ernstem, aufmerksamem, aber besorgtem Gesicht, als habe sie etwas Gefährliches vor.

»Ich bin in dich verliebt«, sagte sie.

Sie legte mir die Hand auf die Brust, reckte den Hals und küßte mich. Ihr Mund war entspannt und kühl. Sie küßte mich noch einmal, wobei sie ihre Lederjacke abstreifte und zu Boden fallen ließ. Wir standen noch immer im Dunkeln. An der Wand glänzte silbern und lebendig ein Spiegel auf, ein Magnet für das bißchen Licht, das da war.

Ich zog sie an mich. Sie preßte ihren Körper an den meinen, als wolle sie einen Abdruck auf mir hinterlassen. Sie hatte etwas Drängendes, Beharrliches, das mir das Gefühl gab, weniger erfahren zu sein als sie. In der Ferne pfiff leise eine Rakete.

Im Schlafzimmer zogen wir uns gegenseitig aus, mit derselben Behutsamkeit, mit der sie ein paar Stunden zuvor ihr Geschenk ausgepackt hatte. Es war das einzige, was sie anbehielt. Als sie sich hinlegte, sah ich, wie die Münze zwischen ihre Brüste glitt und in der Kuhle ihres Brustbeins liegenblieb. Im Dunkeln, nackt, sah sie sehr schwarz aus. Wie etwas, worin ich würde verschwinden können.

»Küß mich«, flüsterte sie. »Küß mich überall.«

Ich fing bei den Füßen an und bewegte mich dann langsam aufwärts.

Ich hatte so viele Frauenkörper gesehen, noch in diesem Zimmer, in diesem Bett, aber immer im Zustand aufs höchste gespannter Erwartung. Ich war stets auf der Suche nach Merkmalen, nach Zeichen – nach Beweisen. Ich war ein Detektiv gewesen, der Verdächtige ausschied. Jetzt dagegen, mit Juliette, wußte ich, daß ich nichts finden würde, was ich schon einmal gesehen hatte. Alles war mir fremd. Alles neu.

»Deine Haare riechen nach Feuerwerk«, murmelte sie.

Ich wollte den Moment, in dem ich in sie eindrang, möglichst lange hinauszögern. Ich wollte ihr zuvor unendlich viel Lust bereiten. Denn diesmal gab es für mich keinen Grund, das nicht zu tun. Diesmal war ich dazu endlich fähig.

Ich weiß noch, wie sie den Arm ausstreckte und mich am Handgelenk berührte und daß die Uhr auf dem Nachttisch fünf vor halb fünf zeigte. Juliette hielt ihr Gesicht unter mir so vollkommen still, als wäre es bis zum Rand gefüllt, als könnte es überlaufen.

»Steck ihn jetzt rein«, flüsterte sie.

Anfang Januar stößt man in Amsterdam fast überall, wo man hinsieht, auf Bilder der Trostlosigkeit und Verlassenheit. Nach dem Neujahrstag werfen die Leute ihre Weihnachtsbäume auf die Straße. Die Bäume liegen auf der Seite da, und spröde, orangerote Nadeln rieseln von ihnen herab. Bald sind sie nur noch Skelette. Die Gullis sind mit Überresten von Chinaböllern verstopft, einer Art aufgeweichtem, verblichenem, aber immer noch rotem Laub. Abgestorbene Bäume, abgefallenes Laub ... Vielleicht ist es einfach eine tote Zeit, in jeder Stadt. Die Feiertage sind vorüber, und die meisten Menschen müssen wieder zur Arbeit gehen, ohne in den nächsten Monaten etwas zu haben, worauf sie sich freuen können. Es ist eine merkwürdige Zeit, um verliebt zu sein. Man kommt sich vor, als lebe man gegen den Strich. Man fühlt sich auserwählt. Wie ein Günstling des Glücks.

In diesem Jahr war es um die Zeit kalt und grau. Wenn die Bar zumachte, ging ich zu mir nach Hause, wo Juliette in meinem Bett lag und schlief. Manchmal erwachte sie, wenn sie die Tür hörte, und setzte sich mit weit geöffneten Augen auf und rief meinen Namen. Doch sie war gar nicht richtig wach. Dann strich ich ihr übers Haar und küßte sie, und nach kurzer Zeit sank sie zurück in die Kissen. Wenn ihr Atem ruhiger geworden war, ging ich in die Küche mit den grünen Wänden und machte mir einen Kräutertee. Dann saß ich friedlich da und las englische Zeitungen. Draußen war alles still bis auf den nächtlichen Verkehr zwei oder drei Straßen weiter, ein sanftes Rauschen, das mich an eine Klimaanlage erinnerte, und von Zeit zu Zeit hörte ich die Laken rascheln, weil Juliette sich umdrehte. Nach einer Stunde, wenn ich Abstand gewonnen hatte von der Arbeit, schlüpfte ich zu Juliette ins Bett und schmiegte meinen Körper an den ihren, eine Hand auf ihre obenliegende Hüfte gelegt. In manchen Nächten lag ich in der Dunkelheit, in der Stille, und meine Gedanken lösten sich aus ihrer Vertäuung. Die Zeit verlangsamte sich. Dehnte sich aus. Ich spürte, wie ich dahintrieb. Ich war glücklicher, als ich es unter den gegebenen Umständen jemals erwartet hätte. Doch zugleich kam es mir seltsamerweise so vor, als hätte ich mir mein Glück verdient. Ich hatte so lange darauf gewartet. Es stand mir zu. Und es bekam dadurch einen völlig anderen Charakter, einen ganz anderen Wert, als alles, was ich bis dahin an Glück erlebt hatte.

Wenn ich morgens als erster erwachte, was selten vorkam, betrachtete ich Juliette im Schlaf. Ihr Gesicht schimmerte matt, als läge tief unter der Haut eine Goldader. Ich liebte die dunklen Linien in ihren Handflächen, und ich liebte ihren süßen Geruch, eine Mischung aus dem Duft von Pastinaken und dem von Haferkeksen. Am Wochenende blieben wir bis elf oder zwölf im Bett, wobei wir manchmal nur umschlungen dalagen oder redeten. Draußen war es so finster, daß in dem Laden für Badezimmerarmaturen das Licht brannte ... Später ging dann Juliette in einem Kimono, den ich Jahre zuvor in Osaka gekauft hatte, in die Küche und setzte den Kaffee auf. Während sie darauf wartete, daß die Milch in der Kasserolle heiß wurde, wanderte sie müßig durch die Wohnung und schaute sich um. Ich sah sie an der Schlafzimmertür vorbeigehen, in dem übergroßen Kimono, der hinter ihr über den Boden schleifte wie die Schleppe einer Braut. Manchmal vertiefte sie sich in ein Buch oder in die Aussicht aus einem Fenster, und auf einmal hörte ich sie dann aufschreien und in die Küche stürzen, wo die Milch bereits übergekocht war. Sie machte sich nie die Mühe, den Kimono in der Taille zuzubinden, so daß, wenn sie schließlich mit dem Kaffee auf mich zukam, in der Mitte ein senkrechter Streifen von ihr entblößt war – die glatte Stelle zwischen den Brüsten, ihr Bauch mit dem leicht hervorstehenden Nabel, ihre Schamhaare, die genauso glatt und schwarz und glänzend waren wie die Haare auf ihrem Kopf, die Innenseite ihrer Schenkel, die schmalen Knie, die Füße ... An Wochentagen, wenn Juliette zum Schauspielunterricht ging, nickte ich oft wieder ein. Später trafen wir uns dann in einem Café oder gingen ins Kino. Danach kochte ich uns ein frühes Abendessen, und anschließend ging ich zu Fuß zur Arbeit. Obwohl sie Gusta nicht besonders mochte, kam Juliette manchmal um Mitternacht in die Bar. Dann saß sie mit einem *witbier* an einem runden Tisch in der Ecke und las ein Theaterstück oder ein Drehbuch. Ab und zu ging ich herum, sammelte Gläser ein oder leerte die Aschenbecher, und dann sah sie mit einem Lächeln auf den Lippen auf, als wolle sie sagen: *Ist es nicht seltsam, daß ich hier sitze? Ich passe gar nicht hierher, nicht wahr?* Immer schien sie dieses Bild von sich zu haben: daß sie fehl am Platze war, daß sie unerwartet irgendwo erschienen war – zu ihrer eigenen und anderer Leute Überraschung.

Natürlich waren wir uns in der Hinsicht nicht unähnlich.

An einem Samstag Mitte Januar nahm ich Juliette mit nach Bloemendaal. Ich mußte lächeln, als ich Isabel an jenem Nachmittag sah. Obwohl sie wie üblich auf dem Diwan lag, trug sie ein elegantes weißes Kleid und ein Kopftuch aus lila Seide, und an ihren Handgelenken und Fingern funkelte eine Unmenge Schmuck, unter anderem auch das Armband, das ihr Balanchine zum Zeichen seiner Bewunderung geschenkt hatte. Sie hatte gewußt, daß ich Juliette mitbringen würde, und sich eigens für Juliette herausgeputzt. Tatsächlich sah sie so beeindruckend aus, daß es eine Weile dauerte, bis ich Paul Bouhtala bemerkte, der in dem Halbdunkel auf der anderen Seite des Kamins saß. Nachdem ich alle einander vorgestellt hatte, überließ ich die beiden Frauen sich selbst und setzte mich zu Bouhtala. Er wirkte noch melancholischer als sonst, und seine Augen wanderten zwischen mir und Juliette hin und her, ohne auch nur eine Spur von Neugier oder Teilnahme zu zeigen. Ich fragte ihn, ob er sich in Paris auskenne. Ich wolle mit Juliette übers Wochenende hinfahren. Er brummelte etwas von einem Friedhof namens Père Lachaise, dann zuckte er die Achseln und wischte sich, nach unten schielend, einen Fussel vom Revers.

»Eigentlich sind Sie es, die uns zusammengebracht hat«, hörte ich Juliette in dem darauffolgenden Schweigen zu Isabel sagen. »Wir müssen uns bei Ihnen bedanken.«

»Ich schätze, da übertreiben Sie ein wenig«, erwiderte Isabel, obwohl ich sehen konnte, daß die Vorstellung ihr gefiel. Ihr Leben war durch ihre Krankheit schrecklich eingeschränkt und beschnitten worden. Einfluß zu haben, egal welcher Art, auf Ereignisse, die außerhalb ihres Wohnzimmers stattfanden …

Doch sie war an jenem Tag sehr müde, und wir blieben nicht einmal eine Stunde bei ihr. Als ich mich zu ihr hinunterbeugte, um sie zum Abschied zu küssen, hielt sie mich am Handgelenk fest und nahm mir das Versprechen ab, sie recht bald wieder zu besuchen, und sei es auch nur für einen Vormittag oder einen halben. Zu mehr sei sie ohnehin nicht zu gebrauchen. Wir müßten doch unser Ballett voranbringen, sagte sie. Ich versprach ihr, zu ihr zu kommen, sobald ich aus Paris zurück war. Ich hatte einen neuen Anfang, den ich vorführen wollte.

Auf der Heimfahrt im Zug fragte ich Juliette, wie sie Isabel finde. Juliette lehnte am Fenster und sah zu, wie die Dunkelheit vorbeirauschte.

»Sie ist wirklich eine große Dame«, sagte sie. »Ich dachte immer, solche Leute würden sich nur für sich selbst interessieren. Aber so ist sie nicht.«

Ich lächelte. »Manchmal schon.«

Doch Juliette schien mich nicht zu hören. »Jetzt verstehe ich, daß du damals mit dir selbst geredet hast«, sagte sie. »Jemanden wie sie zu verlieren ...« Sie starrte noch einen Moment lang aus dem Fenster, dann drehte sie sich mir zu, und ihre Augen leuchteten auf einmal vor Staunen. »Hast du dieses Armband gesehen?«

Wir kamen am Freitag in Paris an und mieteten uns in einem kleinen Hotel in der Nähe des Gare de l'Est ein. Unser Zimmer lag im obersten Stock. Die Tapete war mit großen roten Rosen gemustert – wie Explosionen, sagte Juliette –, und das Bett quietschte und ächzte, sooft wir miteinander schliefen oder uns auch nur bewegten. Wir aßen in einer Brasserie in einer Seitenstraße der Rue du Faubourg St. Martin zu Abend, und um halb zwölf fuhren wir mit einem Taxi zu einer Disko, von der Juliette gehört hatte. Der Eingang war mit einer Kordel abgesperrt, und auf dem Gehsteig wartete eine Traube von Menschen, die den im Smoking herumstolzierenden Türsteher fixierten, doch als er uns aus unserem Taxi steigen sah, machte er uns ein Zeichen, und gehorsam teilte sich die Menge, und wir marschierten geradewegs hinein. Es wurde zu einem Witz zwischen uns – daß wir so schick waren. Um drei Uhr morgens kehrten wir zurück ins Hotel und warfen uns, nicht mehr ganz nüchtern, aufs Bett. Juliette schälte mich aus meinem Hemd, das immer noch feucht war vom Tanzen, und als sie mit der Hand über die rechteckige, glänzende Stelle fuhr, wo meine Tätowierung gewesen war, hielt sie inne. »Komisch, nicht wahr«, sagte sie, »daß wir beide Narben haben ...« Aber mehr sagte sie nicht, und ich war erleichtert. Viele Frauen, mit denen ich geschlafen hatte, hatten mich nach der Narbe gefragt, und ich hatte alles mögliche erfunden – einen Autounfall, eine Sportverletzung, eine verpfuschte Blinddarmoperation; nie hatte ich jemandem die Wahrheit gesagt, und ich wollte sie auch jetzt nicht erzählen. Irgendwo in meinem tiefsten Innern muß ich wohl gewußt haben, daß meine Liebe zu Juliette etwas mit Flucht und mit dem Wunsch nach Sicherheit zu tun hatte; ich war glücklich dort, wo ich war, eingeschlossen in eine ständige, immerwährende Gegenwart ...

Es waren einfache, denkwürdige Tage. Wir gingen durch die kalten, sonnenbeschienenen Straßen, bis uns die Füße weh taten, wir baten eine Japanerin, uns unter dem Eiffelturm zu fotografieren, wir tranken an verzinkten Tresen Pastis. Wir gingen sogar zum Père Lachaise, dem Friedhof, den Paul Bouhtala erwähnt hatte, und staunten über die Größe und Pracht der Anlage, die eher wie eine Stadt wirkte als ein Friedhof, mit den kopfsteingepflasterten Wegen und den Gabmälern, die Herrenhäusern oder Tempeln nachempfunden waren, und den gelegentlichen Obelisken oder Pyramiden oder anderen überraschenden exotischen Monumenten. Allmählich lernte ich Juliette näher kennen. Wenn sie auch zuweilen seltsam methodisch vorging, ja fast pedantisch war – vor dem Grab von Edith Piaf etwa blieb sie exakt eine Minute lang mit gesenktem Kopf stehen –, so handelte sie doch manchmal auch völlig spontan. Von dieser Seite hatte ich sie schon einmal erleben dürfen, damals, als sie mich über das Eis geführt hatte. Am Sonntagabend, unserem letzten Abend in Paris, war mir das erneut vergönnt. Madame Soffner, eine alte Freundin ihres Vaters, hatte uns zum Abendessen eingeladen, und um nicht mit leeren Händen dazustehen, hatten wir einen Strauß hochrote Rosen gekauft, die uns an die Tapete in unserem Hotelzimmer erinnerten. Im siebten Arrondissement, nicht weit von Madame Soffners Wohnung entfernt, sahen wir eine schwarze Limousine vor einem Apartmenthaus vorfahren. Die Tür des Wagens ging auf, und heraus stieg Catherine Deneuve. Ich war mir sicher, daß sie es war, wegen des mondscheinhellen Haars und der strahlenden Haut. Doch bevor ich ein Wort sagen konnte, ging Juliette bereits über die Straße. Ich sah zu, wie sie der Deneuve den Strauß gab, den wir für Madame Soffner gekauft hatten. Die Deneuve sah auf die Blumen hinab, dann blickte sie Juliette an und lächelte. Als Juliette zu mir zurückkam, verschwand die Deneuve in dem Haus, gefolgt von zwei Männern in dunklen Anzügen.

Ich wandte mich Juliette zu. »Was hast du zu ihr gesagt?«

»Ich habe gesagt, sie sei eine große Schauspielerin. *Magnifique*. Ich habe gesagt, ich wolle auch Schauspielerin werden.« Juliette runzelte plötzlich die Stirn. »Kann man das sagen: *magnifique*?«

»Ja, klar. Was hat sie geantwortet?«

»Sie hat gesagt, die Rosen seien wunderschön. Sie hat mir Glück gewünscht für meine Zukunft als Schauspielerin.«

»Sie ist es also tatsächlich gewesen?«

»Ja.«

Juliette schielte zum Eingang des Hauses hinüber, der jetzt verlassen dalag. Die Halle war von teurem, blaßgoldenem Licht erfüllt.

»Jetzt haben wir nichts für die Freundin deines Vaters«, sagte ich.

»Ja. Das ist ein Problem.« Juliette sagte das mit solchem Ernst und so besorgter Miene, daß ich lachen mußte.

Doch es war dann gar kein Problem. In einem Laden, der

zufällig geöffnet war, kauften wir Madame Soffner eine Flasche Champagner, und wie sich herausstellte, hatten wir ihre Lieblingsmarke erwischt.

Manchmal meint es die Welt einfach gut mit einem, und egal, was man tut, das Glück läßt sich nicht irritieren, doch es war mir so lange nicht mehr so ergangen, daß es mir vorkam, als hätte jemand mein Leben in Sirup getaucht, als wäre es von einer himmlischen, ja fast unerträglichen Süße.

An einem Dienstag gegen Ende des Monats beschloß Juliette, die Nacht bei sich zu Hause zu verbringen. Sie hatte am nächsten Morgen schon sehr früh einen Vorsprechtermin, und das Theater lag in der Nähe ihrer Wohnung. Um sechs Uhr abends verabschiedeten wir uns vor meinem Haus. Seit Silvester war das erst die zweite Nacht, die wir getrennt verbrachten, und ich weiß noch, daß ich sie so fest umarmte, daß sie stöhnte, ich würde sie zerdrücken. Ich wünschte ihr viel Glück und küßte sie ein letztesmal, dann sah ich ihr nach, wie sie fortging, eine schlanke, aufrechte Gestalt in einem langen, dunklen Mantel, und ich sah, wie ihr schwarzes Haar im Licht einer Straßenlaterne glänzte.

An diesem Abend kam ein junges Paar aus Schottland in die Bar. Sie machten eine Woche Urlaub in Amsterdam. Er arbeitete als Geologe bei einem Ölkonzern, und sie war Maskenbildnerin. Sie hießen Bill und Emma. Als die Bar zumachte, sagten sie, sie würden noch in eine Disko gehen, ob ich nicht Lust hätte mitzukommen. Normalerweise hatte ich es mir zur Regel gemacht, nie mit Gästen der Bar auszugehen. Außerdem freute ich mich um halb zwei Uhr morgens meist auf die Ruhe in meiner Wohnung – und seit Anfang Januar hatte ich natürlich den zusätzlichen Grund, daß ich Juliette sehen würde, auch wenn sie schlief. Doch an diesem Abend, an dem Juliette nicht dasein würde, dachte ich mir: Warum nicht?

Es war kälter geworden, und wir gingen schnell; unser Atem hing, Nebelwolken bildend, in der Luft. Emma trug hohe Absätze und rutschte auf dem Kopfsteinpflaster oder den Straßenbahnschienen ständig aus und rief dann *Scheiße* oder *Verdammt* oder *Wartet auf mich*. Doch sie ließ sich dadurch nicht die Laune verderben. Ja, wenn sie uns einholte, hatte sie immer ein Grinsen im Gesicht.

Wir gingen zunächst in einen Klub am Singel, dann in eine Disko in der Reguliersdwarsstraat. Bill und Emma tanzten. Ich trank ein Bier und sah zu. Es war heiß in dem Klub, doch ich amüsierte mich. Ich bereute nicht, daß ich mitgekommen war.

Um kurz nach drei saßen wir in einer Lounge im oberen Stock, einem Raum mit dunkelroten Wänden, gedämpftem Licht und blauen Samtsofas, die aussahen wie Muschelschalen. Emma erzählte von der Zeit, als sie für Liza Minnelli gearbeitet hatte, und ich wollte gerade die Geschichte von Juliette und Catherine Deneuve erzählen, als ich sah, daß Bills Glas leer war.

»Noch mal dasselbe, Bill?« fragte ich.

Bill nickte. »Klar!«

»Emma?«

Sie schüttelte den Kopf. »Für mich nicht.«

Ich ging zur Bar, die sich in einem Bogen eng in die Ecke des Raumes schmiegte. Der Barkeeper trug eine schwarze Weste und eine glitzernde, königsblaue Fliege. Hinter ihm reihten sich Flaschen auf Glaskonsolen, die jeweils von unten beleuchtet waren. Ich quetschte mich zwischen einen Mann und eine Frau und bestellte zwei Bier.

Ich weiß noch, wie ich auf meine Hände hinunterstarrte, als sich am Rand meines Gesichtsfelds etwas bewegte. Es war fast, als würde die Luft sich einen Moment lang zusammenziehen, als würde sie in Zeitlupe erschaudern. Dann sah ich ein Haar auf der Theke landen, etwa fünfzehn Zentimeter neben meiner rechten Hand. Die Bar war schwarz lackiert, so daß sich das Haar deutlich abhob. Es war ungefähr fingerlang und leicht gekrümmt. Es war rot.

Ich stand so reglos da, daß es sich anfühlte, als hätte sich Luft um mich herum verfestigt und würde mich umschließen. Inmitten dieser Reglosigkeit pochte mein Herz, und ich sah das Geräusch als einen weichen, schwarzen Kreis, der vor meinen Augen auftauchte und wieder verschwand, auftauchte und wieder verschwand ...

Als ich mich zu der Frau, die neben mir stand, umdrehte, trat sie von der Bar zurück und ging weg. Ich sah, wie sie den Raum durchquerte und sich auf ein Sofa setzte, dann blickte ich auf das Haar, das gerade von ihrem Kopf herabgefallen war. Ich berührte es vorsichtig mit dem Zeigefinger. Ein Schauder des Wiedererkennens durchlief mich.

»Zwei Bier.«

Ich blickte auf. Der Barkeeper hatte die Gläser vor mich hingestellt und wartete darauf, daß ich bezahlte.

Ich ging zurück zu unserem Tisch und setzte mich. Die Frau saß jetzt hinter mir, unter dem Fenster.

Langsam lehnte ich mich zurück, drehte mich um. Sie saß mit zwei weiteren Personen auf einem Sofa, mit schräg von mir abgewandtem Gesicht. Doch ihr Gesicht war natürlich nicht wichtig. Sie hatte Astrids Körper, was mich einen Moment lang verwirrte. Ich hatte immer gedacht, Gertrude sei die mit den roten Haaren gewesen. Doch bei meinem damaligen Zustand war es wahrscheinlich kein Wunder, wenn ich ein wenig durcheinandergekommen war.

»Alles in Ordnung?« fragte Bill.

Ich hörte die Worte, die ich damals in dem weißen Raum

gehört hatte, nachdem das rote Haar langsam herabgesegelt war. *Sag mir, was du dir als Belohnung wünschst.*

Ich stand auf. »Entschuldigt mich einen Moment.«

Ich ging zu der Frau und blieb vor ihr stehen. Sie trug eine schwarze Bluse mit langen, durchsichtigen Ärmeln und einen schwarzen Rock. An ihrem linken Daumen steckte ein breiter Silberring. Sie hätte Anfang dreißig sein können, aber ebensogut fünfundzwanzig. Sie sah gut aus. Sie hatte schon immer gut ausgesehen. Vielleicht würde sie immer gut aussehen.

»Kenne ich dich nicht?« fragte ich.

Sie blickte auf. Ihre Augen glänzten und wirkten alles andere als neugierig. Sie zuckte nicht mit der Wimper. Ich sah zu, wie sie sich eine Zigarette anzündete. Die Leute, mit denen sie da war, ein Mann und eine Frau, wandten sich einander zu und begannen sich zu unterhalten. Der Mann klang wie ein Amerikaner.

»Wir kennen einander, nicht wahr«, sagte ich.

Mein Tonfall hatte diesmal nichts Fragendes mehr, aber wenn sie erstaunt oder beunruhigt war, so ließ sie sich davon nichts anmerken.

»Ich weiß nicht, wovon Sie reden«, sagte sie und inhalierte. Sie ließ den Rauch durch die Nasenlöcher ausströmen, dann wandte sie sich zur Seite und klopfte ihre Zigarette am Aschenbecher ab.

Ich sah, wie ihr schlanker Unterarm sich unter dem hauchdünnen Stoff ihrer Bluse bewegte. Ich sah ihre Finger, die elegant und doch kräftig waren. Ich sah, wie die Asche von ihrer Zigarette fiel und zerbröselte. Ich sah mir die Frau ganz genau an, und nichts, was sie tat, kam mir fremd vor.

Dann kippte ihr Gesicht plötzlich nach oben und schien sich zu öffnen, wodurch eine sehr viel härtere Oberfläche zum Vorschein kam.

»Verpiß dich«, sagte sie.

Ihre beiden Freunde drehten sich abrupt um.

Diese aufflammende Wut, genauso wie damals in dem Raum. Ich lächelte sie an. Ihre Augen waren schlammgrün – eine Tarnfarbe. Komisch, daß mir das damals nicht aufgefallen war. Doch es paßte genau. Ich lächelte zu ihr hinab und schüttelte den Kopf.

»Dann ruf ich den Rausschmeißer«, sagte sie.

Immer noch lächelnd, drehte ich mich um. Ich setzte mich neben Bill, mit dem Rücken zu der Frau, wie zuvor. Bill brach mitten im Satz ab.

»Was war denn los?« fragte er.

Emma sah mich neugierig an.

»Kennst du sie?« fragte Bill.

Ich griff nach meinem Glas. Mir pochte wieder das Herz, doch zumindest hatte ich nicht mehr diesen weichen, schwarzen Ball vor den Augen. Ich dachte an all die Frauen, mit denen ich zusammengewesen war – und da saß sie nun, fast fünf Jahre danach, eine der Frauen, die ich gesucht hatte, eine der drei. Und jetzt? dachte ich. *Und jetzt?*

Ich sah Bill an.

»Ich weiß, wer sie ist«, sagte ich.

»Klingt sehr geheimnisvoll«, sagte Emma.

»Ja.« Ich lachte. »Das ist es auch.«

Ich trank einen Schluck Bier. Es schmeckte warm und schaumig, wie Speichel.

Ich ließ Bill und Emma auf dem Sofa weiterreden und ging in den Hauptraum der Disko. Ich hatte gesagt, ich würde zur Toilette gehen, doch in Wirklichkeit wollte ich einfach allein sein, nicht beobachtet werden. Ich lehnte mich auf das mattsilberne Geländer oberhalb der Tanzfläche und sah auf die Tanzenden hinab. Die Musik war sehr laut – Funk und Diskomusik aus den siebziger Jahren. Ich versuchte, einen klaren Gedanken zu fassen, doch mein Geist war verworren und arbeitete nur noch sehr langsam. Dabei konnte ich eigentlich nicht betrunken sein. Ich war erst beim dritten Bier.

Dann blickte ich auf und sah die Frau aus der Lounge. Sie kam auf die Galerie heraus und wandte sich dann nach rechts, in Richtung Toiletten. Sie hatte mich nicht bemerkt. Sie war allein.

Ich stellte mein Bierglas ab und folgte ihr die Galerie entlang. Ich ging durch eine schwarze Schwingtür. Dann stand ich in einem kurzen Gang mit Rotlicht. Ein dünner Mann in einer Weste schwebte an mir vorbei, mit knallroten Wangen und roter Stirn und schwarzen Kuhlen statt Augen. Der Luftzug, der mich streifte, roch nach Hasch, bitterem Schweiß und Aftershave. Sollte ich der Frau in die Toilette folgen, oder sollte ich dort warten, wo ich war?

Ich ging zu der Tür, auf der *Damen* stand, und öffnete sie. Es war ein großer quadratischer Raum mit Schwarzlichtröhren in Drahtkörben an den Wänden. Die Frau stand rechts von mir, etwa vier Meter entfernt. Sonst war niemand dort. Ich hörte das Wasser durch ihre Hände und dann ins Waschbecken rinnen. Weiter weg, durch den Boden, hörte ich das dumpfe Wummern der Musik, das von unten heraufdrang …

Als ich quer durch den Raum zu ihr hinging, hielt sich die Frau die Hände vors Gesicht, als spiele sie ein Spiel, als würde sie bis hundert zählen und mich dann suchen. Sie sah mich im Spiegel, als ich von hinten an sie herantrat. Diesmal sagte ich kein Wort. Ich fand, es gab nichts zu sagen. Statt dessen legte ich ihr eine Hand auf den Mund und zog sie nach hinten in eine der leeren Kabinen. Kaum war die Tür halb geschlossen, packte ich ihre Bluse. Es war ein dünner Fummel, der wie Papier zerriß. Ich sah ihre Brüste. Sie kamen mir bekannt vor, doch das reichte noch nicht. Ich mußte jeden Zweifel ausschließen. Ich brauchte einen greifbaren Beweis.

Ich griff nach ihrem Rock. Der Mund der Frau stand offen, und ich dachte, daß sie wohl schrie; aber irgendwie konnte ich nichts hören. Außerdem brauchte ich beide Hände. Ich zog fest an dem Rock und irgend etwas riß. Sie versuchte, an mir vorbeizukommen, schlug mir mit den Händen, mit spitzen Fingernägeln, ins Gesicht, doch ich drückte sie nach hinten an den Spülkasten. Sie saß mit gespreizten Beinen schief auf dem Sitz. Sie hatte dichtes, fast schwarzes Schamhaar. Daran konnte ich mich nicht erinnern. Was war mit der münzförmigen Narbe? Sie mußte dasein – war es bestimmt. Aber an welchem Bein? Ich drückte eine Hand auf ihren Hals und bückte mich. Keine Narbe, nichts. Vielleicht hatte ich das alles durcheinandergebracht. Vielleicht war die mit der Narbe eine der anderen gewesen. Ich hörte, wie Wasser aus einem Rohr rann, und meinte unmittelbar vor mir zu sehen, wie es spiralförmig in den Spülkasten floß, wie es Strudel bildete, als es auf die Wasseroberfläche auftraf. Es sah so schön, so kunstvoll aus, wie mundgeblasenes Glas.

Meine Hand löste sich vom Hals der Frau, und ich starrte auf ihren Körper hinab, der nackt war bis auf den Rock und die Strumpfhose, die ihr um die Knie baumelten, und die Überreste ihrer Bluse, die in Fetzen von einer Schulter herabhing, während die Manschette noch zugeknöpft war und das linke Handgelenk ordentlich umschloß. Die Form ihrer Brüste, die Hüften, die Schenkel ... Ich stand vor ihr und versuchte, mich zu erinnern. Doch es hatte zu viele Körper gegeben. Ich sah diese Frau durch die Körper hundert anderer Frauen hindurch. Sie waren alle noch da, ich hatte sie alle im Kopf – es war wie eine Interferenz. Es gab kein klares Signal, keinerlei Klarheit mehr.

Ich hörte Stimmen hinter mir im Raum, und irgend jemand stieß gegen die Tür. Ich fiel halb auf die Frau, die zusammengesackt auf dem Klositz saß, die eine Hand am Hals – eine Haltung, die mir unsinnig vornehm, fast aristokratisch vorkam. Ich trat zurück, drehte mich um, öffnete die Tür der Kabine. Ein Mann stand davor, mit vor Verblüffung stumpfsinnigem Gesicht. Er trug ein blaues Holzfällerhemd mit abgeschnittenen Ärmeln. Ich meinte, ihn zuvor in der Lounge gesehen zu haben.

»He!«

Ich zwängte mich an ihm vorbei. Jemand rief das holländische Wort für Polizei, und ich rannte los. Hinaus in das Rotlicht, schwarze Löcher statt Augen. Durch die Schwingtür und die Galerie entlang, die eine Hand am silbernen Geländer. Dann die Treppe hinunter, viel zu viele Leute plötzlich, zu viele Gesichter, ein Bier, das umkippte, und noch eines, fast wäre ich gestolpert, fast hingefallen, aber dann war ich endlich draußen, der Schock, als die kalte Luft über mir zusammenschlug – schließlich war es Januar, und ich trug keinen Mantel.

Ich ging in Richtung der Lichter des Rembrandtplein. Ich zitterte. Mein Mantel lag noch in dem Klub, auf einem blauen Samtsofa, doch ich konnte wohl kaum zurückgehen und ihn holen, nicht jetzt. Vielleicht war es dieses Gefühl des Verlustes, so banal er auch war, das Gefühl, von etwas getrennt zu sein, das mir gehörte – jedenfalls war mir, als würde ich mich selbst nicht kennen. Ich kam mir vor wie jemand, der keinen Namen, kein Zuhause hat. Es war nicht so, daß ich mich außerhalb von mir befand und auf mich selbst hinuntersah, wie es manchen Menschen geht, die dem Tode nahe kommen. Ich stand nicht außerhalb von mir, doch ich war auch nicht in mir. Ich war nirgendwo.

Ich hielt an und stand dann reglos da, vor einem Sportgeschäft. Im Schaufenster hingen Golfschläger, Hockeyschläger, Skier. Tennisschläger, die wie ein Pfauenrad aufgefächert waren. Ich hörte hinter mir eine Straßenbahn heranzuckeln, hörte sie klingeln. Instinktiv trat ich näher an das Schaufenster heran. Im selben Moment bekam ich einen Schlag zwischen die Schulterblätter. Die Zeit wurde schwarz. Ich dachte, die Straßenbahn hatte mich doch noch erwischt. Doch dann hörte ich, wie mich jemand beschimpfte. Die Stimme war irgendwo hinter mir, über mir. Ich erkannte den Akzent. Ein Amerikaner.

Ich lag mit dem Gesicht nach unten auf dem Boden und verspürte keinerlei Schmerzen, nur daß es kalt war. Die Straße roch nach Kaugummi und Metall. Ich konnte noch immer den Rembrandtplein sehen, nur lag er jetzt auf der Seite. Grünes Neon, gelbes Neon. Ein Schild stellte einen Cowboy dar. Der Cowboy zog seinen Revolver und lehnte sich vor. Dann stand er wieder aufrecht da, mit dem Revolver im Halfter. Dann zog er wieder und lehnte sich vor. Das würde ewig so weitergehen, dachte ich, und der Cowboy konnte nichts dagegen tun. So würde er zum Beispiel niemals wirklich abdrücken. Er würde nie ein Pferd besteigen. Nie würde er sich auf seiner Decke ausstrecken, sich den Cowboyhut ins Gesicht ziehen und schlafen. Es gab so viele normale, alltägliche Dinge, die er nie tun würde.

Zwei Polizisten hoben mich auf die Beine. Ihr weißer Wagen stand nicht weit entfernt, und das blaue Licht drehte sich zwischen den Häusern. Sie hielten mich fest, jeder an einem Arm, und führten mich zurück zur Disko. Der Amerikaner hielt sich schräg vor uns. Von Zeit zu Zeit drehte er sich um und sah mich an, und sein Gesicht war leer vor Wut. In gewisser Hinsicht ähnelte er dem Neoncowboy.

Vor dem Eingang der Disko hatte sich eine kleine Menschenmenge gebildet. Ich fragte mich, wo wohl Bill und Emma waren. Die Polizisten führten mich die steile Treppe hoch, an der Kasse vorbei, dann durch eine Tür in ein Büro. Dunkelrote Wände, graue Jalousien. Zwei Yuccapalmen in großen Töpfen. Die Frau saß, in eine Decke gewickelt, neben einem Trinkwasserspender. Die Polizisten stellten mich vor sie hin, doch sie hielt die Augen gesenkt. Sie drehte den Ring an ihrem Daumen, drehte und drehte ihn, als wohne ihm die Kraft inne, etwas an der Situation zu ändern, sie an einen anderen Ort, in ein anderes Leben zu versetzen.

»Ist er das?« fragte einer der Polizisten.

Ich starrte auf den Ring der Frau, der sich an ihrer Hand drehte und drehte und drehte. Ich meinte, das Geräusch von Metall auf Haut zu hören – ein leichtes Schaben, wie wenn eine Fliege die Beine aneinander reibt.

Der Polizist wiederholte die Frage ebenso ruhig wie zuvor, und diesmal blickte sie mich kurz an, nicht länger als eine Sekunde.

»Ja«, sagte sie.

IV

Wenn man sich einen Stadtplan von Amsterdam ansieht, erkennt man es sofort: Die Stadt ist ein Fingerabdruck. Die vier größten Kanäle bilden eine Reihe von konzentrischen Halbkreisen, die sich weiter im Innern in Straßen wie Damrak und Nieuwezijds Voorburgwal wiederholen. Genau im Zentrum, dem Gebiet des Rotlichtbezirks, liegt ein kompakterer Teil, das spiralförmige Herz des Abdrucks, in dem die Linien nicht mehr gekrümmt sind, sondern eng zusammengedrängt, fast parallel, als wären sie einem gewissen Druck ausgesetzt gewesen: Warmoesstraat, Oudezijds Voorburgwal, Oudezijds Achterburgwal, Kloveniersburgwal.

Doch der Fingerabdruck ist nicht vollständig. Es ist nur ein verwischter Teil davon, ein Abdruck, wie man ihn auf einem Fensterrahmen findet oder einem Türknauf oder am Rand einer Schreibtisch-Schublade. Ob er wohl reichen würde, um jemanden eindeutig zu identifizieren? Wahrscheinlich nicht. Ob er zu einer Festnahme führen würde? Wohl kaum. Wer auch immer diesen Fingerabdruck hinterließ, wer auch immer das Verbrechen begangen hat, würde fast mit Sicherheit ungestraft davonkommen.

In einem gewissem Sinn hatte die Stadt die ganze Zeit versucht, mir das zu sagen. *Du wirst diesen Fall niemals lösen. Vergiß es.* Doch ich hatte natürlich nicht zugehört.

Schau auf den Stadtplan. In gewisser Hinsicht steht alles da.

Die ganze Geschichte.

Ich saß auf einem harten Stuhl in grellem Neonlicht und wartete. An der Wand mir gegenüber hing eine weiße elektrische Uhr. Ich sah zu, wie der zweite Zeiger über die Ziffern glitt, so reibungslos wie ein Messer mit Butter über ein Brot. Viertel vor fünf.

Sie hatten mich auf ein Revier gleich hinter dem Leidseplein gebracht. Während ich an dem Kaffee nippte, den sie mir geholt hatten – schwacher, schwarzer, brühheißer Kaffee –, dachte ich an meine Küche und daß ich eigentlich dort hätte am Tisch sitzen sollen, in dem Licht, das die Lampe auf die bloße Holzplatte warf, während die grünen Wände zur Decke hin dunkler wurden. Ich hörte, wie die Zeitung leise krachte und raschelte, wenn ich umblätterte. Ich hörte, wie die Wasserrohre in der Wand gluckststen und wie das Fenster knarzte, wenn sich die kalte Nachtluft gegen die Scheibe lehnte. Ich sah die dunkle Masse des gegenüber stehenden Hauses und links davon, in der Ferne, die rot aufscheinenden Bremslichter auf der Hauptstraße. Und wenn ich mich auf meinem Stuhl zurücklehnte und mich umsah, konnte ich im Dunkeln gerade noch Juliettes Gestalt ausmachen, die in meinem Bett schlief – aber heute natürlich nicht ...

Ich nippte an dem Kaffee. Fünf vor fünf.

Schließlich kam ein Polizeibeamter und sagte, ich könne nicht vor neun erfaßt werden. Es klang beinahe, als würde er sich für die Verzögerung entschuldigen. Er hatte blutunterlaufene Augen und ein Gesicht, das ganz glatt war und ein wenig glänzte, als hätte er sich gerade rasiert. Es sei das beste, wenn ich jetzt schliefe, sagte er. Er faßte mich knapp über dem Ellbogen am Arm und führte mich durch eine Reihe von Türen in eine Zelle mit einem schmalen Bett und einer metallenen Toilette ohne Sitz. Er nahm mir die Schuhe ab, die Armbanduhr und den Gürtel und ließ sie in eine durchsichtige Plastiktüte fallen, die er versiegelte.

»Was machen Sie jetzt mit mir?« fragte ich ihn; auf einmal bekam ich Angst.

Er hatte mich mißverstanden. »Nichts«, sagte er, »nichts, bis morgen früh.«

Ich muß wohl tatsächlich geschlafen haben, denn ich erinnere mich, daß ich auffuhr, als die Tür aufging. Als ich begriff, wo ich war, durchlief es mich heiß. Wäre die Frau auf dem blauen Samtsofa, die Frau auf der Toilette, die in eine Decke gewickelte Frau in dem Büro doch nur ein Traum gewesen. Und wie sie die make-up-verschmierten Augen hob. *Ja. Das ist er.* Es hätte doch umgekehrt sein sollen. *Ich* hätte, in eine Decke gewickelt, dasitzen und sie beschuldigen sollen …

Ich verstand nicht, warum auf einmal alles so furchtbar verdreht war.

Sie brachten mich in einen großen, grauen, fensterlosen Raum. Ich setzte mich hin und wartete. Meine Augen fühlten sich feuchter an als sonst, wohl von der Müdigkeit, und meine Knie und meine Ellbogen waren aufgeschürft von meinem Sturz, als ich vor dem Sportgeschäft niedergestreckt worden war. Nach ein paar Minuten trat der glattgesichtige Polizist ein. Ich war froh, ihn zu sehen. Irgendwie kam er mir wie mein Verbündeter vor. Ich sah zu, wie er um den Tisch herumging. Er hatte einen Stapel Papiere und Formulare dabei, die er vor sich ausbreitete.

»Eine lange Schicht«, sagte ich.

Er blickte auf. »Wie bitte?«

»Sie arbeiten ziemlich lange.«

»Ah. Ja.« Er musterte mich einen Moment und lächelte matt, dann sah er auf seine Formulare.

Die Tür öffnete sich erneut, und ein weiterer Polizist trat ein, in den Händen ein Tablett mit Blätterteiggebäck und Kaffee, das er behutsam zwischen uns auf den Tisch stellte. Der glattgesichtige Polizist streckte eine Hand aus, mit der Handfläche nach oben, um mir zu sagen, ich solle mich bedienen. Ich schenkte mir Kaffee ein, tat Milch hinein und nahm mir von dem Gebäck. Es schmeckte köstlich, und merkwürdigerweise fiel mir dabei das Bier ein, das ich am Tag meiner Freilassung aus dem weißen Raum fünf Jahre zuvor getrunken hatte.

Während ich aß, teilte der Polizist mir mit, daß ich nach holländischem Recht für eine Dauer von sechs Stunden in Gewahrsam gehalten werden könne, und dann noch zweimal vierundzwanzig Stunden, vom Zeitpunkt der Erfassung an. Danach müßte ich entweder freigelassen oder angeklagt werden. Das war der normale Ablauf. Wenn ich angeklagt würde, sagte er, hätte ich das Recht auf einen Anwalt. Was er sagte, klang so vernünftig, daß mir keine Frage einfiel und ich bloß nickte.

In der nächsten halben Stunde nahm er meine Personalien auf, wobei er endlos viele Kästchen mit einer sauberen, leserlichen, leicht nach rechts geneigten Handschrift füllte. Anschließend nahm man mir die Fingerabdrücke ab und fotografierte mich, dann bracht man mich wieder in meine Zelle. Der Polizist erklärte mir, ich würde später am Vormittag vernommen werden und eine Aussage machen müssen. Er würde mir raten, sagte er, mich darauf vorzubereiten.

Als ich das nächstemal meine Zelle verließ, gegen Mittag, schien sich die Stimmung auf dem Revier gewandelt zu haben. Ein oder zwei Beamte warfen mir auf dem Flur im Vorbeigehen unverblümt mißbilligende Blicke zu. Andere musterten mich mit einer kalt und reserviert wirkenden Neugier, als wäre ich ein Versuchsobjekt in einem Labor. Der glattgesichtige Polizist, der mich so respektvoll behandelt hatte, war verschwunden.

Als ich diesmal in den grauen Raum geführt wurde, saßen bereits zwei Beamte am Tisch. Der eine hatte ein langes Gesicht und schmale Schultern. Er hieß Snel. Er rauchte eine Zigarette und stieß den Rauch in zwei verächtlichen Wolken durch die Nase aus. Der andere, Pieters, bekam eine Glatze und hatte einen rechteckigen Kopf. Beide wirkten müde und gelangweilt. Sie wären überall lieber gewesen als in diesem Zimmer, und ihre Anwesenheit war etwas, wofür sie mich persönlich verantwortlich machten. Als ich vor ihnen Platz nahm, fühlte ich mich schuldig und angespannt.

Sie fragten mich nach meiner Version von dem, was gestern abend passiert war. Ich nannte ihnen die nackten Tatsachen, soweit ich mich an sie erinnerte. Als ich fertig war, fing Pieters an, mit seinem Kugelschreiber auf den vor ihm liegenden Notizblock zu tippen. Das oberste Blatt war nach wie vor leer, unberührt. Ich fand es ein wenig beleidigend, daß er es nicht für nötig befunden hatte, sich irgendwelche Notizen zu machen. Snel stand auf und begann, auf und ab zu gehen, die Hände in den Taschen vergraben. Er war überdurchschnittlich groß und hielt den Oberkörper leicht nach vorn geneigt. Von der Seite sah er aus wie ein Skispringer im Flug.

»Sie haben uns erzählt, was sie getan haben«, sagte Snel mit nasaler Stimme, »aber Sie haben uns nicht erzählt, warum.«

»Das kann ich Ihnen leider nicht erklären«, sagte ich.

Snel sah mich von der Seite an, das Kinn in einer Linie mit der Schulter. »Sie können nicht sagen, warum Sie das getan haben?«

»Nein.«

»Nach dem Bericht, den wir heute morgen erhalten haben«, sagte Pieters, »haben Sie die Frau angegriffen und versucht, sie zu vergewaltigen.«

Ich schüttelte den Kopf. »Ich wollte sie nicht vergewaltigen. Das war keine Vergewaltigung.«

»Aber Sie haben ihr die Kleider vom Leib gerissen«, sagte Pieters.

»Ja.«

»Wenn das keine Vergewaltigung ist«, sagte Snel, »was ist es dann?«

Ich starrte ihn an, wie er an der Wand lehnte, beide Hände in den Taschen. Mir fiel keine Antwort ein. Obwohl ich an Händen und Füßen fror, spürte ich, wie mir auf der Brust und im Nacken der Schweiß ausbrach.

»Warum haben Sie die Frau angegriffen?« fragte Pieters.

»Ich habe es Ihnen doch gesagt«, erwiderte ich. »Ich kann es Ihnen nicht erklären.«

Als ich wieder in meiner Zelle war, sank ich in tiefen Schlaf. Ich träumte, daß Stefan Elmers mit einer dicken, vollbusigen Frau verheiratet war, die ein enges blaßrosa Kleid und hochhackige silberne Sandalen trug. Sie durch den Raum gehen zu sehen war, als wohne man einem schier atemberaubenden Balanceakt bei. Mit einem schicksalsergebenen Lächeln erzählte er mir, er habe bereits fünf Kinder und jetzt trage seine Frau das sechste aus. Dann träumte ich, daß mir ein Mann die Haare schnitt. Er verunstaltete meinen Kopf total, indem er ihn an manchen Stellen kahlrasierte, an anderen clowneske Haarbüschel stehen ließ. *Ich arbeite normalerweise im Zoo*, sagte er. Ich erwachte, als die Tür meiner Zelle mit einem lauten Knall aufflog. Ein Polizist, den ich noch nicht kannte, brachte mir das Mittagessen.

Am Abend wurde ich wieder von Pieters und Snel vernommen. Sie wollten, daß ich eine Erklärung abgab, bevor ich den Raum verließ. Während die Tatsachen offenbar außer Zweifel stünden, seien meine Beweggründe ihnen immer noch schleierhaft. Wenn ich ihnen doch nur etwas klarer darstellen könnte, was mir in dem Moment durch den Kopf gegangen sei ...

»Das würde die Abfassung Ihrer Aussage vielleicht erleichtern«, sagte Snel.

Er saß auf einer Ecke des Tisches, mit einem Bein auf dem Boden und dem anderen in der Luft. Er bot mir eine Zigarette an.

Ich schüttelte den Kopf. »Danke, ich rauche nicht.«

»Hat die Frau vielleicht irgendwelche Annäherungsversuche gemacht?« fragte er. »Hat sie Sie auf irgendeine Weise ermuntert? Sie sehen ja schließlich nicht schlecht aus . . .«

Mit einem raschen Klicken seines goldenen Feuerzeugs zündete er sich eine Zigarette an und stieß den Rauch wie üblich durch die Nasenlöcher aus, stand auf und ging quer durch den Raum.

»Nein«, sagte ich. »Sie hat mich nicht ermuntert.«

Meine Antwort schien Pieters zu erstaunen. Seine große, eckige Stirn legte sich in Falten, während er sich über seinen Schreibblock beugte und etwas notierte.

»Wie wär's denn damit?« sagte Snel. »Sie haben sie in der Disko gesehen, und sie hat Ihnen auf Anhieb gefallen. Sie haben keine Ahnung, was Sie dann plötzlich gepackt hat. Sie haben die Kontrolle verloren.« Er führte die Zigarette zum Mundwinkel und inhalierte tief. »Sie mußten Sie haben.«

Das war eine so naheliegende, jedoch für mich so abwegige Version der Geschichte, daß ich wohl gelächelt haben muß.

»Hab ich was Komisches gesagt?« Snel lehnte jetzt an der Wand, die eine Hand in der Tasche.

»In gewisser Hinsicht, ja«, sagte ich.

»Aber Sie können es uns nicht erklären?«

»Nein.«

»Sie fanden sie also nicht attraktiv?« fragte Snel. »Sie fanden sie nicht« – und er zögerte – »unwiderstehlich?«

»Nein.«

Snel ging zurück zum Tisch, drückte seine Zigarette aus

und setzte sich hin. »Wie sieht Ihre Einstellung zu Frauen aus?«

»Entschuldigung«, sagte ich, »aber Sie müssen mich schon etwas genauer fragen.«

Snel beugte sich vor. Seine Hände lagen schlaff aufeinander, wie Handschuhe. »Haben Sie etwas gegen Frauen?« Er hielt inne und präzisierte die Frage: »Hatten Sie einen Haß auf diese Frau?«

»So würde ich es zwar nicht ganz formulieren«, sagte ich, »aber das ist eine interessante Frage.«

»Wie würden Sie es dann formulieren?«

Ich starrte auf den Tisch, auf die frischgestrichene, makellos graue Metallfläche. Ich sah nicht, wie ich den beiden noch hätte helfen können. Ich war so weit gegangen, wie ich konnte. Warum waren sie so auf meine Beweggründe fixiert? Wollten sie mir einen Gefallen tun und ein Schlupfloch für mich finden? Oder war das Ganze eine Falle?

»Und?« Snel zündete sich noch eine Zigarette an.

»Es tut mir leid«, sagte ich. »Aber das kann ich nicht weiter ausführen.«

Pieter atmete geräuschvoll aus, als hätte er einen Schlag in den Bauch bekommen. Es war ein unwillkürlicher Reflex – halb hämisches Lachen, halb Empörung.

»Eine letzte Frage noch«, sagte Snel. »Haben Sie eine Freundin?«

Ich nickte. »Ja.«

»Was wird die wohl von all dem halten?«

Auf einmal wurde ich laut. »Sie hat damit nichts zu tun.«

»Ach nein?«

»Nein. Das sind zwei völlig verschiedene Dinge.«

Pieters drehte sich zur Seite und murmelte schnell ein paar Worte, die ich nicht verstand. Dann suchte er aus dem vor ihm liegenden Stapel ein Formular heraus und schob es mir verächtlich hin.

»Hier«, sagte er. »Schreiben Sie Ihre Aussage nieder.«

In jener Nacht muß ich mindestens ein dutzendmal aufgewacht sein. Mein rechter Ellbogen war steif geworden, und es war schwer, eine bequeme Position zu finden. Außerdem hörte ich in der Ferne Türen zuschlagen und ein beständiges Stimmengemurmel. Auf einem Polizeirevier ist es niemals ruhig. Ich lag unter der Neonlampe und ging noch einmal meine Aussage durch. Ich war nicht umhin gekommen, Wörter wie »zog« und »riß« zu verwenden. Auch das Wort »zerren« kam vor. Es wirkte alles so viel schlimmer, wenn man es niederschrieb. Doch vor allem hatte ich keinerlei Gründe für mein Verhalten angeben können, auch wenn ich am Ende der Aussage schrieb, ich wisse, daß ich Unrecht getan hätte, und würde es zutiefst bedauern, wenn ich irgend jemanden verletzt oder beleidigt hätte.

Als er meine Aussage gelesen hatte, blickte Snel mich scharf an. *Haben Sie dem noch irgend etwas hinzuzufügen?* So, wie er das fragte, klang es, als hätte ich etwas Wichtiges vergessen. Doch ich konnte mir beim besten Willen nicht vorstellen, was. Vielleicht wirkte mein Reuebekenntnis irgendwie unangemessen oder nicht wirklich aufrichtig, doch ich konnte mich nicht klarer ausdrücken, und so schüttelte ich nur den Kopf.

Ich lag auf dem schmalen Bett und starrte an die Decke. Es kam mir vor, als hätte ich den Tag in einem Trancezustand verbracht. Ich hatte mich ganz auf die greifbare Realität konzentriert – die äußere Erscheinung der Beamten, den Geschmack des Blätterteiggebäcks. Vielleicht hatten diese Details mir so etwas wie Trost geboten oder Ablenkung, doch sie waren nebensächlich, belanglos, taten nicht das geringste zur Sache. Aber nun begannen mir der Ernst und die Hoffnungslosigkeit meiner Lage – endlich, könnte man sagen – bewußt zu werden, und was am nächsten Tag um die Mittagszeit geschah, raubte mir die letzten Illusionen, die ich vielleicht noch hatte.

Ich war gerade aus einem leichten Schlaf erwacht, als ein Polizist die Zellentür aufschloß und mir sagte, ich hätte Besuch. Sie würden mir zehn Minuten Zeit mit ihr geben.

Mit *ihr*.

Ich schluckte nervös. Mein Gesicht lief rot an, und einen Augenblick lang schien der Boden wegzukippen, als fiele ich nach vorn.

Als ich den Vernehmungsraum betrat, saß Juliette bereits an dem Tisch. Ich blieb kurz hinter ihr stehen, ließ den gesunden Glanz ihrer schwarzen Haare und die Form ihrer Schultern unter dem schwarzen Rippenpulli auf mich einwirken. Obwohl ich gewußt hatte, daß sie es war, kam mir ihr Erscheinen hier so unglaublich vor, so absurd, daß es mir vorkam wie eine Halluzination.

Ich ging um den Tisch herum und setzte mich ihr gegenüber. Der Polizist, der mich hergebracht hatte, stand mit starrem Blick und zusammengepreßten Lippen an der Tür, wie ein Kind, das so tut, als sei es unsichtbar.

»Juliette?« sagte ich.

Bis dahin hatte sie auf ihre Hände gestarrt. Jetzt blickte sie auf. Sie sah müde aus, und ihre Augen waren schwarz verschmiert. Statt der Goldader schien durch ihre Haut jetzt etwas Graues durchzuscheinen. Ich versuchte zu lächeln.

»Hast du die Rolle bekommen?«

Sie wirkte erstaunt.

»Bei dem Vorsprechtermin«, sagte ich. »Hast du die Rolle bekommen?«

»Ach, die. Ja.« Sie nickte. »Ja, ich hab sie bekommen.«

»Toll, das freut mich.«

Ich sah zu, wie sie langsam ihre Handschuhe auszog. Als sie wieder aufsah, hatte sie Tränen in den Augen.

»Was hast du getan?« fragte sie mit dünner, gequälter Stimme.

Es war keine Frage. Es war ein Versuch, ihre Bestürzung zum Ausdruck zu bringen. Ich fragte mich, wieviel sie ihr wohl gesagt hatten.

»Juliette?«

Sie schüttelte erneut den Kopf und fuhr sich, den Blick senkend, mit dem Rücken ihres Handgelenks über das Auge.

»Juliette, hör mir zu. Es ist nicht so, wie es scheint.«

»Nein?«

»Nein.«

Ich starrte auf den Tisch. Juliette zog zweimal die Nase hoch und schneuzte sich. Mir fiel auf, daß ich sie zum erstenmal weinen sah.

»Es ist nicht so, wie du denkst«, sagte ich.

Diese Worte hatte ich schon einmal benutzt, und sie hatten damals genauso der Wahrheit entsprochen wie jetzt, doch ich wußte noch, wie wenig überzeugend, wie unaufrichtig sie geklungen hatten. Wie schuldbewußt. Und ich wußte, daß sie wirkungslos geblieben waren. Es war, als bestünde mein Leben aus einer Reihe von verzweifelten, nutzlosen Wiederholungen.

Nein, es war sogar noch schlimmer. Es war, als böte ich an einem Marktstand jeden Tag dieselben Früchte feil, so lange, bis sie, durch und durch verfault, nichts waren als reine Verwesung.

Ich sah zu Juliette auf.

»Es ist noch alles wie vorher«, murmelte ich.

Doch ich wußte, daß das nicht stimmte. Das Eis hatte

einen Riß bekommen, und wir waren eingebrochen. Es gab zwischen uns eine Kluft, deren Ausmaß sich an solchen Dingen ermessen ließ, eine Kluft, die nicht so leicht zu schließen war.

Ich hätte ihr natürlich die ganze Geschichte erzählen können. Gelegenheit dazu hätte ich schließlich gehabt. In unserem Hotel in Paris, um drei Uhr morgens, während hinter ihr rote Rosen zu explodieren schienen – als ihre Finger auf der Narbe verharrten ... Doch sie hatte mich nicht gefragt, und ich hatte ihr keine Antwort gegeben, und wir hatten uns geliebt, während die Frage unausgesprochen im Raum stand ...

Juliette sagte, sie habe mir meine Post mitgebracht. Sie sei vorn am Eingang konfisziert worden, doch ich würde sie später bekommen. Während sie das sagte, trat der Polizist einen Schritt vor und erklärte, unsere Zeit sei um. Ich bat Juliette nicht, wiederzukommen. Ich wiederholte einfach, was ich schon gesagt hatte – daß es nicht so war, wie es schien –, und als sie mir einen widerstrebenden, hilflosen Blick zuwarf, sagte ich ihr, daß ich sie liebte, und sah, wie sie gewichtig nickte, bevor sie sich umdrehte und ging.

Erst später fragte ich mich, ob die Polizei sie wohl gebeten hatte, mich zu besuchen, in der Hoffnung, dadurch mehr über meinen Charakter zu erfahren.

Am Donnerstag abend, etwa achtunddreißig Stunden nach meiner Festnahme, ließen Snel und Pieters mich in den Vernehmungsraum holen. Snel rauchte, wie immer. In einem zugleich sanften und dringlichen Ton erklärte er mir, ich sei der tätlichen Bedrohung und der versuchten Vergewaltigung angeklagt. Sie hätten jetzt die Aussage der Frau bekommen. Obwohl sie von dem Ganzen noch sehr mitgenommen sei, würde sie anscheinend auf einer Anklage bestehen, und meine eigene Aussage enthalte nichts, was darauf hinweise, daß sie dazu nicht vollauf berechtigt sei. Tatsächlich, sagte Snel und zog an seiner Zigarette, stimmten unsere Aussagen erstaunlich überein, fast als wären wir Komplizen. Er sah an die Decke, stieß durch die Nasenlöcher zwei flammenförmige Rauchwolken aus, und wiederholte dann noch einmal: »Ganz erstaunlich.« Es war offensichtlich, daß er mein Verhalten sehr interessant fand.

Eine Stunde darauf bekam ich Besuch von dem Anwalt, der als mein Verteidiger eingesetzt worden war. Es war ein kleiner Mann mit einem roten, gute Laune verströmenden Gesicht, und sobald ich ihn gesehen hatte, war mir klar, daß ich praktisch keine Chance hatte zu gewinnen. Als ich mit ihm in meiner Zelle allein war, erklärte ich ihm, ich würde bezüglich der tätlichen Bedrohung für schuldig plädieren, hinsichtlich der versuchten Vergewaltigung jedoch für unschuldig. Ich sagte, es gäbe keinerlei Beweise, daß ich versucht hätte, die Frau zu vergewaltigen. Er war da anderer Meinung.

»Sie sind ihr auf die Toilette gefolgt«, sagte er. »Sie haben sie in eine leere Kabine gezerrt. Sie haben ihr die Kleider vom Leib gerissen. Die Indizien lassen kaum eine andere Deutung zu.« Er lächelte, was unter den gegebenen Umständen sowohl unangemessen als auch herablassend wirkte.

»Ich habe die Frau nicht angefaßt«, sagte ich.

»Es ist eben jemand dazwischengekommen«, sagte der Anwalt.

Ich starrte ihn an. »Auf wessen Seite stehen Sie?«

»Ich sage Ihnen nur, was die Anklage sagen wird.« Der Anwalt faltete die Hände auf dem vor ihm stehenden Tisch, als würde er gleich das Tischgebet sprechen. »Ich stehe natürlich auf Ihrer Seite, aber Sie müssen mir helfen.«

Doch ich konnte ihn nicht zufriedenstellen, und es dauerte nicht lange, bis er, zu Boden blickend und den Kopf schüttelnd, ging. In dem Moment war ich nahe daran, mich mit Isabel oder Paul Bouhtala in Verbindung zu setzen und sie um Rat zu fragen, doch dann schien mir, ich könne sie damit unmöglich belästigen. Sie hatten bereits so viel für mich getan.

Am nächsten Morgen weckte man mich früh aus einem erstaunlich tiefen Schlaf und sagte mir, eine Unterredung mit dem Staatsanwalt hätte ergeben, daß ich dem Untersuchungsrichter vorgeführt werden solle. Man brachte mich erneut in den Vernehmungsraum; inzwischen kannte ich den Weg so gut, daß ich wohl mit geschlossenen Augen hingefunden hätte. Der Richter war ein gut gebauter Mann mit einer milchweißen Mähne, und er stürzte mit der unvermittelten Wucht einer sich an den Felsen brechenden Welle herein. Er stellte mir dieselben Fragen wie Pieters und Snel, nur daß er förmlicher war und zerstreuter, und als ich fünfzehn Minuten darauf in meine Zelle zurückgebracht wurde, hatte ich das deutliche Gefühl, daß die Vernehmung eher schlecht gelaufen war. Dennoch konnte ich nicht vorhersagen, was dabei herauskommen würde. Die Ereignisse überstürzten sich jetzt auf eine Weise, die mir inszeniert vorkam und zugleich schwindelerregend war. In einem verwirrenden Tempo tauchten vor mir Leute auf und verschwanden wieder, und ich sollte sie alle beeindrucken. Ich hatte das Gefühl, kaum Zeit zum Luftholen zu haben – und das seltsamerweise, obwohl ich immer wieder stundenlang allein in meiner Zelle war. Man verlangte von mir, daß ich die volle Verantwortung für das übernahm, was ich in der Vergangenheit getan hatte, und zugleich schien doch die Gegenwart völlig meiner Kontrolle entglitten zu sein.

Die Post, die mir Juliette aus meiner Wohnung mitgebracht hatte, wurde mir am nächsten Abend ausgehändigt. Die Umschläge waren erwartungsgemäß aufgerissen, doch der Inhalt war, soweit ich sagen konnte, unberührt. Es handelte sich zum Großteil um alltägliche, banale Schreiben, bloßen Papierabfall – eine Mitteilung von meiner Kreditkartenfirma, ein Angebot für einen Bankkredit –, doch es war auch eine Postkarte von Stefan dabei. Er hatte sie mir aus New York geschrieben, wo er an einem Fotoauftrag arbeitete. Seine Annahme, daß mein Leben seinen gewohnten Gang ging – *Wie läuft's in der Bar? Ich hoffe, du hast noch nicht mit Gusta geschlafen!* –, machte mir bewußt, wie dramatisch sich alles verändert hatte, und es dauerte eine Weile, bis ich fähig war, mich dem letzten Brief zuzuwenden, einem länglichen, weißen Umschlag, auf dem links oben in der Ecke die Anschrift eines Anwaltsbüros stand. Der Brief war von einem Herrn Werkhoven verfaßt. Er schrieb mir, als dem Testamentsvollstrecker Isabel van Zaanens obliege es ihm, mich von ihrem Wunsch zu unterrichten, daß ich ihre Wohnung in Bloemendaal erben solle. Einen Moment lang verstand ich kein Wort. Ich mußte den Satz noch einmal lesen. Doch selbst danach schien er mir von seiner Bedeutung her irgendwie unvollständig zu sein; er hinterließ in meinem Kopf einen verwischten Fleck, wie eine schlechte Fotokopie oder von Regentropfen verschmierte Tinte. Ich legte den Brief beiseite und sank zurück auf mein Bett, und auf einmal schien mein Kopf völlig leer zu werden, und der Raum, den sonst Gedanken einnahmen, wurde nur noch von drei Wörtern ausgefüllt: *Isabel ist tot.* Nur diese Wörter, die sich stumm wiederholten, immer wieder, bis sie völlig bedeutungslos waren …

Ich hatte Isabel Mitte Januar zum letztenmal gesehen, als Juliette und ich mit dem Zug nach Bloemendaal gefahren waren und sie für eine Stunde besucht hatten – allerdings hatte ich kaum ein Wort mit ihr gewechselt. An jenem Nachmittag hatte eine gewisse Spannung in der Luft gelegen, die ich mir damit erklärt hatte, daß dies die erste Begegnung zwischen zwei Frauen war, die mir nahestanden. Ich erinnerte mich, wie Juliette sich mir auf der Heimfahrt zugewandt und gesagt hatte: »Isabel muß einmal sehr schön gewesen sein« – eine Bemerkung, die mich lächeln ließ. Ich erzählte Juliette von dem Foto, das mir Isabel einmal gezeigt hatte, als sie nach dem Abendessen gegen ihre Gewohnheit zwei Brandys getrunken hatte. Das Foto – aufgenommen im Jahr 1953 im Waldorf Astoria – zeigte Isabel in einem weißen Abendkleid, mit Brillantohrringen und einer eng anliegenden Brillantkette. Sie hatte makellose Haut, und das glänzende schwarze Haar fiel ihr schräg in die Stirn, über die rechte Augenbraue ... »Sie ist es natürlich immer noch«, fügte Juliette rasch hinzu, aus Angst, ihre Bemerkung hätte taktlos geklungen. »Ich meine nur, es ist schade, wenn man die Leute erst im Alter kennenlernt. Man merkt dann, daß man was verpaßt hat, und manchmal macht einen das traurig.«

Ich dachte daran, wie ich selbst Isabel zum erstenmal begegnet war. Sie war damals Ende fünfzig und befand sich auf dem Gipfel ihres Ruhms. Ich war im Sadler's Wells Theatre hinter der Bühne zu ihr gegangen und hatte ihr gesagt, wie sehr ich ihre Arbeit bewunderte. Zur Zeit sei ich noch beim Royal Ballet in der Ausbildung, erzählte ich ihr, doch es gebe da eine Tanztruppe in Amsterdam, bei der ich hoffte aufgenommen zu werden. Unser Gespräch dauerte keine fünf Minuten, und ich erinnerte mich später an nichts weiter als an ihr perfektes Englisch und an den scheinbar verächtlichen Blick, mit dem sie mich musterte. Gegen Ende jenes Jahres kam ein Scout der holländischen Truppe zum Royal Ballet, und ich war einer der Tänzer, die er vortanzen ließ. Man kann sich nicht vorstellen, wie aufgeregt ich war, als er mich danach beiseite nahm und mich fragte, ob ich Lust hätte, der Truppe beizutreten ... Im darauffolgenden Herbst, als ich ungefähr ein halbes Jahr in Amsterdam war, teilte man mir eines Nachmittags über die Sprechanlage des Studios mit, es sei jemand für mich am Empfang. Es war Isabel. Ich stand da, verschwitzt und aufgelöst, in einem zerrissenen T-Shirt und Radfahrerhosen, während sie ein Chanel-Kostüm trug und eine Sonnenbrille. Sie küßte mich dreimal auf die Wange, dann trat sie einen Schritt zurück und sah mich an. »So«, sagte sie mit dem zartesten Hauch eines Lächelns, »jetzt tanzt du also in den Niederlanden – ganz, wie du es vorhattest.« Ich hatte damals natürlich keine Ahnung, wie sie mich gefunden hatte, und hielt es für einen unglaublichen Zufall. Erst Jahre danach fand ich heraus, daß es Isabel gewesen war, die den Scout geschickt hatte, Isabel, die das Ganze inszeniert hatte ...

Ich nahm den Brief des Anwalts in die Hand. Herr Werkhoven hatte bei seiner Abfassung natürlich angenommen, daß ich als einer von Isabels besten Freunden längst von ihrem Tod wüßte – daher schrieb er so nüchtern und ohne Umschweife, was den Schock und meine Verwirrung noch größer machte. Schließlich war es erst zwei Wochen her, daß ich sie gesehen hatte. Ihr Verfall mußte sehr plötzlich eingesetzt haben und dann sehr schnell, ja brutal vorangeschritten sein.

Ich drehte mich auf die Seite und starrte die Wand an, die mit obszönen Mitteilungen, Zeichnungen von männlichen Genitalien und Brandflecken von Zigaretten überzogen war. Die Wand verschwamm vor meinen Augen. Ich spürte, wie ich nach unten sank, in einen dunklen, sumpfigen Grund ... Bei all dem gab es nur einen Trost: Wenigstens hatte sie meine jüngste Erniedrigung nicht mehr miterleben müssen.

In jener Nacht öffnete ich, halb wachend, halb träumend, die Tür zu Isabels Wohnung. Ich ging langsam durch die Diele und nahm undeutlich die Gemälde an der Wand wahr und die spröden, duftenden Köpfe der getrockneten Rosen in der Silberschale unter dem Spiegel. Ich tastete mich durch den Gang zum Wohnzimmer. Alle Räume lagen im Dunkeln, und die Möbel waren von der geheimnisvollen, ambivalenten Aura der Verwahrlosung umgeben. Es war eine mondlose Nacht, doch durch die Terrassentüren sickerte ein staubiges, graues Licht herein, in dem ich den ausgefegten Kamin und die auf dem Diwan ordentlich aufgehäuften Kissen erkennen konnte. Ich saß in dem Sessel, in dem Isabel immer gesessen hatte, als sie noch gesund war, ein Sessel mit hoher Lehne und einem feinen, luxuriösen Bezug – in Gelb, Grün und Gold. Auf dem Tisch neben dem Sessel lag ein Stapel loser Blätter – ihre Aufzeichnungen zu dem Ballett, an dem wir zusammen gearbeitet hatten. Obwohl ich das von ihr benutzte Notationssystem kannte, war es für mich immer wieder faszinierend anzusehen, fast ein wenig unheimlich, wie Inschriften auf Runensteinen oder Pläne für ein neuartiges Gefängnis. Wir waren gut vorangekommen, stellte ich fest, doch es blieb noch viel zu tun, und nur ich konnte diese Arbeit leisten. Während ich ihre Aufzeichnungen las, umgab mich ein schwacher Duft von ägyptischen Zigaretten. Er mußte wohl noch aus den ersten Herbsttagen im Raum hängen, aus der Zeit, bevor sich der Krebs bemerkbar gemacht hatte. Ein paar mit Bleistiftstrichen bedeckte Blätter, ein Hauch von Zigarettenrauch in der Luft – das war alles, was von ihr übrigblieb. Wie schnell, wie vollständig wir vergehen … In ihrem Sessel sitzend, begann ich, mit ihr zu reden. Ich sagte Dinge, die zu sagen ich zu ihren Lebzeiten nie Gelegenheit gefunden hatte. Ich sagte Dinge, die zu sagen sie mir nie erlaubt hätte, wenn sie dagewesen wäre. Aber vielleicht ist das gerade der Sinn einer Totenwache. Das Ganze ist ein Monolog, keine Unterhaltung. Die Person, mit der ich sprach, existierte nicht mehr. Sie konnte mich nicht unterbrechen oder Widerspruch anmelden; sie konnte mir nicht einmal antworten. Der einsame Charakter dieser Handlung, die Tatsache, daß sie so einseitig ist, läßt einen genau spüren, was man verloren hat.

Die Bodendielen strebten, in dem Dämmerlicht ganz schwarz, von mir fort, und draußen vor den Fenstern konnte ich schwach die düsteren Umrisse des Waldes erkennen, der eine Nuance dunkler war als der Himmel. Es wehte ein Nordwestwind, aber sonst war kein Laut zu hören. Obwohl es mitten in der Nacht war, nahm ich an, daß Bouhtala unten noch in seinem Lehnstuhl saß, neben sich ein Glas Kognak. Wahrscheinlich studierte er den Atlas, den ich ihm geschenkt hatte, oder sah sich seine Aufnahmen von tätowierten Männern an, und das einzige im Raum, das sich bewegte, würde der Rauch sein, der von seinem Zigarillo spiralförmig durch die Lichtpyramide unter der Lampe nach oben stieg, oder seine weiße Manschette, die hochfuhr, wenn er umblätterte oder sich über den Schnurrbart strich ...

Als ich das nächstemal aufsah, war es Morgen geworden. Ich gähnte und streckte die Glieder. Dann öffnete ich die Glastüren und trat auf die Terrasse. Ich stützte mich auf das hölzerne Geländer, sah über den Garten hinweg zu den Bäumen hinüber und ließ die kühle, feuchte Luft über mich hinwegstreichen.

Später, nach dem Frühstück, machte ich einen Spaziergang am Strand, die Hände in den Manteltaschen und den Kragen hochgeschlagen. Der Wind drückte gegen meinen Rücken, drückte manchmal so stark, daß ich gegen meinen Willen zu laufen begann. Loser Sand fegte an meinen

Füßen vorbei, in langen, gewundenen Linien, die wie Schlangen aussahen. Der Strand war menschenleer. Schließlich war es ja Winter. Rechts von mir rollte das Meer auf den Sand. Das leise Donnern berstender Wellen, zu einem milchigen Weiß zersplitterndes Grau –

Das Kratzen eines Schlüssels in einem Schloß, das Quietschen der sich öffenden Zellentür …

Langsam schwang ich die Beine auf den Boden. Ich saß auf der Kante des schmalens Bettes, saß reglos da, um die Erinnerung an meinen Aufenthalt in den Räumen, in denen Isabel gelebt hatte, nicht zu verjagen; wenn ich mich zu stark bewegte, würde alles zerfallen, wie ein fünftausend Jahre altes Stück Holz, das plötzlich ans Licht und an die Luft gebracht wird. Ich spürte, wie sich in mir ein Gefühl der Ruhe ausbreitete, als hätte man meinen Körper in kühles Wasser getaucht. Vielleicht war es nur die Gewißheit, daß ich nicht mehr tiefer sinken konnte, daß ich endlich einen Punkt erreicht hatte, einen Felsgrund oder festen Boden, auf dem ich vielleicht würde bauen können.

An diesem Morgen wurde ich im Vernehmungsraum von den beiden Kriminalbeamten, Pieters und Snel, und meinem Anwalt erwartet. Snel klaubte eine Zigarette aus der vor ihm liegenden Schachtel und tippte damit nachdenklich an sein goldenes Feuerzeug. Mein Anwalt sah ihm mit einem eifrigen, geduldigen Gesichtsausdruck zu, der meine Vorbehalte gegen ihn zu bestätigen schien.

»Sie sehen blaß aus«, sagte Snel.

»Mir geht's ganz gut«, sagte ich. »Keine Sorge.«

Ich setzte mich an den Tisch.

Snel zündete seine Zigarette an und zog genußvoll den Rauch ein. »Ich fürchte, ich habe schlechte Nachrichten für Sie.«

Ich spürte, wie ein bitteres Lächeln auf meine Lippen trat. »Ein Unglück kommt selten allein.«

»Wie bitte?« fragte Snel.

»Nichts«, sagte ich. »Bitte fahren Sie fort.«

Snel sagte, der Richter, der mich am Tag zuvor vernommen hatte, habe mich als nicht sehr kooperativ empfunden. Das Ergebnis der Vernehmung sei, daß er empfohlen habe, mich bis zum Zeitpunkt der Verhandlung in Verwahrung zu behalten – sie würde in ungefähr zwei Monaten stattfinden. In seinem Bericht gab er an, ich stellte eine Gefahr für die Gesellschaft dar. Es sei nicht auszuschließen, behauptete er, daß ich dieselbe Straftat noch einmal begehen würde.

Ich fing an zu lachen. Und nachdem ich einmal angefangen hatte, konnte ich gar nicht mehr aufhören, obwohl ich sah, daß die drei Männer am Tisch schockiert waren. Es muß mindestens eine Minute gedauert haben, bis ich mich unter Kontrolle bekam. Immer noch keuchend, entschuldigte ich mich. Snel gab mir ein Taschentuch. Ich dankte ihm.

Als ich mich schließlich erholt hatte, lehnte ich mich auf dem Stuhl zurück und wandte mich wieder an Snel.

»Meinen Sie, ich dürfte mal telefonieren?«

Der Kriminalbeamte dachte einen Moment lang nach, dann machte er Pieters ein Zeichen, der sich geräuschvoll von seinem Stuhl erhob. Während Pieters draußen war, beugte mein Anwalt sich vor, dessen rotes Gesicht wie üblich eine unangebracht gute Laune verströmte.

»Ich sollte Sie vielleicht daran erinnern«, sagte er, »daß Sie das Recht haben zu schweigen.«

Er konnte natürlich nicht wissen, was ich vorhatte, doch diese Mitteilung kam so sehr zur Unzeit, wirkte dermaßen fehl am Platz, daß ich erneut zu lachen begann. Ich konnte einfach nicht anders. Mein Anwalt lehnte sich verstört zurück.

Die Tür ging auf. Es war Pieters, der mit einem Telefon zurückkam. Er steckte es in eine Dose unten an der Wand ein und stellte den Apparat vor mich hin.

»Ich brauche eine Nummer«, sagte ich.

Pieters runzelte die Stirn. »Was für eine Nummer?«

»Ich brauche die Nummer des Polizeipräsidiums«, sagte ich, »in der Marnixstraat.«

Pieters wandte sich an Snel, der in seine Innentasche griff und ein kleines schwarzes Adreßbuch hervorzog. Er blätterte ein paar Seiten um, dann blickte er auf und las mir, mich über zwei Rauchfahnen hinweg beobachtend, die siebenstellige Nummer vor.

Aufmerksam sahen die drei Männer zu, wie ich wählte. Ich hörte zu, wie es klingelte. Schließlich meldete sich eine Frau. Ich atmete tief durch, nahm mich zusammen.

»Guten Morgen«, sagte ich. »Könnte ich bitte Herrn Olsen sprechen?«

Ich hörte ein kurzes Knistern, ähnlich, wie wenn man Papier zusammenknüllt, dann wurde die Leitung frei, und ich hörte seine Stimme, sehr nah, fast als sei er die ganze Zeit dagewesen.

»Olsen.«

»Herr Olsen. Hallo.« Ich nannte ihm meinen Namen. »Wir haben uns bei Paul Bouhtalas Geburtstagsfeier kennengelernt. Es ist schon eine Weile her – fast fünf Jahre ...«

»Ah, ja«, sagte er. »Der Tänzer.« Ein paar Sekunden verstrichen. »Ich warte immer noch auf das Bier.«

Daß er sich so genau erinnerte, verwirrte mich. Doch zugleich hatte ich das Gefühl, es könnte mir vielleicht nützen.

»Das war sehr unhöflich von mir. Tut mir leid.« Ich zögerte, und dann sagte ich: »Ich schulde Ihnen noch eines.«

Olsen lachte. »Also«, sagte er, »was kann ich für Sie tun?«

»Ich fürchte, das ist eine lange Geschichte …«

»Das macht nichts. Ich habe Zeit.«

Ich begann, ihm die Ereignisse von Montag nacht zu erzählen, die Ereignisse, die zu meiner Festnahme geführt hatten, doch ich hatte noch keine dreißig Sekunden geredet – ich war gerade bei dem Moment angekommen, in dem das rote Haar der Frau auf der Theke landete –, als Olsen mich unterbrach.

»Sie haben ja mittendrin angefangen«, sagte er sanft. »Gehen Sie doch bitte zurück zum Anfang.«

PIPER ORIGINAL

Rupert Thomson

Im Spiegel der Nacht

Roman. Aus dem Englischen von Karen Lauer. 474 Seiten. Klappenbroschur.

Auf dem menschenleeren Parkplatz eines Supermarkts wird einem jungen Mann in den Hinterkopf geschossen – sein Name ist Martin Blom, und er überlebt den Anschlag, der ihm wie ein alptraumhaftes Mißverständnis vorkommt. Blom erblindet, und die Lösung seines Falles scheint aussichtslos, denn es gibt weder Zeugen noch Verdächtige. Nur langsam lernt er, sich in seiner Umwelt wieder zurechtzufinden. Bis eines Abends das Unerklärliche geschieht: Blom kann offenbar wieder sehen, jedoch nur im Dunkeln. Blom behält seine neue Gabe für sich und beginnt, diesen unvorstellbaren Zustand zu erkunden. Dann aber häufen sich die Anzeichen, daß er Opfer eines geheimen Experiments geworden sein muß...

Rupert Thomson taucht in die dunkelsten Winkel unserer Vorstellungskraft. Geschickt verwischt er dabei die Grenze zwischen Illusion und Wirklichkeit, bis der Leser nichts und niemandem mehr trauen kann.

PIPER ORIGINAL

Jakob Hein
Mein erstes T-Shirt

Mit einem Vorwort von Wladimir Kaminer. 152 Seiten. Klappenbroschur.

Jessica Drechsler zum Beispiel: Was hat sie, das andere nicht haben? Und wie gelangt man als schmalbrüstiger Komiker trotzdem in den Besitz des Poesiealbums von Claudia Ross? Das Leben steckt voller Geheimnisse, und unser jugendlicher Held Jakob Hein macht sich daran sie zu lüften: Er schreibt von der unbegreiflichen »Selbstverkaufsstelle« und dem unstillbaren Wunsch nach einer E-Gitarre, die er eigentlich gar nicht spielen kann. Er bietet jeder Herausforderung in seinem jungen Leben die Stirn, besäuft sich mit einem Getränk namens »Grüne Wiese« und stellt sich tapfer den zersägten Schweinehälften im Fleischkombinat Berlin.
Jakob Hein erzählt die tollsten Geschichten aus seinem Leben, ungeschminkt, schwärmerisch und gnadenlos witzig – von der mobilen ostdeutschen Wahlurne bis zu den intimen Details seiner Jugend wie zum Beispiel dem ersten T-Shirt, das eigentlich ein Nicki war.